Gallmeister

Nature Writing

CINQ CIELS

Ron Carlson

CINQ CIELS

Roman

Traduit de l'américain
par Sophie Aslanides

Ouvrage traduit avec le concours
du Centre national du livre

Gallmeister

Titre original :
Five Skies

ISBN 978-2-35178-056-5
ISSN 1951-3976

Pour Gail Hochman

1

IL FAISAIT FROID dans tout l'Idaho et, en ces premiers jours du mois de mai, on ne voyait que quelques petits tas de bois et des matériaux de construction déposés sur le plateau dominant la gorge profonde de la rivière, des sentes de gibier et les multiples signes de la présence des lapins habitant ces lieux depuis toujours et qui maintenant contournaient soigneusement les trois hommes allongés sur le sol, endormis.

La première fois qu'Arthur Key vit le plateau au-dessus du ranch appelé "Rio Difficulto", il était dans un sac de couchage, exposé à l'air glacial de l'aube à peine naissante, à l'heure où la lumière est encore grise et où des milliers de créatures s'ébattent entre les buissons de sauge. Arthur était grand et il avait passé la nuit dans un confort rustique, remontant son immense sac de couchage Coleman tantôt par-dessus une épaule, tantôt par-dessus l'autre. Il avait été réveillé par les cris d'un lapin, des cris ténus et stridents sur la fin, qui lui rappelaient ceux d'une femme, ceux d'un crime. Leurs vibrations se perdirent dans la pénombre qui se délitait, comme un sifflement à deux notes, puis elles cessèrent brusquement et Arthur Key leva la tête pour inspecter les environs. D'abord, il ne comprit pas où il se trouvait, dans quel meublé, mais il savait que la ligne noire de la montagne dentelée, basse à l'horizon, était située à plus de cent cinquante kilomètres. Le grand camion à plateau Ford – encore chargé – était arrêté au milieu de la sauge; il penchait d'un côté à cause des pneus qu'ils avaient dû en partie dégonfler la veille au soir. À côté, il vit une petite jeep des surplus de l'armée munie d'un treuil sur le pare-chocs avant et, derrière les véhicules, du matériel: de gros madriers empilés, le petit tracteur, des toilettes transportables bleues encore emballées dans leur caisse en bois brut. Le givre avait tout argenté dans la lumière du matin. Rien d'autre alentour, pas de bâtiment, pas de tente, pas de caravane sur le terrain du chantier. Il ferma les yeux et sourit. Darwin avait dit *nourri et logé*.

Arthur Key posa sa main sur son crâne et sentit du givre dans ses cheveux. Dans le silence originel, il entendait maintenant un autre son et il crut d'abord que c'était une pulsation dans sa propre tête. Quand il bâilla pour se déboucher les oreilles, il se dit qu'il s'agissait des harmoniques hyper aigus émis par un long-courrier, le San Francisco – Boston. Mais la stridulation persista; il se mit sur son séant et tendit l'oreille. Il percevait des intonations semblables à celles d'une voix humaine et un rythme, comme si un générateur était en marche à un petit kilomètre de là. Il voulait que ce soit cela, un générateur à gaz qui alimenterait la cuisinette où le café serait prêt, du café chaud avec quelque chose à manger, peu importait quoi.

Depuis six semaines, les matins étaient les moments les plus doux. Il restait en vie pour deux choses: le réveil et le premier café; puis, bien sûr, la journée le rattrapait et il baissait la tête et s'enfonçait dans le travail, quel qu'il fût. Il venait de passer deux semaines à Pocatello à couler les fondations en béton de nouveaux entrepôts. Il se disait qu'il était en train d'essayer de se recentrer, de se ressaisir mais, après tout ce temps passé loin de la vie qu'il avait détruite, il savait qu'il n'y parvenait pas réellement.

Le bruit n'était pas celui d'un générateur, et ce n'étaient pas des voix humaines qui résonnaient. Lorsqu'il se mit debout, il sut qu'un cours d'eau se trouvait à quelque distance de là, et tandis qu'il s'en approchait et découvrait la profonde entaille au fond de laquelle coulait une large rivière, la topographie du plateau tout entier se dessina devant ses yeux, comme un tout, un immense espace vierge que peu d'humains avaient contemplé. Il s'avança jusqu'au bord de la gorge creusée dans le grès et regarda en bas. Dans les profondeurs de l'obscurité, il vit les éclaboussures d'un blanc électrique sur les rochers où l'eau se brisait. Du bord, le son était formidable, amplifié, réel. Il envahissait l'air et vous attirait à lui. Key évalua la distance jusqu'au fond, la paroi verticale devait avoir une hauteur de cinq cents mètres environ. Il ne parvenait pas à appréhender la largeur de la gorge. Tandis que son vertige s'atténuait, il vit passer une ombre en contrebas, puis un balbuzard monta droit sur lui, une petite truite cutthroat entre les serres. De l'autre côté du gouffre, les premiers rayons du soleil écornaient le versant ouest des montagnes déchiquetées et des volcans des Badlands aux confins du monde, qui, dans l'instant, se parèrent de gris, de rouge et d'or. Au loin, deux petites colonnes de fumée salissaient le ciel – on était encore tôt dans l'année, pour ce genre de feux.

Key entendit un grand soupir plein de souffrance et se retourna ; une silhouette était en mouvement sur la route du ranch, un homme mince dont l'ombre dans le soleil nouveau s'allongeait sur une centaine de mètres en direction du canyon. C'était le gamin, Ronnie. Il s'éloignait sur la terre inculte, et Arthur Key vit le jeune homme se mettre à courir dans le froid, d'un pas à la fois décidé et harmonieux. Key croisa les bras et l'observa jusqu'à ce que l'ombre s'effiloche comme un voile vers le sud et disparaisse.

Darwin Gallegos, toujours dans son sac de couchage, avait regardé le jeune homme arriver à la barrière et s'enfuir. Il avait auparavant vu le colosse, Arthur, s'avancer jusqu'au bord du canyon. Le soleil était haut, maintenant, mais il n'était pas plus chaud, et le givre remplissait le moindre creux et recouvrait les vitres des deux véhicules. Il sortit en rampant de son sac de couchage, laça ses chaussures et enfila sa veste. Il était en train de déplier les pieds du réchaud à gaz et d'en ouvrir le couvercle lorsque le grand homme, Arthur Key, revint de sa promenade.

— Où est parti Ronnie ?

Darwin était un peu abattu, car il réalisait qu'il avait commis une erreur en recrutant ces deux types. Il s'était trouvé acculé – la journée était déjà bien avancée et la contrée regorgeait d'hommes qui ne pouvaient ou ne voulaient pas travailler – et il serait difficile de s'en débarrasser. Rien que de les reconduire à Pocatello lui prendrait plus d'une journée. Il était fatigué et il comprenait à présent que la taille du colosse l'avait induit en erreur. Darwin alluma le réchaud au propane, posa la cafetière sur le brûleur et sortit la lourde poêle en fonte de la boîte à ustensiles. En quarante ans passés au ranch, il avait embauché peut-être six bras cassés, et là, seul pour la première fois, il avait commencé par faire une erreur.

— Tu le connais bien, le gamin ?

— Depuis trois jours. Il a intégré une équipe de maçons au moment où on finissait de couler les fondations d'un entrepôt à Pocatello. C'était un journalier, et il a travaillé toute la journée alors qu'il n'était pas maçon.

— Je crois qu'il s'est enfui.

— Ça lui est déjà arrivé, il m'en a parlé. Il avait ses raisons. Mais ça va peut-être s'arranger.

Lorsque Ronnie avait ouvert les yeux, il avait vu le grand type, Art, dépasser les camions, et dans son sillage flottaient les nuées effilochées de sa respiration. Il faisait froid. Un froid à donner la migraine. Ronnie portait encore son Levi's et il sentait la présence de ses vieilles Nike dans son sac de couchage, à mi-hauteur contre son ventre. À côté de lui, dans la sauge, il avait vu le sommet de la tête du type qui les avait embauchés la veille à Pocatello, un certain Darwin quelque chose. Oh, bon sang, comme il faisait froid dans ce monde de grisaille. Ronnie replongea la tête dans son sac de couchage. Il détestait ça. Quand il faisait froid à ce point-là, il préférait encore la prison – il en avait déjà fait l'expérience. Un an auparavant, il avait traîné aussi longtemps qu'il l'avait pu dans le programme de réinsertion par le travail à la prison de Rockford, mais il l'avait quitté à la fin du mois d'avril avant de revenir deux jours plus tard, trop frigorifié pour pouvoir réfléchir. En bougeant le moins possible, il enfila ses chaussures et se glissa dans le nouveau jour glacial. Maintenant, il se rappelait le voyage en camion dans la neige, les difficultés et l'arrivée ici.

Sans faire de bruit, comme souvent au cours de sa vie, il se leva et s'éloigna en marchant sur le sol sableux, contournant le gros camion blanc qui les avait amenés là, contournant les autres équipements. Il s'enfuit comme il avait fui une bonne dizaine de boulots bizarres. Deux dizaines. Il se passait invariablement quelque chose, alors il s'en allait. Art, le grand type, avait été sympa, mais tout ça ne sentait pas bon. Il faillit rentrer dans la clôture en fil barbelé, mais il trouva l'ouverture et la stupide route de terre qui menait au ranch, et il la suivit au petit trot, puis il s'arrêta. Au nord, il n'y avait rien que le monde, les basses collines noires et pas la moindre lumière. Au sud, un ciel gris plombé et un horizon lointain. Le givre recouvrait les poteaux de la clôture et redessinait le contour de tous les buissons de sauge. Cet endroit était vraiment sauvage. Il suivit le chemin du regard, dans un sens, puis dans l'autre, et c'est alors que Ronnie Panelli, écœuré de ne voir ni arrêt de bus, ni allée de garage, ni parking, ni aucun véhicule où se cacher, pivota vers le sud et se mit à courir.

Darwin déposa des tranches de bacon dans l'immense poêle en fonte. Il préparait le petit déjeuner sur son vieux réchaud de camping, le torchon jeté sur l'épaule. Il aurait aimé que la tente soit déjà montée, qu'une table ait été construite, mais il n'avait pas pensé qu'il embaucherait qui que ce soit à Pocatello. Maintenant, évidemment, il allait leur donner à manger avant de les reconduire.

La veille, il avait cru avoir de la chance. Toute la journée s'était déroulée sans la moindre anicroche. Les poteaux électriques avaient été mis de côté au dépôt de bois, prêts à être chargés, et il n'avait eu aucune difficulté à repérer et à emballer tout le matériel, les coupleurs, les câbles, ainsi que la tarière flambant neuve. Il avait fait le plein et était passé à côté du vieux bâtiment de la fédération agricole, près de la gare, des fois que, par hasard, il serait ouvert. Il avait aperçu Key et Panelli assis sur les marches de pierre en train de fumer, et la vue de Key, sa grande taille, sa force évidente – alors que Darwin Gallegos lui-même venait de pousser, centimètre après centimètre, les dix poteaux d'une demi-tonne sur le camion – lui avaient laissé croire qu'il avait de la chance, et il s'était garé pour aller leur parler.

Lorsqu'il s'était approché et qu'il s'était arrêté à leur hauteur, Key lui avait tendu son paquet de cigarettes, certain que cet étranger au visage hâlé était sans travail lui aussi et qu'il souhaitait s'attarder au crépuscule ici-même pour parler, comme se parlent les inconnus, sur les marches fraîchement balayées du bureau d'embauche. On rencontre un nouveau qui raconte son histoire à lui, une grande histoire inédite dont on ne connaît que la fin – quelque chose est allé de travers ou s'est arrêté ; il est assis là, lui aussi, il n'a pas plus de huit ou neuf dollars en poche, peut-être moins, et plus rien d'autre désormais que les ténèbres qui grandissent et la nécessité de trouver un endroit où aller.

Darwin avait pris la cigarette et s'était assis à côté d'eux. Il voyait qu'ils ne se connaissaient pas bien, qu'ils s'étaient probablement rencontrés le jour même, et que le plus jeune, le plus petit, avait fait de la prison ; son regard ne cessait de fureter de droite et de gauche – il était pâle, affamé et à cran. Mais Darwin avait connu des hommes qui étaient passés par la prison et qui avaient travaillé parfaitement bien – pendant des années, on avait pu compter sur eux. Le grand était encore plus impressionnant de près, ses biceps étaient saillants même à travers les manches longues de sa chemise en jean. Pendant que Key lui donnait du feu, Darwin demanda :

— T'as déjà fait de la charpenterie ?

La réponse fut lente à venir.

— Oui, monsieur. Il y a des offres dans ce domaine, ici. On est sur le point de monter la charpente de hangars de stockage. Contrat de journaliers.

Le colosse avait les yeux gris et clairs. Il ne fuyait pas la justice, mais il n'avait pas été épargné, c'était certain.

— Tu as déjà dessiné des plans ?

L'homme regarda Darwin d'un air assuré. Puis il plissa les yeux et éclata de rire. Il donna un coup de coude au gamin.

— Eh bien, dit-il, vous avez devant vous deux architectes de premier ordre.

— Vous payez combien ? demanda le garçon. Je peux le faire. C'est quoi, le salaire ?

Ses cheveux bruns et bouclés brillaient dans les premières lueurs du soir. On aurait dit Sinatra quand il avait dix-neuf ans.

— Est-ce que c'est un travail journalier, comme cette merde, là ?

— J'ai seulement besoin d'un homme, dit Darwin.

— Alors, vas-y, Ronnie, dit le colosse. (Tout en regardant Darwin, il tira le jeune homme par le bras.) Bonne chance.

Darwin intervint :

— Attendez un instant. (Il plongea à nouveau son regard dans les yeux gris.) Tu sais travailler à partir de plans ?

— Oui, monsieur. S'ils sont justes, je peux.

Alors, pour la première fois, le colosse se leva et croisa les bras, mais il était clair qu'il n'était pas uniquement question de sa force.

— Et je sais le faire correctement. J'ai de l'expérience. (Il désigna Ronnie d'un signe de tête.) Et j'ai un collègue.

— Je vois ça, dit Darwin. On dirait que c'est un type bien, lui aussi.

— Vous payez combien ? demanda Ronnie. Et on commence quand ?

Tout en mangeant des escalopes de poulet panées et de la purée au Cliffside Cafe, ils se présentèrent et Darwin leur dit qu'ils en auraient pour dix semaines, peut-être douze, à cent dollars par jour, payables tous les vendredis, nourris et logés. Le visage du gamin, Ronnie, s'illumina à cette perspective, son front s'élargit, mais il était trop prudent pour dire quoi que ce soit. L'autre, Arthur Key, épongea sa sauce avec son toast et approuva d'un signe de tête :

— Plutôt bien, dit-il, si c'est un boulot valable.

Alors que la serveuse leur versait à nouveau du café et qu'ils étaient sur le point de commander de la tarte aux pommes avec de la glace, Darwin se demanda si c'était vraiment une bonne idée. Ces deux hommes étaient apparus et il avait fait au plus court. Il savait bien qu'il fallait prendre son temps, et pourtant il s'était précipité. Il avait pensé qu'il rentrerait à Rio Difficulto seul avec les matériaux, puis qu'il irait le jour suivant à Twin Falls pour embaucher de la main-d'œuvre. Darwin regarda Arthur Key verser de la glace à la vanille dans son café, puis il prit sa décision et tendit la main pour attraper l'addition.

Voilà, il se retrouvait là avec son équipe de deux hommes, et ils étaient allés avec le gros camion, en suivant les rails de chemin de fer, jusqu'au foyer d'hébergement où Art et Ronnie avaient récupéré leurs petits bagages, chacun clôturant ainsi un chapitre de sa vie. Il faisait nuit noire et la température avait considérablement baissé. Tous trois s'arrêtèrent au fameux Double American Truckstop, ils achetèrent deux cafés pour Darwin et Arthur et une canette de Coca pour Ronnie, juste avant de prendre l'autoroute 86 en direction de l'ouest. Dans les froides ténèbres de ce mois de mai, lorsque la 86 devint la 84, ils tombèrent sur un orage qui amena d'abord une brève pluie, puis une neige fondue qui ne tarda pas à s'épaissir. Darwin conduisait. Le pare-brise s'opacifiait après chaque passage des essuie-glaces, les pneus cessèrent de coller au revêtement et désormais, on n'entendait plus qu'un bruit ininterrompu d'éclaboussures rugissantes.

— L'Idaho, dit Ronnie. (Il était assis entre les deux hommes dans la cabine du grand tombereau Ford. Le chauffage ronronnait doucement.) Qu'est-ce que c'est que cet hiver ? Je déteste ça.

— Je propose qu'on le ramène, dit Arthur Key. Je suis sûr qu'il fait bon à Pocatello.

Les précipitations s'intensifièrent, la neige fondue se fit plus brutale et plus sèche maintenant qu'elle se transformait en flocons. Le long de l'autoroute, des semi-remorques étaient garés, clignotant à intervalles réguliers dans la blancheur de la nuit, et parfois, entre deux, une berline arrêtée attendait patiemment que le temps s'améliore. Quand ils arrivèrent au nord de Burley, ils prirent de face la tempête qui descendait des îles Aléoutiennes et avançait plein est en balayant l'Oregon, rien que de la neige sur plus de 1500 kilomètres, avec là, déjà, une quinzaine de centimètres sur la chaussée. Le ciel se transforma en une cascade continue. Dans le camion, les hommes restaient silencieux. Il n'y avait pas de circulation et Darwin ralentit et plissa les yeux, à la recherche des delinéateurs.

Ils ne roulaient qu'à 80 km/h et pourtant ils quittèrent la route. Darwin fit exactement ce qu'il fallait. Lorsqu'il sentit les roues avant déraper et qu'il comprit qu'il avait perdu le contrôle, il ne freina pas, et tandis qu'ils glissaient doucement en biais, il tourna le volant dans le même sens. Cela ne changea rien. Ronnie se tendit, enfonça ses deux pieds dans le plancher, et Arthur Key se contracta, le bras calé contre la portière. À 65 km/h, ils se mirent à emporter les délinéateurs, l'énorme Ford et ses quinze tonnes de chargement arrachant les poteaux métalliques comme on cisaille des herbes, chacun d'entre eux faisant entendre un seul craquement en tombant avant de disparaître. Darwin avait les yeux rivés devant lui, guettant ce qu'ils allaient vraiment heurter, il retenait son souffle, sachant que les poteaux électriques de 18 mètres de long feraient irruption dans la cabine comme le poids de tout un monde, mais rien ne se produisit. À 30 km/h, le véhicule plongea soudain et quitta d'une embardée sa trajectoire, projetant tous les passagers contre Arthur Key, il descendit l'accotement avant de foncer à travers une clôture à bestiaux en fil de fer et de remonter immédiatement sur ce que Darwin crut bien être, sous la neige fraîche, une route d'accès parallèle.

— Merde ! Merde ! Merde ! dit Ronnie en escaladant Arthur avant de se laisser tomber sur le sol. Merde ! Merde ! Merde ! Idaho de merde !

Il fut trempé en une seconde, recouvert par les légers pétales de neige qui tombaient encore et formaient une couverture impénétrable dans la nuit silencieuse. Darwin et Arthur regardèrent le frêle jeune homme qui, ses bras serrés contre lui, proférait dans la neige des malédictions cinglantes.

Dans le champ enneigé à une quinzaine de kilomètres au nord-ouest de Burley, dans l'Idaho, Arthur Key et Darwin allèrent immédiatement vérifier que leur chargement n'avait pas bougé, ce qui était bien le cas. Pendant toute la durée de l'opération, la neige se déposa sans faiblir sur leur tête nue et sur leurs épaules, le temps qu'Arthur vérifie les six attaches métalliques. Ronnie Panelli était assis dans la cabine, frigorifié et mécontent, les mains serrées entre ses genoux, le visage blême, vaguement bleu. Lorsque Darwin tenta de faire remonter le camion sur la pente douce, ils s'aperçurent qu'il ne parvenait qu'à glisser. Arthur Key chargea Darwin de diminuer la pression des deux paires de pneus arrière de cinq kilos, tandis que lui-même s'occupait des pneus avant.

— Essaie à nouveau, dit Arthur en disparaissant à l'arrière.

— Ne reste pas derrière ! brailla Darwin.

Il démarra le moteur, le fit monter dans les tours et commença à relâcher l'embrayage. Il ne voulait pas patiner. Le camion tint bon. Le hurlement du moteur se fit plus aigu, l'engin ne bougea pas. Puis, au moment où Darwin eut la certitude qu'il était sur le point de perdre le contrôle et de glisser, le camion fit un bond étrange, et Darwin sut que Key avait imprimé une secousse au véhicule. Le Ford se mit à grimper la pente. Darwin lui fit prendre rapidement l'inclinaison la plus faible jusqu'à ce qu'il sorte du fossé et se retrouve tranquillement sur la route parallèle.

Après s'être dit, quarante secondes auparavant, qu'ils allaient être condamnés à passer la nuit dans le camion au milieu du champ enneigé et qu'ils devraient faire appel à une dépanneuse le lendemain, perdant ainsi toute la bonne fortune qu'il pensait avoir, Darwin eut l'impression extraordinaire d'une renaissance ; la nuit qui avait été si peu amène la minute d'avant n'était désormais rien d'autre qu'une promesse dans la neige magnifique. Il donna une tape sur l'épaule de Ronnie Panelli.

— Et voilà !

La terreur bleue avait disparu du visage de Ronnie, mais il avait toujours l'air malheureux. La bourrade de Darwin le fit presque tomber, ses mains étaient toujours coincées entre ses genoux.

— Ouais, dit-il. C'est comme ça que ça marche, hein ? Toi, t'es le Grand Chef et lui, c'est le putain de géant…

— Restons sur la route maintenant, dit Arthur en se hissant dans le camion et en bousculant Panelli au passage. Reste à une vitesse inférieure à 60 km/h, avec des pneus sous-gonflés comme ça.

Ses mains étaient rouges et pleines de boue, et sa chemise en jean pendait lamentablement sur ses épaules. Ronnie s'écarta de l'homme trempé et ajusta la molette du chauffage, un geste qui, là encore, avait peu de chances de changer la situation. Darwin pilota le camion en s'aidant des délinéateurs. Il resta bien au milieu de la chaussée jusqu'à ce qu'il remonte sur l'autoroute, et dix minutes plus tard ils repassaient à côté de l'endroit où ils avaient dérapé. Leurs traces avaient déjà disparu, recouvertes par la neige, mais ils virent l'absence soudaine de balises le long de l'accotement, puis le trou dans la clôture.

— Ouais, fit Ronnie Panelli. On s'en est sortis. C'est bien l'autoroute du paradis. Ça se voit tout de suite.

Maintenant, dans la lumière fragile du soleil matinal, Arthur Key tendait sa tasse émaillée et Darwin versait son premier café avec le vieux pot à percolateur. L'air était vif et pur dans la tête d'Arthur, et il avait faim.

— Il y a de la crème dans la glacière orange, lui dit Darwin.

Arthur ouvrit la grande Igloo et sourit à la vue de l'assortiment coloré des provisions rangées à l'intérieur comme un puzzle. Il versa un peu de crème dans son café. Darwin avait découpé d'épaisses tranches de pain au levain qu'il installa sur le grill à toast de son réchaud, puis il se mit à casser des œufs – quatre, cinq, six – dans la graisse du bacon.

Il s'interrompit, puis regarda Key.

— Il va revenir, lui dit Arthur.

Darwin cassa trois œufs supplémentaires, qui firent immédiatement des bulles blanches dans la poêle chaude. Il se décida à parler.

— Vous voulez le boulot, vous deux, ou est-ce que je vous ramène à Pocatello ?

Arthur Key se plaça devant son nouveau patron. Ils regardèrent les œufs épaissir.

— On est là, dit-il. Voyons de quoi il s'agit. Je n'ai pas envie de refaire le trajet en voiture.

— Tu me diras, dit Darwin. Les routes ont séché, depuis le temps.

Ronnie Panelli réapparut sur la vieille route du ranch quelques minutes plus tard, son ombre plus courte à présent que le soleil était plus haut, et les épaules tombantes. Il avançait vers le campement en traînant les pieds, les mains dans les poches, même si chaque lapin en fuite le faisait sursauter, et il s'approcha des deux hommes sans dire un mot.

Il regarda la poêle garnie et fumante, puis ses yeux allèrent d'Arthur Key à Darwin.

— Quoi ? dit-il. Bonjour.

Juste avant midi, les plans arrivèrent. Après le petit déjeuner, Ronnie Panelli avait grimpé dans la cabine du gros Ford et s'était enroulé dans son sac de couchage – celui fourni par Darwin –, et il s'était mis à fumer des cigarettes en attendant que le soleil réchauffe un peu le monde. Les deux autres avaient parcouru les lieux et Darwin avait fait l'inventaire des matériaux pour Arthur Key.

— Il ne s'agit donc pas d'une maison, dit Key.

Darwin ne se prononça pas, il replaça la toile et les sangles. Le soleil pointait maintenant ses rayons, il attaquait le givre, et les broussailles s'animèrent tandis que des créatures commençaient à sortir pour jeter un œil. Les cris des cailles étaient omniprésents. Darwin voulait montrer à son nouvel employé que tout son matériel était de premier choix. Alors qu'ils marchaient jusqu'à la route de terre qui les avait amenés en haut du plateau où se trouverait le chantier, Darwin remarqua à nouveau la taille d'Arthur Key et il en fut content. Il marchait dans son ombre, au sens propre. Darwin était encore mal à l'aise, mais il voulait garder cet homme – sa présence garantirait la réussite du projet.

— D'où tu viens ? demanda-t-il.

— De Californie, répondit Key.

Il prononça le mot d'une manière qui coupait court. Darwin le comprit. En fait, peu lui importait ; on embauchait des gens, et ils venaient bien de quelque part. Le truc, c'était de les encadrer comme il fallait, de faire en sorte qu'ils s'adaptent et qu'ils soient heureux. Il ne s'agissait pas d'un job permanent au ranch à proprement parler, seulement d'un été un peu dur. La route de terre qui conduisait au ranch était à un demi-kilomètre du bord de la gorge. Arrivé au portail, Arthur Key se retourna pour admirer la vue.

— C'est une propriété privée ?

— Oui. Elle fait partie du ranch où je travaillais.

— Et on va monter une ligne électrique, mais il ne s'agit pas d'une maison.

Ils virent Panelli qui tentait de s'extirper du sac de couchage avant de descendre du camion. Il avait du mal et il faillit tomber. Ils le regardèrent agiter les pieds pour se débarrasser du duvet, mais ses jurons n'arrivaient pas jusqu'à eux.

— On va installer les poteaux. C'est Idaho Power qui va acheminer la ligne.

— Il y a de l'argent derrière tout ça. Qui est-ce qui paie pour ce projet mystère ?

— Beaucoup de monde. Ne t'en soucie pas. Je te trouverai tout ce dont tu auras besoin pour ce boulot. On regardera les plans ensemble et j'irai te chercher ce qu'il te faut.

Key souriait comme s'il avait déjà entendu ces phrases-là auparavant, ou d'autres, analogues. Darwin ne put déchiffrer son expression.

— C'est un bel endroit, n'est-ce pas ?

— Magnifique, dit Key. (Il prit le chemin du retour.) Et grâce à nous, ça ne va pas durer.

Darwin donna à Ronnie Panelli une de ses paires de chaussures de chantier Red Wing renforcées aux extrémités ; elles étaient presque neuves et à sa taille. Sous les yeux d'Arthur et de Darwin, Ronnie marcha en décrivant de grands cercles, les godillots aux pieds.

— Maintenant, tu laisses des traces, dit Arthur. Ça sera juste plus dur de courir avec ça.

Ronnie le regarda et continua à marcher à grands pas. Il n'avait pas eu de nouvelles chaussures depuis plus d'un an. Darwin lui confia la tâche de bâtir leurs quartiers, une grande tente de chasseur de cerfs en toile blanche, qui pouvait accueillir quatre lits de camp, un poêle à bois et une petite table. Ils choisirent un endroit bien plat sur un côté du terrain, près de la sauge, et Ronnie commença à déballer les tubes.

— Tu vois ? dit Arthur à Darwin. Écoute. Il ne râle pas. C'est un bon travailleur. Il a décidé de ne pas dormir sous le camion ce soir.

Darwin avait des doutes, mais il gardait bon espoir.

— Est-ce que le poêle est là ? cria Ronnie Panelli.

Il était à genoux, en train de trier les éléments. Il aimait ce boulot et appréciait qu'ils le lui aient confié – il était capable de monter une tente.

— Oui, m'sieur, répondit Darwin. On pourra le décharger dès que tu seras prêt.

— Ça va être douillet comme tout, lui dit Arthur. Encore mieux que le Hilton.

— J'ai jamais été dans un Hilton de ma vie.

Darwin démarra le tracteur Farmall et recula jusqu'aux toilettes transportables encore emballées. Arthur Key passa la chaîne tout autour et Darwin les traîna à une trentaine de mètres de la tente. Key se servit d'une barre pour démanteler l'emballage de bois brut, puis après plusieurs mouvements de balancier il installa la petite structure à plat sur une surface sableuse. L'effort physique, le ronflement du tracteur, le soleil sur ses bras lui procuraient du plaisir. La température atteignait presque les 10 °C. Ronnie se battit avec les tubes en acier et les connecteurs d'angle pendant un moment, puis il démonta ce qu'il avait déjà assemblé et étala les pièces par terre pour bien faire la différence entre les coins et les faîtages du toit, puis il recommença en assemblant la structure de l'avant vers l'arrière.

Key prit une grande inspiration et son regard suivit l'arc de la terre ridée et fumante dans le lointain. À l'horizon, vers l'ouest, le ciel bleu était toujours abîmé, strié de nuages ascendants, de fumées et de minces filets de gaz. La nuit, une ou deux fois par semaine, ils verraient de minuscules langues de feu irrégulières à des kilomètres de là, dans le mystère des ténèbres. Sous leurs pieds, la couche de magma épaisse de cent cinquante kilomètres bougeait, et une semaine durant, les couchers de soleil seraient verts et orange.

Darwin gara le tracteur et aida Ronnie à faire descendre la toile fripée sur la structure métallique, et à la seconde où Arthur Key expira, le souvenir de son crime lui glaça à nouveau le cœur ; il utilisait le mot *crime* quand il y pensait – et il y pensait sans le vouloir. Il aurait dû protéger son frère et il ne l'avait pas fait. Il s'était laissé aveugler par son propre égoïsme ; il utilisait le mot *égoïsme* quand il y pensait. Et il savait qu'il avait été aveugle, parce qu'il s'était appliqué à passer sa vie les yeux grands ouverts jusqu'à mars dernier. Il grimaça lorsque la vague de ce souvenir déferla une fois de plus et il prononça le prénom de son frère, *Gary*. Il voulait prendre la vague de plein fouet. La neige et le jour vide et glacial, et maintenant le soleil dans ce grand espace froid lui avaient fait baisser la garde.

Darwin et Ronnie tiraient sur la toile récalcitrante, lourde, bloquée par son propre poids. Elle ne cessait de tomber à leurs pieds.

— On est où, exactement ? demanda Ronnie. Je suis sûr et certain qu'il n'y a rien par là. Rien du tout.

Il désignait le sud.

— C'est la Ranch Road G Sept, dit Darwin en se levant et en agitant la main dans l'autre direction. (Il respirait fort.) À 25 kilomètres, il y a Mercy.

— C'est une ville ?

— Oui.

— Dans l'Idaho ? C'est toujours l'Idaho ?

— Oui, on est toujours dans l'Idaho, et Mercy aussi.

Ils avaient déplié la toile dans le sens de la longueur et Darwin étudiait la structure qui culminait à près de deux mètres cinquante du sol.

— Je vais chercher la corde, dit-il, et il s'en alla vers le Ford.

Ronnie Panelli, tout maigrichon, était debout au milieu d'une demi-tonne de tissu plié, comme un personnage prisonnier d'un mythe auquel il n'appartenait pas. Arthur Key, souriant, vint le rejoindre.

— Comment tu trouves le job, jusque-là ?

— Ça me va. (Ronnie enjamba lourdement un gros tas de toile.) Un grand terrain, personne autour, monter des tentes... Et j'ai pas besoin de rester planté à un putain de coin de rue le matin dans l'espoir de me faire embaucher. Je prends.

Darwin revint avec un lourd rouleau de corde et se mit à le dérouler en boucles sur le sol. Il allait l'attacher en trois endroits à la toile et il tirerait l'ensemble avec le Farmall de façon qu'elle recouvre l'armature.

— Attends. (Key l'interrompit.) Fais comme ça. (Il souleva un paquet de toile au centre et le hissa au-dessus de sa tête.) Tirez chacun votre côté à l'extérieur.

Tandis que les deux autres obéissaient, il s'avança jusque sous l'armature, tenant la toile au-dessus de sa tête. Alternativement, Ronnie et Darwin tirèrent et parvinrent à la faire passer par-dessus le faîte du toit, et ils commencèrent à la faire descendre de leur côté pendant que Key tenait la toile à bout de bras, lâchant du lest petit à petit. Lorsqu'ils eurent presque fini, il restait un petit obstacle, et il fallut qu'Arthur Key entre sous la tente et secoue l'armature de manière que la couture médiane s'aligne bien sur l'arête du toit. La toile épousa la forme de la structure et ne bougea plus. Lorsque Key ressortit, Darwin et Ronnie étaient en train de reculer de quelques pas dans la sauge pour admirer leur œuvre.

— Combien tu as d'ouvriers dans ton équipe ? demanda Key.

La tente paraissait immense.

— Je ne sais pas, répondit Darwin. Tu me diras après avoir vu les plans. Peut-être que l'équipe, ce sera juste nous.

— Où il est, le poêle ? demanda Ronnie. (Il n'arrivait pas à détacher les yeux de la tente.) C'est super cool. On est en train de monter un campement.

Au milieu de la journée, ils avaient déchargé le poêle à bois emballé et garé le tracteur un peu plus loin, lorsqu'un pick-up 4×4 Chevrolet noir cerise passa le portail et se dirigea vers eux en cahotant sur le chemin défoncé. Comme toutes les apparitions dans des endroits isolés, le véhicule leur fit grosse impression ;

c'était un camion magnifique avec une double cabine et des doubles pneus sous les ailes arrière, arrondies et étincelantes comme des objets fabuleux. Key et Panelli contemplèrent le pick-up avec une admiration muette, malgré eux. Ils étaient sur le plateau depuis une demi-journée et ce camion rouge foncé leur paraissait déjà être un intrus. Effectivement, les trois hommes firent un pas en arrière lorsqu'il approcha. Darwin tendit le pied-de-biche à Ronnie. Le jeune homme s'était déjà vu confier le générateur et la scie circulaire ; il avait pour instructions de déballer le poêle, puis de découper les planches qui avaient servi à l'emballer à la longueur convenable pour pouvoir les brûler. Le gros pick-up décrivit un cercle et se rangea de manière qu'ils puissent lire les lettres capitales ombrées qui ornaient la portière : BABCOK ENGINEERING, TWIN FALLS.

Darwin s'approcha du camion, faisant mine d'hésiter l'espace d'une minute pour signifier à Arthur Key de l'accompagner, mais Key resta là où il était. Ronnie et lui virent un pâle jeune homme vêtu d'une chemise à carreaux très chère et de bottes marron étincelantes descendre de la cabine et extraire un rouleau de plans de la boîte à outils placée à l'arrière du pick-up. Il tendit les plans à Darwin et ils parlèrent un moment, contemplant une ligne imaginaire jusqu'à la rivière que le jeune homme traça dans l'air du plat de la main. Puis ils discutèrent encore plusieurs minutes, dessinant dans la poussière du bout de leurs bottes et parlant comme les joueurs sur le monticule du lanceur, dans les matchs de base-ball, sans que jamais leurs regards se croisent, les yeux posés sur un point par-delà l'épaule de l'autre, rentrant d'un doigt leur chemise dans leur pantalon, comme si tout avait été fixé une fois pour toutes il y a longtemps dans le grand livre qui était posé, fermé, quelque part loin de là. Arthur Key remarqua tout cela avec intérêt, constatant que Darwin répondait à l'autre homme avec trop de déférence, qu'il supportait de manière trop impassible les ordres pressants qui lui étaient donnés.

— Beau pick-up, dit Ronnie Panelli.

— Tu n'es qu'un voleur à l'étalage, se moqua Key. Tu ne toucherais pas à un camion pareil.

Ils regardèrent l'homme à la chemise à carreaux remonter dans son Chevrolet et faire tranquillement son demi-tour dans la terre avant de partir.

— Je toucherais pas un pick-up comme ça parce qu'on le repère à quinze kilomètres. Je me ferais vite arrêter.

— On t'a arrêté pour vol à l'étalage.

Le visage de Ronnie, trop fin pour faire montre de duplicité, parut contrarié.

— Quelques fois. Ils m'ont chopé quelques fois. Mais j'ai déjà pris des voitures. J'ai pas peur de voler une voiture quand j'en ai besoin.

Darwin revenait vers eux, un long tube à la main. Avant qu'il n'arrive, Arthur Key se tourna vers Ronnie Panelli et dit :

— Tu as pris la voiture de ton père le jour où tu es parti. Tout le monde fait ça. Ce n'est pas du vol, c'est une évasion. Mais je plaisantais. Ne sois pas fier d'être un voleur. Réjouis-toi qu'on soit ici. C'est exactement ce qu'il nous faut. Comme tu l'as dit – on construit un campement. Et on est sur le point de découvrir le grand mystère.

Il prononça la dernière phrase plus fort de façon que Darwin puisse l'entendre. L'homme répondit par un hochement de tête et, d'un signe de la main, il les invita à le rejoindre devant le hayon ouvert de la petite jeep.

— Il est clair qu'il va nous falloir une vraie table.

Ils déroulèrent les feuilles de papier et dégagèrent du pied quatre pierres dans le sable pour les mettre sur les coins. Ronnie Panelli dit :

— Bon, alors, de quoi il s'agit ?

Il ne comprenait pas que les deux autres regardent les plans avec une telle intensité. Il se passait quelque chose. Arthur Key examinait la grande feuille barbouillée de violet avec ses lignes entrecroisées qui allaient bien au-delà de ce que Ronnie était en mesure de comprendre.

— Est-ce que tu peux le faire ? demanda Darwin à Key.

Il parlait presque à voix basse.

Il y avait deux grandes feuilles, et Key les étudia toutes les deux avec soin. Une minute passa, la minute charnière entre le matin et l'après-midi. Panelli comprit que c'était le moment le plus étrange de la journée. Il n'était pas habitué à ce genre de silence – trois hommes muets en plein air.

— OK, dit-il enfin. Allez, on va le faire. On va construire ce truc.

— Attends une minute, fiston, dit Darwin – phrase qui comportait deux erreurs à elle seule : un appel à la patience et le mot *fiston*.

Panelli s'éloigna en sautillant. Il savait comment se comporter, désormais, ou du moins le croyait-il.

— Une minute ? Bon. Allez, vous deux. On peut le faire. Qu'est-ce que c'est ? Hé, regardez-moi cette tente. Vous m'écoutez ? Eh, Conan l'Ingénieur, c'est quoi, le problème ? Allez…

Key eut ses deux mains sur lui en moins d'une seconde et le tint à bout de bras comme on tient un petit vaurien teigneux, une main refermée sur le col de la chemise de Panelli.

— Tu m'appelles comme ça encore une fois… dit Arthur Key. (Il n'avait pas haussé la voix. Darwin n'avait pas bougé.) Vas-y donc, essaie encore de faire le malin, espèce de petit voleur.

Les chaussures de Panelli étaient juste au-dessus du sol et il était clair pour les trois hommes que Key pouvait le jeter loin par-dessus la jeep.

Ronnie eut l'intelligence de regarder le colosse dans les yeux et de dire du mieux qu'il pût :

— Non, je crois pas. Laisse-moi, putain.

Key le laissa tomber sur le sol, le gamin s'écroula sur le côté dans la terre fleurant la sauge, et Arthur regretta son geste moins d'une seconde plus tard. Ronnie Panelli se dépêcha de se relever, puis il se ravisa et se rassit, les coudes calés sur les genoux, aussi immobile qu'une statue, évitant les regards des deux autres. Darwin regarda Arthur Key pour l'inviter à intervenir. Key dit à Ronnie Panelli :

— Allez, debout.

Darwin revint aux plans et ajusta les pierres sur les coins, le boulot avant tout. Panelli ne bougea pas.

— Allez, Ronnie, dit Key.

Et bien que Key n'eût pas fait un seul pas vers lui, Panelli, outragé, leva vivement le menton.

— Oh, bon sang, fit Key. Allez.

Bien entendu, lorsqu'il s'approcha pour relever le jeune homme, celui-ci se débattit. Il recula et s'enfonça dans les broussailles, puis il s'enfuit à quelques pas de là. Key envisagea de le suivre, mais il revint sur sa décision et resta immobile, secouant la tête, le menton baissé. Il fit volte-face et retourna à la jeep où Darwin l'attendait, penché sur les plans. Les yeux de Darwin étaient remplis d'attente, et Key lui répondit par un :

— Ouais, je vois de quoi il s'agit.

Il le dit d'un ton dégoûté.

— Une minute, dit Darwin.

Et il alla rejoindre Ronnie dans les broussailles, puis il l'amena à l'endroit où se trouvaient le générateur, la scie, le tas de bois brut. Key entendit le générateur se mettre en route et babiller, puis la scie circulaire qui lâchait deux ou trois pétarades. Darwin montrait à Ronnie comment découper les planches de pin blanc en morceaux. Arthur Key fit rouler ses épaules et sentit que la tension s'y était installée. Quel bel endroit. Les plans frissonnaient dans la brise. Il réfléchissait et il n'arrivait pas à savoir. Quand il avait son entreprise, à Los Angeles, il évitait ce genre de boulot, des projets comme celui-ci où se mêlaient beaucoup d'idiotie, beaucoup d'argent et un endroit mal choisi. Il regarda Darwin reprendre la scie au jeune homme, le faire changer de position pour qu'il ne se coupe pas et ne coupe pas le fil, puis lui rendre l'engin. Key aimait bien ce lieu et il savait qu'il lui fallait être ici, mais ce n'était pas un bon projet. Il faisait frais en ce début d'après-midi, et bientôt arriverait la fin de la journée, puis le soir tomberait sur le plateau. Il contempla l'horizon vers l'ouest, comme il le ferait vingt fois par jour pendant les deux mois qu'il passerait ici, et il vit les grands replis des montagnes lointaines et au beau milieu, les cônes préhistoriques, dans un ciel d'un bleu laiteux. Le ciel ici était partout, mais ce n'était jamais le même ciel, et il s'y tenait debout. Ronnie avait maintenant la scie circulaire dans la main et l'air résonnait de la vibration aiguë de la lame métallique qui traversait le bois en trillant.

Darwin retourna à grands pas jusqu'à Arthur Key.

— S'il ne se coupe pas un doigt, on le garde, dit-il avant de sourire. Il n'a pas beaucoup d'expérience. (Il désigna les plans d'un geste.) Est-ce que tu peux le faire ?

— C'est un petit boulot de merde, dit Key.

Il voulait que sa voix soit lourde de reproche.

— C'est possible, dit Darwin. Marchons un peu pour nous éloigner du bruit.

Ronnie avait pris le rythme, et on entendait des coups de scie à intervalles réguliers de quelques secondes. Darwin s'avança vers la gorge.

— Qui c'était, ton type dans le pick-up ?

— Juste un consultant. Un ingénieur.

— Un pas très bon, alors. Ses petits plans sont faux d'un bout à l'autre. Mais peu importe, pas vrai ? En résumé, quelqu'un va se tuer ici. (Key avait élevé la voix et désignait un endroit au-dessus de la rivière.) Juste ici. Voilà ce que ça signifie.

Darwin gardait les yeux rivés sur ceux de Key, soutenant son regard. Soudain, une petite buse à queue blanche passa juste devant eux en montant du canyon, si près que Key put voir le grain de ses serres. Ils observèrent la buse qui fit un tour rapide au-dessus de l'endroit où Ronnie Panelli débitait son tas de bois.

— Le bruit de la scie lui a fait croire qu'il y avait un animal blessé par ici, un lapin ou un faon, dit Darwin.

Le rapace disparut dans le ciel.

— Il y a des cerfs ?

— Des pronghorns. Des cerfs. Des wapitis, parfois.

— Avec ce projet, tu vas définitivement saccager un assez bel endroit.

Darwin sortit un paquet de cigarettes de sa poche de chemise et en tendit une à Key. Ils s'assirent sur le parapet de pierre au-dessus de la rivière et fumèrent.

— Tu peux la construire, n'est-ce pas ? fit Darwin. Tu es mon homme.

— N'importe qui pourrait le faire, ce truc de merde. De ce que je comprends, c'est une installation à usage unique.

— Ces décisions-là ont été prises ailleurs.

— Et tu veux le faire.

— Je suis le chef d'équipe pour un assez bon boulot qui va durer quatre-vingt-dix jours. Le salaire est correct et j'ai besoin de l'argent. Une page de ma vie s'est tournée. Maintenant, je fais ça. C'est juste la prochaine chose à faire sur ma liste.

À ce moment-là, Darwin s'approcha d'Arthur, il leva le menton devant le colosse et dit sur un ton direct qui ne laissait place à aucune ambiguïté :

— Mais je veux le faire bien.

Key aimait la franchise avec laquelle Darwin lui parlait et il savait depuis l'instant où ils s'étaient rencontrés qu'il avait confiance en cet homme – il se trompait rarement sur les gens. Il avait été sur le point de partir, de demander qu'on le reconduise en ville, dans n'importe quelle ville, il avait été prêt à quitter cet endroit rare et à retrouver les jours de vaches maigres qu'il connaissait depuis des semaines, des semaines terribles. Il se voyait à nouveau assis sur un lit aux draps amidonnés quelque part dans une chambre louée pendant des après-midi entiers, comme il l'avait fait depuis qu'il était arrivé de Californie après son méfait. Mais il constatait à présent qu'il faisait partie de l'équipe parce qu'il avait confiance en cet homme. Le ruban de la rivière étincelait loin en dessous d'eux comme un jeu de lumière dans la profondeur sinueuse du canyon. De l'autre côté du plateau, pas très loin, Ronnie enfonçait sa scie circulaire dans le bois qui hurlait. Arthur Key sentit la décision tourner dans sa tête et prendre forme. Il ferait cela comme un boulot, sans s'impliquer d'une quelque autre façon. Comme Darwin l'avait dit, les décisions étaient prises ailleurs.

— On peut le faire, dit-il. (Il prit le bras de Darwin et le serra dans un geste amical.) J'espérais vraiment qu'il s'agirait de bâtir un pont. Ça aurait été un peu trop pour moi, mais c'est ce que j'espérais.

Darwin lui fit un signe de tête.

— Mais il va falloir qu'on refasse ces plans. Ça ira pour toi ?

— J'irai te chercher tout ce dont tu as besoin.

La scie s'était tue et le bouillonnement lointain de la rivière montait jusqu'à eux. Ils apercevaient le tas de beaux morceaux de bois que Ronnie Panelli avait découpés. Le jeune homme se trouvait maintenant à côté de la jeep, penché sur les plans.

Arthur Key désigna le camion, son chargement de matériel et d'équipement d'un hochement de tête.

— Tu as déjà à peu près tout. On va avoir besoin de contreplaqué, n'importe lequel, pour ces panneaux d'aggloméré de 15 millimètres. On va pas travailler avec ça. Et il se peut qu'on ait besoin de plus de ciment. Faisons à manger au gamin, et ensuite, on va creuser quelques trous.

2

LE PREMIER JOUR, ils travaillèrent jusqu'au début de la soirée, mais les trois hommes eurent des soucis avec leur équipement et ils renoncèrent à forer. Darwin avait mesuré les intervalles et marqué les endroits où il fallait creuser, mais le tracteur refusa de coopérer. Comme souvent par la suite dans le campement, le jour se révéla trop court pour qu'ils mènent à bien tout ce qu'ils avaient projeté de réaliser. Trop fréquemment, même lorsque les jours commencèrent à s'allonger avec le printemps et l'arrivée de l'été et de ses crépuscules de deux heures, la nuit irrévocable surgissait tandis qu'ils étaient au beau milieu de leurs tâches. Key se tournait vers Darwin pour lui demander le niveau et ne parvenait pas à le voir alors que celui-ci lui tendait l'instrument. Ils adoptèrent une routine sans même avoir eu besoin d'en parler: ils rassemblaient leurs affaires, ramassaient tous les outils qui étaient éparpillés par terre et les rangeaient dans la pelle du tracteur ou les posaient sur le capot du Farmall. Une oreille attentive n'aurait surpris que quelques bruits métalliques, ceux des marteaux, des ciseaux, des pieds-de-biche, des tournevis qui se regroupaient face à la nuit. "Rien de pire que de retrouver le matin une clé à molette par terre", avait dit Key à Ronnie Panelli le deuxième ou le troisième jour, lorsque le jeune homme eut enfin compris ce qu'était une clé à molette. La nomenclature complète des outils lui était inculquée par petites doses quotidiennes, une leçon à laquelle il résista d'abord, le temps qu'il se rende compte que ces outils étaient un peu les siens aussi, qu'il faudrait bien qu'il s'en serve, qu'on s'attendrait à ce qu'il les utilise sans aucune aide. Avant d'être ici, il avait appris le langage de deux univers, l'un était celui de la rue, l'autre, celui du golf – il avait eu une vie de caddy. Si le ciel était menaçant, les hommes prenaient le temps de tout ranger dans la grande caisse étanche à côté de leur tente. Et les journées se terminaient sur cette attention portée à leurs outils, et les journées commençaient dans l'exaltation du grand air, et la tête penchée sur leur bol de café, les yeux mi-clos, ils se réveillaient dans la certitude que la pelle, la chaîne, le poinçon se trouvaient à leur place.

Le premier jour, après un déjeuner de sandwichs au rosbif préparés avec le pain au levain que Darwin avait rapporté de Pocatello, ils avaient ajusté la tarière de trois mètres sur le cardan du tracteur, et déjà la lumière vacillait, les ombres étaient deux fois plus longues que les objets et les oiseaux sauvages de toutes espèces se mettaient à sillonner les cieux les plus hauts. Ce premier déjeuner avait été bizarre ; Darwin découpait le pain sur la table improvisée à l'arrière du camion avec le couteau de boucher qu'ils apprendraient tous à utiliser – un outil aussi grand qu'une scie à métaux – pendant que Ronnie Panelli restait devant le camion, à bonne distance d'Arthur Key. Et puis les sandwichs eux-mêmes, chacun de la taille d'une miche de pain, jamais Ronnie Panelli n'en avait eu d'aussi grands entre les mains ; ils n'eurent l'air démesurés qu'un temps, jusqu'à ce que l'immensité de l'endroit s'impose de nouveau à eux. Un début d'après-midi dans un tel espace exigeait pareille quantité de nourriture. Panelli tint son sandwich à deux mains et mordit dedans, toujours posté devant le camion, pour que le véhicule reste bien entre Key et lui pendant que les deux hommes parlaient, assis sur des madriers empilés.

Le pain était frais et rustique. Darwin regardait Arthur manger.

— C'est bon ? demanda-t-il.

Arthur Key hocha la tête et Darwin poursuivit :

— Alors, tu le veux, ce boulot ? (Il pointa un doigt vers le nord, vers le ciel où, dans le jour bleu, flottaient des lambeaux de nuages totalement vidés de leur eau.) Si tu veux, on finit de manger et je vous ramène à Pocatello.

Key, qui prenait plaisir à la caresse du soleil sur son visage et à sa chaleur, leva les yeux tout en mâchant. Il secoua la tête.

— Je ne veux pas refaire ce trajet.

Darwin posa son sandwich sur la planche à découper et ouvrit le couvercle du gros bocal de cornichons avant de le tendre à Arthur Key.

— Tu me diras, dit-il. Il suffit de regonfler les pneus, et la neige est partie depuis longtemps.

Au bout d'une minute, Arthur Key dit :

— C'est un bon sandwich. Juste comme il faut pour celui à qui il est destiné. (Il le brandit.) Avec un peu de vin, ce serait encore mieux.

— Un bon vin rouge, suggéra Darwin.

— N'importe quel vin rouge. Le vin blanc n'est pas fait pour être bu, c'est juste un truc décoratif.

L'autre homme éclata de rire. Ils parlaient tous deux la bouche pleine.

— Il y a de l'eau, cria Darwin à l'intention de Ronnie Panelli.

Il faisait référence au réservoir de vingt litres qui était maintenant posé à côté de la tente. Quand il vit qu'il ne recevait pas de réponse, Darwin ajouta :

— Tu n'es pas obligé de rester là-bas et de manger seul. Il y a de la place sur le banc.

Panelli ne se retourna pas. Juste après une heure de l'après-midi, le soleil était au zénith sur le plateau, et si on prenait soin de s'installer à l'abri de la brise fraîche, il était chaud. Il faisait en réalité 15 °C, et à minuit on descendrait à -5 °C. C'était un de ces jours où la vieille pierre travaillait, se dilatait et se rétractait, où les plaques de grès rouge se soudaient puis s'affaissaient, lâchant un rocher dans la gorge tous les cent ans, tandis que se tenaient prêts par rangées entières des blocs de plus de cent tonnes alignés sur le bord déchiqueté et abrupt du canyon.

Darwin mangeait. Il observait Arthur Key. Il essayait de dire quelque chose, une chose qui en entraînerait une autre, qu'il ignorait. Il réfléchit puis fit marche arrière. Finalement, il se lança :

— Mais boire, ce n'est pas ton truc. Ce n'est pas la raison pour laquelle tu es ici.

Key leva les yeux comme s'il n'était pas moins à l'aise sur ce sujet-là que sur un autre. Son expression montrait qu'on avait déjà tenté de percer ses secrets.

— Non, dit Arthur Key. Effectivement. Je voyage, c'est tout.

— OK, c'est sans importance, dit Darwin.

Il était encore tôt dans la saison, et il préférait tout de même que ses poteaux et son boulot soient bien faits plutôt que de connaître ce colosse appuyé contre l'arrière de la jeep à côté de lui. Il poursuivit :

— Il y a du boulot ici, dans le coin, bon an mal an. Aujourd'hui, de l'eau et des poteaux électriques, et dans une nuit ou deux, on aura notre vin.

Mais ils ne déchargèrent même pas les poteaux avant la fin de la matinée du lendemain, tant la préparation leur demanda du temps. D'abord, un peu plus tard, il y eut ce joli moment où Ronnie Panelli tourna autour du Ford et s'approcha lentement des deux hommes, la main posée sur l'aile de la jeep. L'expression de son visage était bien différente maintenant qu'il avait mangé, et déjà son équilibre intérieur avait changé, moins de vingt-quatre heures après avoir quitté Pocatello, une ville où il venait de passer un mauvais mois sans un seul vrai repas. Arthur Key n'était pas le même, lui non plus, maintenant qu'il s'était installé dans sa nouvelle vie sur le plateau, dans son boulot, sans être assailli de doutes, et il dit au jeune homme :

— Eh bien, t'as mangé ce fichu truc en entier ?

L'espace d'un instant, le visage de Panelli révéla qu'il prenait la remarque pour une accusation, comme il l'avait fait pendant des années et des années, au moins dix sur les vingt qu'avaient duré sa vie. Mais alors, il se passa quelque chose qui ne lui était jamais arrivé auparavant : il encaissa l'accusation et sur son visage apparut une sorte de fierté, ce qu'il convient vraiment d'appeler un grand sourire ravi malgré sa franche détermination à vouloir détester Key pour l'avoir flanqué par terre ce matin-là. Pendant une demi-seconde, Darwin l'observa, puis sans le décider vraiment, il les entraîna dans son rire qui éclata à ce moment-là.

— Eh oui, t'as sacrément raison, je l'ai mangé, dit Panelli. Je suis même revenu ici en prendre un autre.

— Tu le mérites, lui dit Key. Il suffit de regarder ce campement.

Ils se tournèrent pour admirer la grande tente blanche, le seul édifice dans la rondeur du monde.

— Je sais, dit Panelli. Et regarde-moi ce bois. Quelqu'un l'a découpé. (Dans sa voix résonnaient, sans la moindre dissimulation, les premières notes d'une fierté pure, joyeuse et apaisante.) Cette scie est délirante.

Mais il leur fallut le reste du jour pour assembler la tarière. Elle faisait presque trois mètres de long, d'un seul tenant, cent kilos d'acier flambant neuf. Key ne se rappelait pas en avoir déjà vu une neuve, et la lame arrondie et étincelante lui rappela l'argent qui avait été investi dans ce projet. La cheville de l'outil ne correspondait pas à la prise de force du tracteur, et les hommes luttèrent bien au-delà des lueurs dorées et cendrées du crépuscule. Le tracteur et la tarière avaient été fabriqués à cinquante ans d'écart dans des pays différents, et Arthur Key dut concevoir un autre cardan pour l'assemblage. La procédure aurait pris une journée de plus si Darwin n'avait pas eu Key pour tenir droit et fermement l'énorme engin, tandis que Ronnie et lui poussaient centimètre par centimètre la cheville en maintenant le cardan aligné pour le fixer solidement avec la clavette artisanale fabriquée par Arthur. Arthur, dont le bras entourait amoureusement la tarière en acier, fit avancer la cheville dans l'attache supérieure avec une petite masse, chaque coup se signalant par un joli petit bruit métallique. Il expliqua à Ronnie, qui avait de la graisse jusqu'aux coudes :

— Parfois, le boulot d'un technicien consiste juste à choisir un plus gros marteau.

Dans les dernières lueurs du jour, Darwin grimpa sur le siège du Farmall et démarra le tracteur. Lorsqu'il enclencha la commande auxiliaire et qu'il embraya, la tarière se mit à tourner, et Ronnie Panelli cria dans le crépuscule grouillant déjà de toutes les chauves-souris et hirondelles qui avaient remonté la paroi du canyon :

— C'est bon !

La journée avait été longue. Ils rassemblèrent leurs outils, les pinces et la clé à molette et tous les marteaux et la burette d'huile, et quand ils les eurent rangés, ils rentrèrent sous la tente. Ils consacrèrent encore une minute, à la lueur de la lanterne à gaz qui sifflait, à chercher des écrous et des rondelles freins en acier qui s'étaient égarés. Ils sentaient sur leurs épaules et sur leur tête nue la fraîcheur infinie qui descendait comme des voiles finement tissés de l'espace tandis que les ténèbres tombaient et s'épaississaient. Il fallait encore monter à la lueur de la lampe torche les lits de camp venus des surplus de l'armée. Ils discutèrent brièvement du poêle. Ronnie voulait prendre l'heure nécessaire pour l'installer le soir même ; son bois était empilé là comme une promesse d'abondance. Tandis qu'ils réfléchissaient à haute voix, la vieille lanterne de Darwin luit et vacilla à l'endroit où elle était accrochée à la toiture de la tente. Mais les hommes emportèrent le morceau en promettant de s'atteler à la tâche au petit matin, puis en s'installant dans leur couchette et en gardant le silence, ce qui ne laissait plus d'autre argument que le sommeil.

Le quatrième jour sur le plateau du Rio Difficulto, après avoir foré les dix trous pour les poteaux à des intervalles de 40 mètres depuis la route du ranch jusqu'au campement, et après avoir usé la mèche de leur nouvelle tarière sur plus de deux centimètres dans le sable, l'argile et le grès rouge, Darwin, Arthur Key et Ronnie Panelli rangèrent leurs outils tôt dans l'après-midi et partirent pour Mercy, tous trois installés à l'avant de la vieille jeep – un voyage de trente kilomètres où ils se trouvèrent plutôt à l'étroit, compte tenu de la taille de Key et de la blessure de Panelli.

Derrière eux, six grands poteaux marron étaient plantés dans le sol, comme l'amorce d'une barrière démente pour géants. Ils roulaient sans parler parce qu'il n'y avait rien à dire. Darwin les avait avertis ; le médecin ne serait pas à Mercy, il faudrait le faire venir de Twin Falls, mais il y avait quelques secouristes et la clinique était bien équipée et disposait de tout le matériel dont ils auraient besoin pour extraire l'éclat de bois que Ronnie avait dans l'épaule.

Arthur Key ne voulait pas parler ; il ne voulait pas demander une fois de plus, ainsi qu'il l'avait fait chaque fois qu'ils étaient secoués par un cahot sur la route de terre, "Est-ce que ça va ?" et entendre Ronnie mentir de sa voix bizarre : "Ouais."

Et Ronnie Panelli ne parlait pas, parce que ses perceptions devenaient de plus en plus laiteuses et qu'il se disait qu'il allait mourir. Le vilain harpon de bois d'une trentaine de centimètres était juste là, il dépassait de son épaule, à la fois devant et derrière, absorbant toutes ses pensées tandis qu'il se penchait en avant, la tête entre les mains.

Le sixième poteau avait glissé. Les trois hommes avaient foré tous les trous et les avaient nettoyés jusqu'à une profondeur de 2,5 m, Ronnie à plat ventre dans la terre avec la pelle comme s'il creusait les fondations de sa propre maison. À l'aide du système de relevage du tracteur Farmall, ils avaient attaché avec une chaîne puis hissé un par un les poteaux électriques traités et les avaient insérés dans leur trou. Ils étaient solidement plantés dans la terre dure et Darwin fut heureux de constater qu'il leur faudrait couler bien peu de ciment par la suite. Art avait roulé et soulevé tant de poteaux dans la journée, les poussant et les tirant au bout de leur chaîne, que Ronnie s'était lui aussi mis à agir comme s'ils ne pesaient pas une demi-tonne. Lorsque le sixième était monté à un angle de 45 degrés, Ronnie l'avait calé sur son épaule de la même manière que le faisait Arthur depuis le matin ; c'est alors que le poteau s'était bloqué, mordant soudain le bord du trou et fauchant Ronnie. Quand il s'était décoincé, il avait giflé Ronnie comme une insulte et l'énorme éclat l'avait cloué au sol.

À présent, la jeep roulait lentement sur le chemin de terre. Tout au fond de lui, en silence, dans un coin de sa mémoire qu'il avait pourtant si bien fermé et verrouillé une fois pour toutes, pensait-il, Arthur Key se souvenait de tout : les grands événements de sa vie, ceux qu'il pouvait voir de là où il se trouvait, étaient certainement de sa faute, et il essayait de comprendre si cet accident aussi était de son fait. Ils avaient découpé la chemise de Ronnie juste après que le poteau eut glissé et écrasé le garçon assez longtemps pour le perforer ainsi, et Key voyait la blessure d'où sortaient les bords acérés et ensanglantés du morceau de bois. Il était planté haut dans l'épaule, mais cela avait l'air grave. Darwin lui avait lancé un regard qui disait très exactement et simplement ça : cela pourrait bien être grave.

Une demi-heure plus tard, ils franchissaient les voies désaffectées du chemin de fer qui avait transporté des tonnes de pommes de terre jusqu'à la côte ouest pendant la Seconde Guerre mondiale, et qui aujourd'hui étaient envahies d'herbes printanières exubérantes sorties de la moindre fissure du sol, puis le petit 4×4 arriva à la section pavée du G17 connue sous le nom de Main Street à Mercy, Idaho ; ils passèrent devant le jardin verdoyant de l'église mormone et ralentirent en traversant l'ensemble hétéroclite que formait Mercy – même la juxtaposition délabrée des édifices nus le long de Main Street lançait à Arthur Key un genre d'avertissement : il ne s'était pas rendu compte à quel point le campement isolé répondait à son besoin atavique de jours simples, exempts de tout ce qui rappelait la civilisation. Dans ce vieux hameau, on aurait dit qu'il y avait cent couches de dix mille décisions, dont seules quelques-unes étaient dignes d'intérêt.

Darwin se mit à parler dès que la ville de Mercy apparut, tel un épi dressé sur la bordure alluviale d'une grande plaine cultivée, avec d'un côté, les premiers contreforts de la chaîne de Mertz et, de l'autre, la gorge où coulait la rivière.

Il leur dit qu'à l'exception des maisons éparpillées qui entouraient la petite ville, il n'y avait que deux édifices à Mercy qui avaient gardé leur fonction première : la maison de quartier en brique rose de l'église mormone, entourée de son incroyable pelouse dont la santé débordante contrastait si violemment avec l'aménagement courant dans la ville ; et la clinique médicale et dentaire de plain-pied, entièrement dallée, à l'autre bout de Main Street.

Toutes les autres constructions le long de cette rue avaient eu au moins deux vies, et voilà qu'il les énumérait, parlant parce qu'il le pouvait, parce qu'il voulait ralentir son rythme cardiaque, sortir de cet état proche de l'affolement. Il aimait bien ce gamin et il voulait que Ronnie s'en sorte. Il voulait qu'il s'en sorte et il n'était sûr de rien.

— Le Sunrise Cafe, dit-il en pointant un doigt vers le soleil épanoui au-dessus d'une tasse de café géante, peint sur la vitrine. C'était l'ancienne bonneterie. Ici, c'est chez Schindler, notre quincaillier. Vous irez certainement un jour ou l'autre. Il s'est installé dans l'ancien bâtiment de la Trail Bank. (Darwin conduisait en désignant les édifices et parlait comme s'il avait un public.) Cette First Security Bank était un hôtel à l'origine, peut-être le premier bâtiment de Mercy, et il est toujours le plus haut, avec ses deux étages. Il a eu peut-être vingt noms différents, il s'appelait le Little Sky quand on s'est installés au ranch voilà quarante ans. Ici, c'est Gem Arts and Crafts où on peut acheter tout ce qu'il faut pour faire un scrapbook, par exemple, et en fait, c'est le hall de l'ancien théâtre Gem. Autrefois, l'enseigne "The Gem" enjambait la rue, une grande arche verte qui était ni plus ni moins un danger public. Elle a fini par être arrachée par quelqu'un qui a traversé la ville avec une moissonneuse-batteuse, oh, il y a de ça une dizaine d'années.

Darwin vit Arthur Key qui le regardait, ahuri de ce discours et peut-être inquiet, il n'en savait rien, mais il ne pouvait pas s'empêcher de parler.

— Et ça c'est le vidéoclub qui s'est installé dans l'ancien Mercy Restaurant; il avait été ouvert par deux familles qui avaient quitté l'Oregon Trail. Et là, le Bradshaw Auto Parts dans les locaux du défunt Liberty Bar, qui a fermé en 1967 après que deux hommes se sont entretués pour un ruban de chapeau en argent, ou un chapeau, je ne sais plus; et l'Antlers, le meilleur endroit où manger en ville, c'était autrefois la bijouterie Baum. Un des types du ranch est maintenant leur cuisinier. Lorsque le vieux Baum avait sa bijouterie, j'y ai acheté une broche en rubis pour ma femme; elle avait un motif, un bateau, ou un rouge-gorge, c'était quelque chose.

Il se tourna, croisa le regard d'Arthur Key et ajouta:

— Et la clinique. On y est. Tout va bien se passer.

Ils entrèrent sur le parking, se garèrent à côté de l'unique voiture qui s'y trouvait, une vieille Oldsmobile blanche aussi imposante qu'un bateau. Les yeux de Panelli étaient vitreux, son visage, d'un gris soutenu. Il était conscient, mais il laissa Arthur le porter à l'intérieur du bâtiment. Sa blessure était une plaie par perforation classique – le saignement avait été peu abondant, arrêté par l'éclisse de bois à la fois funeste et salutaire.

Darwin dut obtenir de la réceptionniste qu'elle ouvre l'aile médicale de la clinique. Ils l'avaient interrompue dans ses études. Son bureau était couvert d'une douzaine de brochures et de fiches techniques concernant une formation d'agent immobilier par correspondance. Key la regarda – une femme en pull marron, qui devait avoir trente-deux ans – avec la distance qu'il maintenait pour observer toutes les gesticulations inutiles de ce monde, et il sentit les ténèbres s'ouvrir sous ses pieds lorsqu'elle se leva et contourna le lamentable étalage de papiers sur le comptoir, les yeux rivés sur le visage terreux de Ronnie. Pendant cette seconde-là, Arthur Key détesta cette femme avec une intensité indicible; il serra la mâchoire et resta ainsi. Il la détestait et il détestait être devenu un homme qui considérait les comportements inutiles comme des crimes majeurs. Il avait envie de balayer le bureau d'un mouvement de bras, de mettre en morceaux tout l'aménagement de la pièce et de tout balancer à travers la fenêtre sale, sur la rue. Sa vision se troubla, puis il se concentra à nouveau sur son environnement et suivit la femme et Darwin dans le couloir jusqu'à une salle d'examen. Ronnie Panelli était inconscient à présent, son visage d'un gris terne. La femme dit quelque chose à Darwin et quitta la pièce.

— Pas question, dit Arthur Key à Darwin, qui lui montrait la table d'examen. Je vais le porter, c'est tout.

Avant qu'ils puissent ajouter autre chose, un homme tout petit en tenue de médecin se glissa dans la pièce et ouvrit un des yeux de Ronnie avec son pouce. L'homme décrocha le tensiomètre du mur et le tendit à Darwin.

— Mettez-le là, dit-il en lui montrant le bras droit de Panelli.

Puis, s'adressant à Arthur Key :

— Ça va aller ? Vous pouvez le maintenir ?

— Oui.

L'homme avait des mouvements rapides et Key appréciait. Il tâta le pouls et appliqua son stéthoscope. Puis il regarda sous le menton et derrière les oreilles.

— Je ne vois pas, dit le petit homme. Que s'est-il passé ? Ce n'était pas une explosion ? (Ses cheveux d'un blond étincelant étaient fins et clairsemés sur son crâne rose.) Vous êtes mineurs ?

— Un poteau électrique, dit Darwin. Glissé. Tombé.

— Bon, dit l'homme en jaugeant le terrible éclat. (Il effleura l'extrémité pointue de la chose.) Un poteau traité. Il va avoir un goût de créosote dans la bouche pendant une semaine ou deux, si nous arrivons à le réveiller.

Il alla jusqu'à la porte et lança :

— Linda, dites à Randy qu'il faut qu'il vienne.

La voix féminine répondit :

— J'ai déjà appelé.

— Quand il arrivera, on sortira cet éclat de l'épaule du gamin et on le renverra sur le pont. Mettez-le là, dit-il en tapotant la table, on va le réchauffer.

— Vous n'êtes pas le médecin, dit Key en allongeant délicatement Ronnie sur la table haute.

L'homme installait maintenant une perfusion.

— Non, effectivement. Je m'appelle Bob Freeman. (Il tendit une couverture à Art.) Installons-le confortablement. Il n'y a pas de médecin à Mercy. Je suis le dentiste. Il ne s'est pas fait mal à la bouche, n'est-ce pas ?

Le dentiste Bob Freeman s'avéra convenable. Il avait les clés des armoires à médicaments et il prit soin de faire à Ronnie une injection contre le tétanos. Une fois qu'ils eurent traité Ronnie pour la commotion en lui surélevant les pieds et en lui posant une intraveineuse, Bob partit avec Darwin dans la salle d'attente pour remplir les papiers. Il ne regarda pas Key une seule fois, ne s'émerveilla pas de sa taille, de sa force, de rien, et Arthur sentit les muscles de son cou se relâcher d'un cran. Il se sentait oppressé par l'exiguïté des pièces minuscules de la clinique, les plafonds blancs insonorisés qui ne se trouvaient qu'à quelques centimètres de sa tête. Il se tint immobile par la force de sa seule volonté, relâcha enfin la tension dans sa mâchoire et laissa ses bras tomber le long de ses flancs. Panelli était allongé sur le côté, détendu, son visage désormais coloré de deux nuances de bleu. Un moment plus tard, Bob Freeman revint enfin dans la pièce et lui demanda de sortir avec lui.

— C'est superficiel, dit Freeman. (Ils étaient assis sur les traverses de l'ancienne voie ferrée qui délimitaient le petit carré de l'ancienne pelouse devant la clinique.) Je suis presque certain que c'est une simple perforation et qu'aucun muscle n'a souffert.

Le petit homme était installé les coudes calés sur les genoux, et il fit un geste de la main.

— Vous auriez une cigarette ?

— Vous ne fumez pas, lui dit Arthur Key.

— Qui pourra bien le savoir, vous ? répondit Freeman en souriant.

Arthur Key sortit une cigarette de son paquet.

— Le dentiste mormon va fumer une cigarette.

— Hé, *carpe diem*, dit Freeman en approchant sa cigarette de l'allumette de Key. J'ai d'autres vertus. Vous travaillez où ?

— Au sud, sur la rivière.

— Chez Diff ? Ils font vraiment un truc pareil ?

— On installe les poteaux électriques. Ça va se faire, oui. Qui est Diff ?

— Curtis Diff. Tout est à lui, depuis les Vernal Cliffs jusqu'à la rivière. Il fait dans le bétail, la pomme de terre, le minerai et un tas d'autres choses, j'imagine, y compris ce deal avec vous là-haut, qu'il fait uniquement pour emmerder tout le monde ici. La ville n'aime pas trop ce type. Il est trop riche et il est trop heureux. Vous en entendrez parler ou bien vous aurez de la visite, j'en suis sûr. Vous vous souvenez, Knievel a fait pareil, il y a des années, quel bazar ! (Freeman pointa son index.) C'était beaucoup plus au nord, près de la gorge étroite.

Un break Subaru jaune entra dans le parking couvert de graviers de la clinique et un jeune homme vêtu d'un coupe-vent bleu en sortit. Il portait deux grandes boîtes de matériel médical.

— Salut Bob, fit le gamin.

Ses taches de rousseur formaient un large bandeau et disparaissaient dans l'épaisseur de son incroyable chevelure rousse qui descendait sur son front comme un attribut guerrier.

— Salut Randy. On a un truc un peu vilain. Tu as un coupe-boulons ?

— On est parés, répondit-il.

Les deux hommes plurent instantanément à Arthur. Le jeune secouriste était déjà entré dans le bâtiment.

— Allez. Je suis sûr qu'il va nous trouver quelque chose à faire.

À l'intérieur, Darwin tenait Panelli en position presque assise tandis que le secouriste faisait tourner le morceau de bois qui sortait de son épaule, lentement, doucement.

— Ça vient d'un poteau électrique, dit-il à Darwin.

— On installait des poteaux.

— Il est entré par ici, dit le secouriste en montrant le dos de Panelli.

— Oui.

— Rien d'autre ? demanda-t-il à Bob.

— Juste la perforation. Peut-être une commotion.

Et ce fut là – sembla-t-il – tout ce que le jeune secouriste roux avait besoin de savoir. Il s'agenouilla et ouvrit les deux immenses boîtes de matériel médical, dont les plateaux se déployèrent sur quatre niveaux. Il sortit le coupe-boulons et l'ajusta autour du bout de bois à l'endroit où il sortait de l'épaule de Ronnie. Il régla le serrage. Il tendit un paquet de gaze à Bob Freeman, ainsi que deux bouteilles de désinfectant.

— On a bien eu son injection de tétanos, aujourd'hui ? demanda Randy.

— Oui, répondit Bob.

Randy ajusta à nouveau le coupe-boulons, plaçant les lames tout contre la peau de Panelli, et il serra. Il y eut un craquement lorsque le bois fut cisaillé. Randy posa les énormes pinces, attrapa le bout de bois et tira. Il ne se passa rien. La tête de Panelli eut un sursaut.

— Oh, merde, dit Randy.

Arthur Key s'approcha. Il posa une main sur l'épaule de Panelli comme si c'était un levier de vitesses et, de l'autre, il tira l'éperon de bois et le sortit de la chair de Ronnie d'un mouvement lent et constant. Immédiatement, Randy se pencha sur la blessure qui se mit à saigner abondamment.

— C'est propre ? demanda Bob.

— Assez, oui, répondit Randy. Pas de muscle touché. Il ne pourra pas lever le bras pendant quelques jours et il va devenir aussi bleu qu'une myrtille d'ici à là. (Randy effleura Panelli à l'épaule et à la taille.) Mais il est encore chaud.

Le dentiste s'activait à présent sur les blessures d'entrée et de sortie avec des tampons de gaze et du désinfectant, tandis que Randy préparait deux bandages de compression. Ronnie Panelli ouvrit les yeux et les referma à nouveau. Un peu de rose était apparu sur ses pommettes.

Maintenant que le gamin était bien installé sur la table, Darwin recula jusqu'à la porte. Il entendait le bourdonnement assourdi des néons et son cœur battait la chamade. C'était drôle de prendre conscience de ce qui nous ébranlait. Il était revenu au ranch, dans ce monde, pour l'argent, mais le fait d'être en ville ranimait tout, encore une fois. Lorsque sa femme Corina était décédée en janvier, il avait quitté ce pays pour de bon, et voilà qu'il était de retour.

— Vous êtes mineurs ? demanda Randy en rangeant son matériel avant de se laver les mains.

— On est l'équipe qui installe les poteaux électriques sur le ranch de Diff, dit Arthur Key en regardant Darwin. Comme ça, il pourra vous emmerder encore plus.

— Aucun problème, dit Randy, faisant déjà marche arrière. Évitez d'en lâcher d'autres et vous survivrez tous.

Au moment où le jeune secouriste partait, une fillette de dix ou onze ans apparut à la porte. Elle avait un bavoir en papier autour du cou.

— Shauna, fit Bob Freeman. On a fini ici. Tout le monde va bien. Allez, on retourne au fauteuil. (Il la guida vers le couloir et se retourna une dernière fois.) Amusez-vous bien, là-haut. Et appelez-moi si vous vous cassez une dent.

Le teint de Panelli avait totalement changé. Son visage avait pris une couleur rose foncée et ses yeux étaient ouverts. Il était allongé sur le dos.

— Ça m'a pas fait mal jusqu'à maintenant, dit-il à Darwin. Mais là, je le sens.

— Bien, dit Darwin. Tu vas bien. Reste là et repose-toi. Art et moi, on va chercher quelques trucs en ville et on sera revenus vers 6 heures. Ça te va ?

Ronnie Panelli ferma et ouvrit les yeux plusieurs fois.

— Ouais, dit-il. J'veux dire, non. Me laissez pas ici. Je viens avec vous.

Il fit descendre sa jambe droite de la table et, lorsqu'elle tomba, il se rallongea et ferma les yeux. Darwin prit le pied de Ronnie, le reposa sur la table et défit doucement les lacets de ses chaussures. Il posa sa main sur le front du gamin et entendit sa respiration ; il s'était endormi.

Ce fut une fois dehors qu'Arthur Key découvrit qu'il tenait toujours l'éclat de bois. Il le jeta dans les herbes folles à côté de la clinique.

— Ça va aller, dit Darwin quand ils montèrent dans la jeep. Allons récupérer ce dont on a besoin, puis on reviendra le chercher, on ira dîner en ville et on rentrera au campement ce soir.

— Ça me va, fit Key.

Darwin manœuvra pour repartir vers la ville et roula en direction de l'entrepôt agricole. Il ne savait pas comment aborder ce qui préoccupait le colosse, qui était si manifestement perturbé. Il avait déjà vu des gens blessés, en avait même blessé quelques-uns lui-même, mais ce n'était pas le moment de parler de ce genre de choses. Ce temps viendrait.

— On a déjà eu des blessés. Il y en a toujours sur un ranch.

— Lequel a été le plus grave ? demanda Arthur.

— J'ai vu un homme se casser le dos, dit Darwin. Il est tombé d'un tracteur. Et on a eu un mort, mais il était ivre, il rentrait de la ville. Je crois que l'autre type était saoul aussi.

Il arrêta la jeep au bord de la rue et les deux hommes descendirent. Ils montèrent sur le trottoir haut et défoncé de Main Street pour entrer dans l'ancienne banque : la quincaillerie Schindler.

L'immense pièce voûtée était assez réconfortante avec ses grandes allées bien droites, son plancher couleur miel, ses rangées d'outils neufs et de matériel récent, ses présentoirs de clous et de vis. Les deux Schindler étaient au travail aujourd'hui, le vieil homme et son fils de trente ans. Le vieux adressa un signe de tête à Darwin, et Arthur Key constata que les deux hommes se connaissaient. Leur rencontre ne fut ni bruyante ni chargée de l'exubérante jovialité que partagent les hommes qui se voient régulièrement tout au long des tâches de l'année, contrairement à la façon qu'avait eue Arthur de s'adresser à certains de ses grossistes à Los Angeles. Il avait toujours fréquenté des endroits comme celui-ci, certes plus grands, les entrepôts de divers corps de métier, d'immenses hangars avec des pièces détachées de voitures, des dépôts de matériel de plomberie ou d'électricité dont les allées étaient assez larges pour laisser passer une voiturette de golf et où il était toujours accueilli au son des conneries qu'échangeaient les ouvriers sur un ton bravache et vigoureux. Dans le comté de Los Angeles, deux cents hommes derrière ce genre de comptoirs le connaissaient. S'il devait réapparaître demain, ils clameraient : “Eh bien, Key est revenu. Qui a dit qu'il s'était volatilisé ? Ça roule, Arthur ? Et qu'est-ce qu'il te faut aujourd'hui ?” Ils auraient vu le travail qu'il faisait dans les films et, au comptoir, ils le présenteraient au PDG d'une entreprise de sous-traitance comme le type qui a fait tomber le pont dans tel film et qui a balancé le semi-remorque du haut de la falaise dans tel autre. Fréquenter ces endroits avait été agréable, presque tonifiant, au moment où son entreprise démarrait et gagnait en reconnaissance.

Il se tenait maintenant en retrait dans la grande pièce ensoleillée pleine d'articles de quincaillerie, une main posée sur l'énorme rouleau de corde en nylon jaune, savourant le contact de son tressage et appréciant sa bonne facture, et il écoutait le vieux quincaillier Schindler et Darwin qui discutaient à mi-voix à côté de la caisse enregistreuse. Ils lui paraissaient être l'image même de la continuité et il les imagina un instant amis de toujours, quelque chose qu'il aurait bien aimé connaître, mais alors il hocha la tête et vit à nouveau la réalité : il était fatigué, épuisé par l'aventure de Ronnie, et ses pensées n'étaient rien d'autre qu'une illusion stupide.

Il avait une liste dans sa poche, et il se mit à rassembler les articles : des pieux en bois, de la grosse ficelle, des charnières en acier, 200 mètres de corde jaune, une mèche de perceuse de trois centimètres en acier trempé, 40 mètres de charnière de 2,5 cm de diamètre, un lot de raccords en acier, des boîtes de vis à bois, des sachets de clous de tapissier, une agrafeuse de couverture et des agrafes, un bidon de 20 litres d'enduit spécial bois, 20 litres de peinture blanche, de la peinture en bombe, blanche, noire, rouge, des pinceaux à poils durs, quatre rouleaux à peinture avec manche télescopique ; dix sacs de béton de scellement, 20 litres de créosote et tout un chariot plein de petits outils, comprenant des burins, une râpe et un beau rabot Stanley.

En plus de cela, Darwin et lui commandèrent le bois de construction qui leur était nécessaire, au sein duquel se trouvaient vingt-quatre panneaux de contreplaqué de 25 millimètres de première qualité, à livrer dans deux jours à la sortie de Boise. Pendant que le jeune Schindler rangeait les achats d'Arthur Key dans des cartons, Darwin se tenait à l'écart et contemplait le matériel en souriant. Key vit son regard et dit :

— Il faut faire les choses correctement dès la première fois.

— Je n'ai aucun problème avec ça, dit Darwin, prends ce que tu veux. Ils paieront.

— Je n'ai pas vu de tachéomètre, dit Key au jeune homme.

— Ils sont tous sur des chantiers. Nous n'en rentrerons un que, disons, en août ; ils sont loués au mois.

— Ça ira, dit Darwin. Est-ce qu'il nous en faut un ?

— Tu connais la largeur du canyon, toi ?

— T'en as besoin ? On a les dessins, tout est écrit.

Key se tourna vers le vieux Schindler.

— Il y a des gars, dans la région ? Des topographes ? Est-ce qu'il n'y aurait pas des gars du service de l'équipement ?

— Ils sont en train de refaire la route du col vers la 71. Ils devraient y rester toute la semaine.

Darwin se tourna vers Key.

— Je sais où c'est. (Il sourit au vieux Schindler et lui serra la main.) Je vais emmener mon technicien là-haut pour leur emprunter du matériel. Il faut faire les choses correctement dès la première fois.

— Ça plaira à Diff, dit Schindler. Si ça doit être un merdier, autant que ce soit un merdier royal. On sortira votre bois d'ici le premier. Il y aura quelqu'un là-bas ?

— Oui, dit Darwin. On vit là-haut maintenant.

— Bonne nouvelle. Bon… Passe le bonjour au vieux de la part du vieux Schindler.

— Je n'y manquerai pas.

— Content que tu sois revenu, dit Schindler.

— Je ne suis pas revenu. Je suis là pour ce projet, mais je ne reviens pas.

Il y avait une trentaine de kilomètres jusqu'au col, et ils montèrent derrière le groupe de véhicules de l'équipement, tous orange, peu avant 5 heures. La vieille route avait été nivelée et était devenue un ruban d'asphalte et de terre aux contours bien nets, qui descendait et remontait sur deux kilomètres jusqu'au col. Pas âme qui vive alentour. L'Idaho déroulait à leurs pieds ses vallons herbeux jusqu'à la bordure violacée des montagnes environnantes, et dans les rayons inclinés du soleil, les cumulus badigeonnaient le ciel d'un blanc vif. Dans ce lieu désert, Arthur sentit l'assaut inutile de la terreur et de la culpabilité qu'il ressentait pour ce qui s'était passé en Californie. Il était fatigué maintenant, il lui avait fallu, pour passer cette journée, dépenser des forces qu'il n'avait pas. Il aurait dû partir avec son frère Gary ; il aurait dû inspecter le site ; il aurait dû rester à bonne distance d'Alicia. Il était allé dans des endroits où il avait été aveuglé, où il n'avait trouvé que la douleur et perdu son équilibre.

Key demanda à Darwin de se ranger à côté de la niveleuse, et avant même de poser sa main sur son flanc, il savait qu'elle était froide.

— Ils arrêtent tôt.

— C'est les gars de l'équipement.

Derrière Darwin, la haute plaine de l'Idaho allait se perdre dans le mirage chatoyant de fumées et dans les montagnes du Nevada au sud, à l'horizon. Une fois passé le col, ils trouvèrent trois hommes vêtus de parkas grises, prêts à monter dans différentes camionnettes de l'État. Ici, on sentait la brise de la fin du jour caresser les contours de l'imposante colline dénudée et, dans les derniers rayons du soleil, elle offrait un rafraîchissement perceptible. Le contremaître était un jeune homme du nom de Clark LaRosa. Il s'avança vers eux pour leur serrer la main et Darwin l'entendit avec surprise appeler Art Key par son nom.

3

CINQ JOURS plus tard, par un vent froid et inconstant dont les rafales ne cessèrent pas de la journée, une vieille niveleuse jaune sale ouvrait une nouvelle voie dans la sauge sur le plateau gris du nouveau chantier, la lame usée éraflant la terre vierge qui s'était amassée là sans être dérangée depuis que la gorge en contrebas avait été formée par un ruisselet vivant au gré des orages et forçant son cours sinueux vers le sud, à des centaines de kilomètres de la mer. La machine était vieille et avait beaucoup servi, elle était mangée par la rouille sur toutes ses bosses, la peinture jaune pâle réglementaire oxydée partout ailleurs, au point de devenir aussi blanche que du papier. Elle aussi avançait par à-coups, rampant entre les secousses, tandis que la lame coupait et poussait puis reprenait haleine pendant une seconde avant la prochaine bouchée de terre, de sauge ou de roche. Le grondement guttural de l'antique diesel était aussi haché que les bouffées noueuses des gaz d'échappement noirs et il résonnait au milieu des mugissements sourds venus du ciel. Ronnie Panelli conduisait la niveleuse, assis dans la cabine ouverte à tous les vents qui sautait au gré des irrégularités du terrain. Il faisait attention. Il avait nivelé presque jusqu'au canyon, avançant les grosses roues jusqu'à ce qu'il se trouve à trois mètres du bord, qu'il voie le ruban de la rivière scintiller si loin en contrebas, et alors il avait positionné la lame comme Arthur Key le lui avait expliqué et il était allé vers l'avant, tournant au niveau des piquets qu'ils avaient installés aux premières lueurs du jour. Il y avait 400 mètres en ligne droite jusqu'à la route.

Le vent était froid, pas le moindre augure de printemps, pas le moindre brin de chaleur, et il soufflait face aux deux hommes qui surveillaient le travail de Panelli. Darwin et Arthur se tenaient debout à côté des tas de bois, mais il n'y avait pas d'abri. Ils voyaient Ronnie, le menton levé, tirer sur son cou pour garder en vue chaque piquet pendant qu'il se battait avec l'immense volant. Le jeune homme les avait surpris tous les deux en acceptant lorsque Key lui avait demandé s'il voulait conduire la niveleuse pour aplanir la piste. Son épaule était douloureuse, mais Ronnie pouvait lever le bras et ses joues avaient retrouvé leur couleur. Ses sursauts sur le siège en cuir craquelé imprimaient des mouvements irréguliers à l'accélérateur, et l'engin faisait des écarts et des plongeons en rabotant les monticules sableux et en arrachant les buissons de sauge.

Key observait, souriant presque, heureux que le gamin aille bien et que la niveleuse, après une nouvelle vidange et avec son radiateur rouillé rempli d'eau, fonctionne sans grincer ni caler. Le conducteur du service de l'équipement avait initié Ronnie au maniement de l'engin l'après-midi de la veille : l'embrayage, le frein, les quatre vitesses, l'angle de la lame et les élévations. Maintenant, Darwin, les deux mains fourrées dans les poches de sa canadienne, donnait un coup de coude à Key et faisait un mouvement de la tête vers la tente :

— Allons nous chercher du café, dit-il. Ronnie va se débrouiller.

Il faisait chaud sous la tente, le poêle remplissait bien son office. Arthur Key jeta sa veste sur sa couchette et s'assit à côté. La tente était correctement arrimée, même si désormais les flancs se gonflaient, battus par le vent constant de cette fin d'hiver. Il sortit son carnet de dessins de sa boîte, rangée sous son lit. Darwin inclina la grande cafetière en émail bleu au-dessus des deux tasses en fer-blanc et versa. Arthur vit le visage fermé de Darwin – pour une raison quelconque, cette journée lui pesait.

— Ma femme détestait terriblement le vent. (Darwin, toujours engoncé dans son manteau, parlait doucement, d'une voix qu'Arthur n'avait jamais entendue auparavant.) Elle avait grandi dans un endroit venteux à Sonora. Été comme hiver, l'air courait dans la maison, même avec les portes fermées. Quand ils étaient petits, ses frères organisaient des courses avec des petits bateaux en papier qu'ils posaient par terre. Il y avait très peu d'arbres dans cette ville, et ceux qui y poussaient étaient toujours courbés à cause du vent. (Darwin posa la cafetière au bord du poêle et s'assit sur son lit de camp.) Au ranch de Diff, au début du printemps, comme maintenant, on avait toute une semaine de vent. (Il regarda Arthur, et le colosse sut que Darwin allait lui livrer un peu de lui-même.) Cette semaine-là, elle restait silencieuse.

Darwin posa délicatement sa tasse sur le rebord moins chaud du poêle et sortit de la tente. Les parois de toile se gonflèrent et retombèrent et se gonflèrent à nouveau. C'était réconfortant d'entendre la niveleuse peiner, un grondement mécanique sur six fréquences. Arthur Key ne maniait pas la parole aisément, sauf pour les discussions pragmatiques qui avaient toujours orienté et organisé ses journées : quand rencontrer untel, quoi apporter, quoi préparer et par où commencer. L'inventaire, l'organisation dans le temps et l'évaluation lucide de ce qui avait été fait. Mais il y avait quelque chose en lui qui avait besoin d'un autre genre de mots, vraiment besoin, et il savait que cette chose ne faisait pas partie de son vocabulaire. À certains moments, il avait échangé avec Darwin un regard qui, s'il s'était prolongé, aurait induit la première phrase qu'Arthur Key eût jamais formulée. Il voulait raconter son histoire à quelqu'un d'autre qu'à lui-même et il n'y parvenait pas.

Le rabat de la tente s'ouvrit à nouveau, laissant pénétrer le jour, et Darwin rentra en haussant les épaules avec un tout autre visage, entièrement ramené au moment présent.

— Ce vent, fit-il. Est-ce que le temps t'affecte, Arthur Key ?

Arthur Key avait préparé une phrase sur l'épouse de Darwin, une question, et elle s'envola. Il but son café au lait et dit :

— J'aime quand le jour est bien long. Parfois, dans l'Ohio, certains jours de janvier et février pouvaient être courts. Peu m'importait le froid, je travaillais pour la ville, je réparais des véhicules, et ça m'était égal si la nuit tombait alors que j'étais au beau milieu d'une réparation. En général, je travaillais sur le terrain, quelque part dehors dans la rue. Il était à peu près midi et on voyait les lumières s'allumer dans les maisons. Toute cette pénombre.

— Mécanique automobile, dit Darwin.

— C'étaient des camions poubelles.

— Un camion poubelle est une machine compliquée.

— Je réparais leur système hydraulique, dit Key.

— Et après, tu es entré dans la construction.

— Oui. On construisait des choses, des structures, des engins mécaniques.

— Le type d'hier a dit que ces choses servaient dans des films.

Dehors, la niveleuse ronronnait et soupirait, son grondement assourdi par le vent. Arthur se sentit de nouveau attiré à la marge du sujet qu'il voulait évoquer.

— La plupart du temps, on travaille pour les boîtes de cinéma. Quelqu'un a besoin d'un fragment de quelque chose sur l'image, une barrière, une maison. On ne construit jamais la maison entière.

— Tu bâtis un côté.

— Un côté ou un coin. Parfois, juste une charpente avec un toit en tuiles. Même pour une grange, il n'y avait que trois côtés. On ne pourrait pas y garder un cheval.

— Et l'Ohio ? fit Darwin.

— C'est bien, dit Arthur. J'ai grandi là-bas. C'était vert et vallonné là où nous habitions. Pas comme ici.

— Il y a des collines dans l'Idaho. Des montagnes, aussi. Plein.

— Oh, je sais.

— Le ranch principal est dans une vallée au sud d'ici. Notre maison se trouvait sur une colline, là-bas.

Darwin tendit le bras dans la direction de la rivière.

— Combien de temps tu as vécu là ?

Darwin parla à nouveau de sa voix ténue :

— Cinquante ans.

— Ta femme est décédée. Quand ça ?

— En janvier, répondit Darwin.

— Et tu as quitté cet endroit.

— Oui, je suis parti. Définitivement.

— J'espère que j'irai là-bas, dit Arthur Key. Pour voir, et pour rencontrer ton ancien patron.

Les hommes de l'équipement avaient apporté la niveleuse la veille dans l'après-midi, deux hommes, l'un dans un véhicule de service, un gros pick-up Ford 150 blanc, suivi un peu plus tard de la niveleuse rugissante qui montait au pas le chemin poussiéreux.

Ils avaient terminé leurs travaux, et elle ne retournerait pas au garage avant le mois d'août. L'homme qui connaissait Key voulait bien la lui louer pour une semaine. Il avait garé son camion et il était venu les voir pour parler du projet de Diff, qui était déjà à moitié célèbre dans la région. C'était le contremaître de l'autoroute de l'État, Clark LaRosa, et il avait travaillé sur le champ de courses de Santa Anita cinq ans auparavant, alors que l'entreprise d'Arthur Key était sur un projet là-bas. Key et lui parcoururent toute la longueur de la piste balisée depuis la barrière jusqu'au bord du grand canyon. La moustache de LaRosa était comme une plume grise qui sautillait lorsqu'il parlait.

— Vous êtes en train de niveler une route qui ne mène nulle part, dit l'homme. Même quand vous aurez fini de construire votre rampe monstrueuse, cette route ne ressemblera à rien de ce que j'ai fait.

Il avait les mains dans les poches; il se pencha et cracha par-dessus le parapet rocheux:

— C'est au sens propre une voie à sens unique.

Quelques minutes plus tard, la grosse machine jaune s'avança péniblement sur le terrain et le conducteur descendit; un homme en salopette que Clark présenta comme étant Rudy. Rudy jeta un coup d'œil au matériel et à l'équipement disposé sur le plateau et dit:

— Eh ben, ça en fait, du matos.

Darwin offrit à chacun d'eux une bière. Ils s'installèrent autour de la table en bois brut que Ronnie était en train de fabriquer pour le campement.

À l'hippodrome de Santa Anita, l'entreprise d'Arthur Key avait construit deux écuries qui devaient s'écrouler à un certain moment dans un tournage. Key se souvenait du projet, bien entendu, et des systèmes hydrauliques légers qu'il avait utilisés.

— C'était du bon boulot, dit Clark LaRosa aux autres hommes rassemblés autour de la table. (Ronnie était fasciné par sa moustache qui le faisait ressembler à un juge de paix.) On aurait dit des vieilles granges, avec le bois, les portes, les fenêtres à l'ancienne. En passant devant, on aurait dit qu'elles avaient cent ans d'âge, mais on les avait vues pousser la semaine précédente.

— Qu'est-ce qui leur est arrivé? demanda Ronnie. À quoi elles servaient?

Clark LaRosa posa sa bière sur la surface en bois, passa un doigt le long du bord inférieur de sa moustache et raconta l'histoire en se servant de ses mains.

— C'était cool, dit-il. Je suis content d'avoir vu ça. L'idée, c'était que la tempête devait arriver et que ces vieilles granges, qui posaient de toute manière problème et qui auraient dû être remplacées par les méchants vieux propriétaires du champ de courses, ou un truc du genre, devaient s'écrouler, et des chevaux allaient être blessés, en particulier, l'excellente monture de quelqu'un, je crois.

— C'était le cheval de qui ? demanda Ronnie à Key.

— Un cheval quelconque, fit Key. Celui d'un gamin. Non, d'une fille.

— Oui, c'était une fille de douze ans environ, avec des tresses, et tout.

— Et la grange s'est écroulée sur son cheval ? demanda Ronnie.

— Attends, fit Rudy. Il a fait s'écrouler tout le truc ? Au fait Clark, on a débauché pour aujourd'hui ?

LaRosa hocha la tête et Darwin tendit à Rudy une autre bière.

— Imagine un peu, reprit le contremaître. On dirait des écuries, de vieilles écuries, on ne sait pas. Je m'assure que la piste est arrosée et passée au filet et je surveille le tout pendant quelques semaines. Et un jour, il y a tout un ramdam. Vingt camions et tout le matériel qu'ils peuvent traîner. Bon, j'avais déjà vu un tournage avant, mais on y va tous pour voir, et ces fichues granges, elles tombent comme un château de cartes.

LaRosa leva les mains pour arrêter l'histoire.

— Mais elles s'écroulent au ralenti, pendant que M. Key ici présent parcourt le terrain et montre aux chefs, aux gars du film, comment ça marche. Ils peuvent arrêter le processus quand ils veulent, et ils le font. Ça s'écroule à moitié, et stop. Encore deux mètres, et stop. Et comme ça jusqu'à ce qu'elle soit plus qu'un tas de débris au ras du sol. Ensuite... (Il leva le bras à la verticale.) Elles se redressent à nouveau comme un homme qui se lève de sa chaise. Parfait : revoilà les deux écuries. C'était quelque chose.

— Il fallait qu'ils fassent sortir les chevaux, dit Darwin.

Il souriait.

— Exactement, répondit Arthur. Ils filment à des vitesses différentes. C'est ça le truc.

— Sacré truc, dit LaRosa. Ils les ont écroulées puis remontées une vingtaine de fois en deux jours, et après ils ont mis des chevaux dedans et ils les ont fait sortir au galop alors qu'elles s'écroulaient, et après, la fille est sortie et a crié pendant un moment. Je crois qu'ils ont filmé la séquence un soir, je n'étais pas là. Ensuite, quatre jours plus tard, toute la structure a été démontée et elle a disparu, il ne reste pas un éclat de bois, pas un clou. Le terrain, nu. Je n'oublierai jamais.

— Et la fille, elle allait bien ? demanda Ronnie. Et son cheval ?

— Vous devriez faire la même chose ici, poursuivit LaRosa. Faire ce truc de manière que ça se déplie morceau par morceau jusqu'à l'autre côté, comme ça, personne ne se retrouvera dans la petite rivière avec sa moto. Merci pour la bière.

Ils échangèrent des poignées de main. Rudy les remercia pour la bière et monta dans le camion blanc. Ronnie était déjà dans la niveleuse. Il avait ouvert la porte, s'était installé dans la cabine, et il jouait avec la commande d'élévation, faisant varier l'angle.

Maintenant installé dans la tente qui palpitait, Arthur ouvrit son carnet sur ses genoux et regarda fixement son dessin de la rampe. Il n'avait jamais rien dessiné de semblable à cela, pas même en partie. Il tourna la page pour que Darwin puisse voir à nouveau la structure.

— On va créer un porte-à-faux de près de sept mètres.

Arthur désigna la sous-structure et l'endroit où elle s'accrochait en dessous, sur la falaise.

— On le fixera en huit points. (Il les montra sur le dessin correspondant à la vue du dessus.) Et le cadre vertical sera fait intégralement avec des madriers de 20 par 20, ou mieux, avec des traverses. Les traverses seront des 10 par 20.

C'était un beau dessin, sur trois niveaux : les montants carrés symétriques, la structure de la plateforme, et la rampe qui se déployait au-dessus du vide.

— Comment est-ce qu'on fixe ça ? (Darwin montra l'endroit, en dessous, où la structure soutenait la plateforme.) Est-ce qu'un type va se suspendre d'une main à une corde, avec une clé dans l'autre main ? Est-ce qu'il y a un trucage de cinéma que je ne vois pas ?

— On trouvera un moyen, dit Arthur. (Il était content que son nouvel ami ait identifié l'unique problème dans le dessin.) Mais d'ici là, tu devrais commencer à te préparer. Entraîne-toi à te suspendre avec une main et à serrer un boulon de l'autre.

Key n'eut pas le temps de finir sa phrase que les deux hommes sentirent une secousse étrange. La tente trembla dans le vent, mais le choc se répercuta dans le sol. Key pensa immédiatement que c'était la boîte de vitesses de la niveleuse qui lâchait. Les deux hommes se précipitèrent dans la lumière crue tandis que le terrible fracas se transformait en ce qui était indubitablement le cri du métal qui se tord. Il y eut un horrible grincement rauque, comme une sonnerie détraquée, puis le crissement de l'énorme vieille lame en acier mordant la roche. La scène était spectaculaire : la machine pâle allongée débordait de l'escarpement, suspendue là dans un équilibre étrange et instable, ses roues avant au-dessus du ravin, les roues arrière, le moteur, la cabine du conducteur et Ronnie Panelli oscillant à presque trente centimètres du sol. Le point d'appui était la lame détruite, pliée en deux sous ce nouveau poids.

Art poussa Darwin vers leur véhicule et dit :

— Va chercher le camion.

Il courut rejoindre Ronnie, qui était sorti de la cabine et envisageait de sauter à terre.

— Oh là, oh là, l'arrêta Key. Attends une minute. Ne descends que si je te le dis.

— Ma chaussure a glissé sur la pédale de frein, dit Ronnie.

— Je sais, dit Key tout en gravissant les barreaux pour se trouver au même niveau que Ronnie. (Son poids ajouté ne changea rien à l'inclinaison.) Je crois que la lame est assez solide. Et tout le poids réel se trouve ici.

Darwin recula le camion jusqu'au bloc-moteur de la niveleuse et il enchaîna le câble du treuil au crochet de remorquage. Il fit le tour de la machine pour évaluer la situation. Il se mit à crier dans le vent :

— On n'arrivera pas à la décrocher. La lame est aussi costaude qu'une ancre de paquebot.

Les deux engins étant bien arrimés l'un à l'autre, Key et Ronnie purent descendre. La niveleuse piquait du nez, les roues en l'air, mais elle s'était dotée d'un centre de gravité qui avait peu de chance de bouger.

— Où est ton appareil photo, Ronnie? demanda Arthur Key. Tu auras envie de leur montrer ça quand tu passeras le permis.

— Les pédales glissent. Mes chaussures arrêtaient pas de glisser.

— Le caoutchouc qui les recouvrait a disparu depuis quarante ans. Ne t'en fais pas, dit Key, en essayant de surmonter l'angoisse qui lui serrait la gorge.

Il recula d'un pas, puis d'un autre, évaluant la situation.

— Il va falloir qu'on la soulève avec un levier avant de la faire reculer pour qu'elle ne soit plus en appui sur la lame, dit-il. Tu t'es fait mal?

— J'ai cru que j'allais passer par-dessus bord, dit Ronnie. Mon pied a glissé.

Il tira sur sa jambe de pantalon; sa jambe droite au-dessus de sa chaussure était entaillée sur une dizaine de centimètres, et il saignait. Le vent s'engouffra dans son blouson ouvert, il ne bougea pas, puis après deux tentatives infructueuses, il réussit à remonter la fermeture Éclair.

— Tu t'es cogné la tête?

— Non.

— OK, donc tout va bien. On va avoir besoin de deux madriers de 20 par 20 et de quelques 5 par 10 en diagonale. Allons nettoyer un peu cette jambe et chercher nos marteaux.

Dans la tente, au chaud et à l'abri du vent, Darwin s'accroupit et tamponna l'entaille de Ronnie avec de l'alcool.

— Ça va? demanda-t-il au gamin.

Ronnie resta stoïque.

— Ça va.

— Ça fait mal?

— Je bousille vraiment tout.

Ils entendirent Key crier de l'extérieur.

— Allez, les gars, on s'y met?

Ils bâtirent un cadre simple de manière que les grosses poutres restent bien parallèles. Ils calèrent le grand cadre de bois à 45 degrés sous l'avant de la niveleuse, et l'y attachèrent à l'aide de cordes. Lorsque le dispositif fut prêt, Arthur Key reprit le plan dans son intégralité : le camion, la chaîne, la niveleuse, le treuil à levier et les roues avant suspendues au-dessus du canyon battu par le vent.

— On compose la mélodie mesure après mesure.

L'accident leur avait coûté la journée, alors ils s'arrêtèrent et prirent un déjeuner tardif composé de tortillas roulées et fourrées avec du cheddar, de morceaux de steak avec de la sauce verte que la femme de Darwin avait mis en bocal. Ils mangèrent sous la tente, puis passèrent à l'étape suivante, qui consistait à essayer de remorquer l'engin en le faisant basculer pour qu'il retombe sur ses roues. Key fit signe à Darwin avec sa main qui tenait la tasse à café.

— Je vais la démarrer et la mettre au point mort. Quand je te le dirai, vas-y à fond.

Arthur se tourna vers Ronnie, qui avait à peine touché son repas et qui était assis sur son lit de camp, l'air frigorifié et renfrogné, tandis que la tente était giflée par les rafales et que la toile se gonflait par intermittence.

— Vous vous mettrez à l'arrière du camion. Si je redescends et que les roues touchent le sol, vous détachez le câble du treuil et vous dégagez.

Ronnie ne bougea pas. Il avait posé son assiette sur sa couchette.

— Ronnie, poursuivit Arthur. Ce n'était pas ta faute. J'aurais dû vérifier l'état de ces pédales. Ça se serait produit avec n'importe qui. Cet engin aurait dû être retiré de la circulation il y a très longtemps.

Il n'eut pas de réponse.

— T'as eu peur ? (Il posa délicatement une main sur l'épaule blessée de Ronnie.) Tu n'es pas passé par-dessus bord. On est dans la tente, au chaud, en train de boire du café. Comment va cette épaule ? Allez, fiston, tout ne va pas si mal.

Darwin ne montra pas qu'il souriait. Il se leva et sortit de la tente dans le jour gris et venteux.

Dix minutes plus tard, Key vérifia l'installation de fortune avec ses deux poutres calées sous l'avant de l'engin bloqué. Il savait qu'il faisait un pari sur l'angle d'inclinaison. S'il était trop fermé, le dispositif entier ferait frein, arrêterait la traction et, éventuellement, pousserait la machine encore plus avant par-delà le bord du gouffre.

S'il était trop ouvert, il pourrait simplement glisser et l'imprévisible se produirait. Il détestait ne pas être capable de tout anticiper. Il détestait les opérations dans lesquelles les relations de cause à effet n'étaient pas certaines à 99 %. Il avait seriné cette règle à toutes ses équipes, à tous les membres de ses équipes : certitude à 99 % et toutes les autres possibilités dans le 1 % restant. C'était la raison pour laquelle il refusait d'être impliqué dans des cascades, des incendies ou des explosions en temps réel. Il avait eu un contrat dans lequel deux voitures passaient dans une ruelle à une seule voie, et il avait vu le producteur balayer les variables d'un revers de main et croiser les doigts pour que tout se passe bien. Arthur voulait connaître le poids des véhicules, établir leur centre de gravité, et au moins, utiliser des chaînes ou du fil de fer, mais il n'y avait pas le temps, seulement l'espoir, et pour finir un accident arrêta tout pendant une semaine. Il détestait ne pas savoir.

Arrivé devant la cabine de la vieille niveleuse, Arthur saisit la poignée de la portière et l'attacha en position ouverte. Les pédales de l'embrayage et du frein étaient de petits ovales brillants en acier, la pédale d'accélérateur avait disparu, il n'y avait que la tige. Consterné, il s'attarda sur le fait qu'il avait spontanément laissé Ronnie conduire cet engin. Ça avait été une bonne chose pour Key d'avoir le gamin, de s'occuper de lui, de lui apprendre un ou deux trucs ces derniers jours. Ça l'avait empêché de regarder en arrière ou dans son cœur, mais ça l'avait conduit à commettre cette erreur. Il mit le starter et ajusta l'accélération. Lorsqu'il repoussa le bouton craquelé du starter, l'énorme machine vibra et émit un vrombissement souffreteux qui la fit trembler tout entière ; il sentit l'arrière qui flottait, en suspension, mais elle démarra, toussa, et la fumée noire se dissipa dans les rafales de vent. Il ajusta les tours/minute et tira le vieux levier de vitesses tordu jusqu'au point mort. Il voyait Darwin, qui attendait dans la cabine du camion. Le moteur tournait et Ronnie était debout à l'arrière, une main posée sur le toit, en train d'observer.

Arthur Key pointa un index vers Darwin et leva les pouces. La chaîne était tendue. Darwin débraya et sentit le poids tirer à l'arrière du camion et le déporter de presque un demi-mètre sur la gauche, secouant Ronnie sans pour autant le faire lâcher. Quatre mètres de chaîne séparaient les deux véhicules. C'est alors que le camion trouva un point d'appui, et ils virent la niveleuse reculer lentement. Le grand levier en bois ploya, creusa une tranchée dans l'argile, mais les roues avant de l'engin se mirent à monter. Lorsque les pneus arrière touchèrent le sol, Key avait déjà enclenché la marche arrière et les poutres montèrent à 2 heures, à 1 heure, à midi, où tout resta suspendu pendant une étrange seconde. Ronnie s'accroupit et détacha le câble du treuil d'un coup sec ; il tomba à grand bruit sur le sable tandis que Darwin faisait avancer le camion, l'éloignait de plus en plus de la piste nivelée. Key accéléra brusquement et la carcasse inclinée de sa machine se redressa, les roues avant à presque deux mètres du sol maintenant, puis elle recula et descendit, les leviers en bois basculant vers l'arrière, 11 heures, 10, 9, pour finalement tomber sur le sol, et la niveleuse écrasa les poutrelles. Elle se posa à nouveau sur ses quatre roues, tressauta pendant quelques instants avant de se stabiliser pour de bon, la lame pendant à l'avant, presque complètement pliée en deux.

4

ARTHUR n'avait jamais vu personne qui puisse préparer un petit déjeuner comme Darwin. Il était rapide et silencieux, et avant que quiconque n'ait eu le temps d'attacher ses chaussures correctement, l'odeur et le grésillement du bacon emplissaient l'air du matin, puis c'était le tour des œufs dans la poêle, avec les oignons et le jambon auxquels il ajoutait parfois ce cheddar au goût puissant dont il avait acheté un gros morceau au village, et les épaisses tranches de pain grillées, presque brûlées. Darwin avait appris que les deux autres les aimaient ainsi. Tous les jours, il préparait une petite poêle de pommes de terre sautées et les recouvrait d'une sauce qu'il versait d'un gros bocal stocké dans la glacière. Au début, Ronnie n'aimait pas le pain brûlé, mais lorsqu'il eut goûté le morceau qui restait la première semaine, il se transforma en roi du pain brûlé, prétendant que c'était lui qui l'avait inventé, insistant pour avoir le morceau le plus foncé, noir et fumant sous le beurre. Il y avait du café toute la matinée, toute la journée, jusque tard dans la nuit. Ils cuisinèrent dans la tente, sur le poêle, jusqu'à ce que la température monte un peu, puis à l'air libre sur le réchaud de camping à trois feux aux pieds télescopiques. Sur le côté étaient suspendus deux torchons, et à un crochet, la grande spatule.

— Est-ce que tu sais souder? demanda Key à Ronnie lorsqu'il sortit de la tente.

Durant ces quelques jours sur le plateau, Ronnie était devenu expert dans un grand nombre de domaines. Il sortait de la tente comme un expert et d'emblée, tous les matins, il scrutait le ciel en clopinant avec ses lacets défaits jusqu'à la clôture, devant laquelle il se plantait pour uriner comme un expert. Pendant tout ce temps, il examinait le ciel, et dès lors qu'il tournait les talons et rentrait au campement, il était prêt à leur dire quel temps il allait faire.

Lorsqu'il rentra ce jour-là, il dit :

— Je devrais arriver à souder. Il y a un chalumeau, c'est ça ?

— Comment est le temps, Ronnie ? demanda Darwin.

Il leva la spatule et fit un aller-retour au-dessus des trois assiettes avec chacune des deux poêles, et le petit déjeuner fut servi.

— Au moins, le vent est tombé, répondit-il. Je crois qu'une magnifique journée de printemps nous attend ici-bas. Il fera frais ce soir, mais on va pouvoir avancer aujourd'hui.

— Aujourd'hui, on va reculer un tout petit peu, lui dit Arthur.

Ronnie plongea son pain dans la grande tasse de café au lait.

— Comment ça ?

— On va ressouder les montants de la lame pour que l'Idaho puisse recommencer à travailler sur les routes.

Key tendit la main qui tenait le pain brûlé vers l'endroit où la vieille niveleuse jaune gisait de travers dans la sauge en fleur, comme le squelette rouillé d'une créature aussi primitive et oubliée que le plateau isolé lui-même. La grosse lame était inclinée sur le côté.

— Je peux pas souder ça, dit Ronnie. Ça doit être le plus gros truc que j'aie jamais cassé.

— T'as jamais eu d'accident de voiture en t'enfuyant au volant d'une Mustang volée ?

— Jamais volé de voiture et jamais eu d'accident.

Le soleil dispersa les premiers bancs de la brume venue de l'est et projeta les ombres des hommes comme des bas-reliefs antiques sur le fond du canyon, illuminant leurs visages soudain surexposés.

— Ton passé de hors-la-loi perd de son piquant chaque jour. La légende s'essouffle, lui dit Key.

— Pour commencer, il a jamais été piquant.

— Eh bien, voilà l'attitude de quelqu'un qui est prêt à apprendre à souder.

Une heure plus tard, ils avaient chargé la lame sur le plateau et l'avaient attachée avec des chaînes pour effectuer le trajet jusqu'à l'atelier de mécanique du ranch de Diff. Pour la charger, ils en avaient placé une extrémité dans la pelle de leur petit tracteur, et

Key avait pris l'autre extrémité à bras-le-corps, bras fléchis, tandis qu'ils la souvelaient. Alors qu'elle était en l'air et presque en place sur le camion, la lame s'était coincée.

— Éloigne-toi un peu, avait dit Arthur Key à Darwin qui lui prêtait main-forte. Au cas où elle retomberait.

Key l'avait alors poussée et la vieille plaque métallique était tombée sur le plateau du camion dans un immense fracas.

— Attache-la avec des chaînes, Ronnie, avait dit Arthur.

Darwin déchira un morceau d'un sac à provisions en papier et leur dessina un plan avec un crayon de menuisier. Pour finir, Art lui demanda :

— Tu ne viens pas ?

— Certainement pas. J'ai quitté cet endroit. Tu n'auras pas besoin de moi. Le vieux sera là ou Roman sera à l'atelier, ou pas loin.

Le trajet fut un vrai plaisir dans le gros camion. Arthur Key tendit le plan à Ronnie qui était tout content à l'idée de quitter le plateau et de voir du pays. Il ouvrait et fermait les poings, admirant les nouvelles callosités dans ses paumes.

— C'est quoi, l'histoire de ce type ? demanda-t-il. (Ils passèrent en cahotant l'étroit portail qui menait au chemin du ranch, et tournèrent vers le sud.) Il est encore plus coincé que toi, colosse. (Ronnie jeta un coup d'œil en biais pour voir si Arthur était offensé.) Tu l'admets, hein ? Vraiment bizarre. Tellement raide, putain. "Certainement pas. J'ai quitté cet endroit." Bon Dieu !

Arthur Key regarda le jeune homme.

— T'es pas bizarre. Je dis pas que t'es bizarre. Mais quand même, vous êtes de drôles de types.

Ronnie posa son coude sur le bord de la fenêtre et tâta son biceps avec sa main gauche.

— Sa femme est morte.

Ronnie lança un regard à Arthur.

— Ben, je suis désolé, et je sais que je sais pas vraiment ce que ça représente. Qu'est-ce que ça a fait, putain, ça a changé absolument tout ?

Arthur Key étala le bout de papier kraft déchiré sur le siège et le lissa avec sa main, et il vit que l'embranchement pour le ranch se trouvait à une vingtaine de kilomètres.

— Oui, dit-il, c'est probablement l'effet que ça a eu.

Au bout d'une minute, Ronnie dit:

— Ça fait beaucoup à encaisser.

Le camion avançait sur le chemin défoncé et Ronnie pouvait voir, au ras du sol, les tourbillons de poussière soulevés dans leur sillage par les paires de pneus arrière.

— Oui, dit Key. Tu vas devenir grand et fort et tu ne pourras plus te cacher dans les petits coins.

— Écoute, tu peux laisser tomber ces conneries. Je sais ce que tu penses de moi.

— Et qu'est-ce que je pense de toi?

— Tu te fous bien des petites frappes qui font n'importe quoi.

— C'est vrai, dit Arthur Key. (Il conduisait le poignet gauche calé sur le haut du volant.) On verra si ça s'applique à toi.

— T'as toujours été un colosse comme ça, avec tous ces muscles?

Key se tourna vers le jeune homme.

— Ouais, depuis que je suis gosse.

— T'es marié?

— Non.

— Oh, comme tu dis ça. Point final. Vous êtes de drôles de types, quand même.

Le jour, la lumière du jour et la nature du lieu, les petites collines marron et les vallons piquetés des triangles élancés des pins à pignons vert foncé rendaient possibles ce genre d'échanges.

— Ah bon, tu trouves?

— Putain, ça va bien, fit Ronnie. Qu'est-ce que tu faisais quand t'avais mon âge?

— Je suis pas certain d'avoir eu ton âge. Quand j'avais dix-neuf ans, je réparais des camions poubelles.

— Où ça? À Dayton, c'est ça?

Le chemin descendait dans le lit d'un torrent asséché avant de remonter, et ils se trouvèrent nez à nez avec une dizaine de vaches qui obstruaient la voie. Key ralentit en s'approchant des animaux, qui n'accordèrent pas un regard au camion.

— Elles sont sauvages, tu crois?

— Sors et tape dans tes mains.

— Je sors pas. T'as qu'à klaxonner.

— Ronnie, fais bouger ces vaches.

Les bêtes ne firent pas un pas, ni à droite, ni à gauche.

— Vas-y.

Ronnie ouvrit sa portière et l'animal le plus proche se détourna. Le temps que Ronnie tape des mains et arrive devant le camion, le petit groupe s'était mis en marche et suivait le chemin. Les voyant partir, Ronnie cria :

— Allez, on y va ! Bougez donc de là, sales bêtes !

Il tapa sur sa cuisse, et comme il obtenait un certain résultat, il se mit à les presser. Mais elles refusaient de quitter la route. Arthur Key regarda le gamin jusqu'à ce que la dernière vache, entendant un claquement tout proche, se retourne, agacée, et s'arrête. Ronnie s'arrêta aussi et fit sept ou huit petits pas rapides en arrière sans quitter l'animal des yeux, les bras tendus devant lui. La vache fit demi-tour et toutes les bêtes se remirent à marcher. Key coupa le moteur du camion et se frotta les yeux. Dans cet endroit, l'air embaumait le pin et le mesquite, et Arthur Key découvrit sans surprise que même maintenant, en regardant ce gamin qui rencontrait les premières vaches de sa vie, son cœur saignait à nouveau.

Il pourrait aller au bout de cette journée – son angle mort, c'était son passé. L'année de ses douze ans, il avait atteint 1,90 m, et ses épaules étaient devenues plus larges que celles de son père quand il était entré en cinquième à Dayton, Ohio. Arrivé au lycée, il avait appris à parler le dernier, à être tolérant envers toute présentation et tout commentaire dont il faisait l'objet. Il était le genre de type avec qui tout le monde se montrait spontanément familier, prêt à lui taper sur l'épaule. Il jouait au football parce que c'était ce qu'espérait son père, et il jouait extrêmement bien, même s'il ne se donnait pas complètement. Il ne s'était jamais mis en colère, et ceux qui essayaient de le tester dans ce domaine ne rencontraient que réserve et silence. Son père travaillait pour le tentaculaire service municipal de la voirie, et il obtint pour Arthur Key un emploi dans celui des véhicules, où Art devint une sorte d'apprenti mécano et finit par être muté dans une équipe qui réparait les camions poubelles. Il avait l'esprit mathématique, un don pour la trigonométrie et le calcul, et tout cela, combiné avec l'avantage que lui conférait sa force physique quand il s'attaquait à des véhicules municipaux endommagés, fit de lui un brillant technicien et il s'appropria cette expression pour se décrire tout au long de ses années de lycée. Il faisait son second semestre à Auburn lorsque son père mourut dans un accident d'élévateur.

Arthur quitta l'université et rentra pour aider sa mère à tout régler pendant que son frère, Gary, finissait ses études secondaires. Tous les quinze jours, il devait aller chercher Gary à une quelconque beuverie avant l'arrivée de la police, et Arthur lançait des avertissements et terrorisait les potes de son frère. Il retourna dans les ateliers d'entretien de la ville et, pendant l'année qu'il y passa, il étudia et conçut un meilleur compresseur pour les camions poubelles, qui tomberaient ainsi moins facilement en panne. Avec tous ses travaux, avec ses mains et sa tête, il commença à voir la technique comme une sorte d'équilibre. Tout exigeait de l'équilibre, et on pouvait utiliser le manque d'équilibre pour créer toute sorte d'énergie. Il éprouvait toujours une étrange révélation lorsqu'il examinait le compacteur enduit de graisse d'un camion poubelle, mais il y voyait une sorte d'application pratique universelle qui nourrirait sa carrière future.

Dayton lassait Arthur Key. Sa mère allait bien et elle n'avait alors que cinquante ans, aussi, lorsque Gary s'inscrivit à Antioch pour un diplôme en communication – allez savoir de quoi il s'agissait –, Arthur Key partit vers l'ouest. Il avait promis à sa mère de prendre soin de Gary, et il l'avait fait. Il avait éloigné le gamin de ses mauvaises fréquentations, surveillé qu'il faisait bien ses devoirs, et maintenant que Gary allait à l'université, Arthur voulait plus d'espace. Il avait vingt ans.

À Denver, il prit un bon boulot dans une entreprise de construction de gradins, Stadium Services, qui montait des tribunes temporaires pour les festivals, les foires, les parades, les courses et les cérémonies officielles. Il travaillait avec une équipe de cinq hommes et deux camions. Il aimait être dehors, au grand air, et il devint immédiatement un expert dans ce domaine, sélectionnant les sites d'installation, mettant en scène l'ensemble avant de se plonger dans les différentes tâches exigées par le montage des tribunes. Parfois, les pentes étaient raides, ou les lieux difficiles d'accès, et on faisait appel à lui parce qu'il savait ce qu'exigeait chaque site. Ils effectuaient des installations dans tout l'ouest du pays. Dans certains cas, il leur fallait une semaine pour monter une douzaine de tribunes le long du parcours d'une course cycliste après quoi ils les déplaçaient tous les deux jours le long de la route de montagne. D'autres fois, cela les occupait deux jours, pour un rodéo ou l'inauguration d'un pont. Arthur Key planifiait chaque boulot du début à la fin, puis il se plongeait dans le travail physique du montage avec une sorte de jubilation – quelque chose de bien et de bien fait.

Il avait choisi de vivre dans un mobile home sur un terrain à la sortie de Littleton, payant son loyer en faisant des travaux d'entretien, préférant mettre son argent de côté, d'abord cinq, puis dix mille dollars. Le 2 juin, il fut licencié. Il s'était laissé entraîner dans un conflit – qui devint célèbre – avec un des patrons de l'entreprise tandis qu'il assemblait trois mille sièges en demi-cercle sur un plateau venteux juste de l'autre côté des grilles de l'Air Force Academy. Key était arrivé à la dernière seconde pour superviser la fin des travaux, et la première chose qu'il fit, après avoir vu la tribune composée de fauteuils de luxe en aluminium, fut d'ordonner à l'équipe de démonter ce qu'ils venaient de poser et de renforcer toute la structure sur l'arrière. Elle serait en porte-à-faux si par hasard les rangs supérieurs se remplissaient et que les rangées inférieures restaient vides – ce qui était souvent le cas. Son ordre impliquait que les ouvriers seraient encore en train de visser les derniers éléments lorsque les festivités commenceraient. Le manager, un type du nom de Laird, était toujours sur place, attendant de rencontrer le vice-président. Laird s'emporta et fit cesser le travail. Les ouvriers levèrent la tête. La moitié des entretoises étaient en place. Laird dit à Arthur Key qu'il était viré et lui ordonna de partir. Le colosse s'approcha de son chef et dit doucement :

— Vous êtes en train de commettre une grosse erreur. Dans ces dernières sections, l'équilibre n'est pas bon.

Il contempla la rangée de sièges rutilants tandis que les officiels et leurs épouses commençaient à s'installer. Sa seule envie, et elle le démangeait furieusement, était de tourner les talons et d'aller à sa voiture. Il détestait le hasard et il détestait les accidents. Il les étudiait tous : les mezzanines qui s'écroulaient dans les hôtels, les voûtes, les arches et les charpentes de toit mal conçues dans les stades et les hangars à avions et les grands magasins soudain couverts de neige, et les catastrophes sur les chantiers de construction, même les dégâts causés par les tremblements de terre et les accidents des ferrys surchargés. Ils étaient rarement imputables à un défaut du matériel ; le plus souvent, c'étaient la conception et la construction qui étaient en cause.

Arthur Key ramassa son cliquet à long manche et repartit en rampant sous les tribunes pour serrer les écrous de cinq centimètres. Deux hommes le rejoignirent, et ils ignorèrent le manager quand il leur fit signe d'arrêter, puis quand il leur hurla d'arrêter, avant de leur en donner l'ordre, puis quand il leur dit qu'ils étaient tous virés et à nouveau qu'ils devaient arrêter. Il leur fallut une demi-heure pour finir. Ils ne doublèrent pas la fixation sur tous les montants comme ils l'avaient prévu, mais Key savait qu'une seule suffirait – à condition que tous les boulons soient serrés, et pas seulement un sur deux.

Huit mois plus tard, il était à Venice, en Californie, et effectuait des travaux de carrosserie et de petite mécanique pour UPS lorsqu'il entendit parler d'un boulot dans une entreprise d'échafaudage qui sous-traitait pour la Paramount. Il ne fallut pas longtemps pour que ses connaissances de terrain soient prises au sérieux. Il commença à être sollicité par-ci par-là de manière informelle, et il vit cela pour ce que c'était : sa chance. Avec ses outils et une camionnette, il se mit à exécuter des contrats plus spécialisés, à sous-traiter des travaux uniques en leur genre : la création et l'invention de solutions pour des installations complexes. Lors de son second contrat, il rencontra un des types du Colorado qui lui dit que le lendemain tous les écrous sur les montants arrière s'étaient tordus à 90 degrés. Sans les écrous, toute la structure se serait écroulée. Il lui rapporta que le manager, Laird, avait été viré sur-le-champ et que, lors du démontage, ils avaient dû sectionner les vis au chalumeau.

Ronnie avait disparu. Plus rien dans le jour frémissant sinon les collines, les arbres, le camion et, devant lui, le chemin poussiéreux. Arthur attrapa un chiffon et, debout sur le marchepied, il essuya la couche de saleté sur le pare-brise fendu. Il démarra le camion et avança lentement en première sur la piste à peine tracée, sur 400 mètres, jusqu'à l'endroit où elle faisait un virage en suivant la pente du vallon, puis jusqu'au deuxième virage, et au troisième, où il finit par trouver Ronnie qui continuait à mener le bétail, maintenant en file indienne, bien sur la route. Tandis qu'il approchait, Arthur entendit le gamin crier à l'intention de son troupeau. Ronnie regarda Art et sourit, signifiant d'un mouvement d'épaules : qu'est-ce qui ne va pas ? Ronnie monta dans le camion.

— Ne dis rien, dit-il.

Comme le camion arrivait sur ses talons, la dernière vache bifurqua dans la sauge et soudain, elles l'imitèrent toutes, s'éparpillant lentement de part et d'autre du chemin.

— Sérieusement, fit Ronnie, elles sont vraiment perdues ?

À l'embranchement du ranch connu sous le nom de Rio Difficulto, ils ne trouvèrent pas d'immense arche en bois, mais une petite pancarte pyrogravée sur un poteau : DIFF. Arthur Key sourit : si ce ranch était le décor principal dans un film, le portail aurait pesé quatre tonnes et aurait été en bois verni. Trois kilomètres plus loin, le chemin décrivait de généreuses courbes entre les collines dénudées et bossues, et il traversait un torrent ambré sur un pont de bois, qui ne grinça pas lorsqu'ils passèrent dessus. Key voyait des sentes de gibier qui zigzaguaient sur les coteaux. Les vieux peupliers étaient de plus en plus nombreux dans le vallon et ils roulèrent à l'ombre pour la première fois de la matinée. Le torrent coulait à côté d'eux.

— Ça sent bon par ici, dit Ronnie tandis que la route débouchait dans la cour du ranch.

— La propriété de M. Diff, dit Arthur Key.

Il s'attendait à quelque chose de grand, mais il se trouvait devant une bâtisse plus imposante encore qu'un simple ranch. Avec ses deux étages, le bâtiment principal était le plus grand édifice en bois que Key eût jamais vu. Il reposait sur des fondations d'une belle pierre rouge et était entouré d'un large porche couvert.

— C'est un vrai village, dit Ronnie. Où est-ce qu'on est ?

— Darwin vivait ici.

À bonne distance du bâtiment principal, sur le coteau ouest, se dressaient trois autres habitations en bois, chacune ayant un garage pour deux voitures. Des vêtements étaient suspendus sur un fil derrière l'une d'elles. En face de la maison principale se trouvait une grange rouge classique, récemment repeinte et à moitié écroulée. Une grande échelle en aluminium était calée sur l'avant-toit au premier étage. Arthur Key ralentit et deux chiens s'approchèrent, en provenance de la maison, deux grands labradors noirs, l'un avec le museau gris. Key passa devant la grange pour arriver à une rangée de hangars en tôle gris clair, et s'arrêta enfin devant l'aire de stationnement bétonnée de l'un d'entre eux, dont la grande porte était ouverte. Ronnie embrassa les lieux du regard : le terrain de basket-ball entre deux immenses peupliers à une extrémité, les trois gamins qui tiraient sur le pneu suspendu à une corde sous les arbres, tout près de l'endroit où coulait le petit torrent au-delà, le corral et, là-bas, les six chevaux et au bout du chemin le petit bâtiment en grès brun dont le toit était franchement écroulé. À côté, un grand jardin en pleine floraison. Derrière, Arthur vit la piste bien lisse et une manche à air qui pendait au bout de son poteau.

À peine Ronnie fut-il descendu que les deux chiens l'attaquèrent par-derrière, alors il remonta à toute allure dans le camion. Puis les animaux firent tranquillement le tour du véhicule et chacun vint poser son museau dans une des mains d'Arthur qui se penchait pour leur dire bonjour. Key admira la manière dont le ranch était disposé dans le vallon peu profond, protégé par les pentes herbeuses couvertes de sauge sans être pour autant privé de lumière. Une centaine d'années auparavant, quelqu'un s'était tenu là et avait pris les bonnes décisions.

Les grands chiens étaient affectueux. Il vit qu'il s'agissait d'un père et de son fils. Ronnie descendit et observa la manière dont Key traitait les animaux et leur parlait.

— Ce sont de braves chiens, dit-il à Ronnie.

— Je vois ça.

— Viens. Tes ennuis avec les chiens sont terminés depuis longtemps. Tu ne vas rien voler, n'est-ce pas ?

— Ferme-la.

Ronnie approchait d'un air hésitant, s'arrêtant bras croisés, mains sur les épaules, dès qu'un des chiens noirs se tournait vers lui. Pour finir, les animaux comprirent qu'ils le tenaient en respect et ils reniflèrent ses jambes de bas en haut tandis qu'il s'immobilisait, tétanisé, devant eux. Arthur Key vit un homme équipé d'un marteau apparaître au coin du petit édifice de pierre au bout de la cour. Il venait de découper un grand morceau de charpente carbonisée, et sa salopette était constellée de suie.

— Salutations! fit-il.

— Qu'est-ce que vous cherchez là-dedans? demanda Arthur.

Le sourire de l'homme était immense, et il dit avec une grande satisfaction:

— Aujourd'hui, je travaille pour le Seigneur. Je suis en train d'arracher les vieux montants du toit brûlé de la chapelle.

— Vous allez vous en resservir? demanda Key. Ils ne sont pas fichus?

— Ils datent de la Première Guerre mondiale. C'est du gros calibre, probablement la première armature métallique jamais utilisée. (Il brandit un morceau d'acier noirci.) Ils font un demi-kilo chacun.

— C'est à cause de la foudre?

— Oui.

L'homme tapa sur sa cuisse et les chiens tendirent l'oreille, laissant Ronnie statufié. Ils s'approchèrent et s'allongèrent sous le camion.

— Il y a plus d'éclairs en Idaho que dans n'importe quel autre endroit que je connais, dit Ronnie. C'est un endroit qui veut vous démolir. Le ciel s'arrête jamais.

L'homme posa son marteau et le morceau en forme de chevron sur le plateau du camion et dit:

— On dirait que vous avez cassé quelque chose. (Il regarda les montants pliés de la lame.) Et on dirait que c'est une vraie antiquité. Dans quoi vous êtes rentrés?

Key s'approcha et ouvrit les deux charnières du hayon. Il attrapa la lame d'une main et la fit pivoter pour qu'ils se trouvent face aux montants déformés.

— Est-ce qu'on peut couper ici et consolider ça avec des cornières?

— C'est exactement ce qu'on va faire. (L'homme sourit à Key.) Vous êtes les gars de Darwin, c'est ça ?

— En effet, dit Key. Et vous êtes monsieur Roman Griffith.

Griffith lui serra la main.

— Et heureux de l'être. (Il tendit la main à Ronnie.) Salut, fiston. Ces chiens te mordront pas. Et il y aura pas d'éclair aujourd'hui. Tu sais souder ?

À l'aide d'un engin de levage mobile, ils déchargèrent l'objet métallique cassé et le posèrent sur le sol en ciment peint dans le grand hangar. L'endroit était impressionnant et Key admira les lieux : les armoires à outils, les bennes remplies de pièces détachées, la petite cabine à peinture. Roman Griffith était décidément bien équipé pour travailler.

— Darwin a pas voulu venir, c'est ça ? dit-il.

— Il a pris sa journée, dit Key.

— Coupons ça complètement et remplaçons-les par autre chose, dit Griffith en tapotant les montants d'acier détruits. C'est pas compliqué et ça va marcher.

Il alla jusqu'au mur chercher le chariot avec le chalumeau. Il l'alluma et se pencha sur les montants de la lame. La flamme grandit, puis il la régla jusqu'à ce qu'elle devienne une lame bleue et l'appliqua contre le vieil acier. En quelques instants, la coupure fut exécutée et il promena son chalumeau sur le contour du premier montant. Lorsque le fragment métallique se détacha et tomba bruyamment sur le sol, il se redressa et tendit la torche vivante à Ronnie.

— C'est notre homme ? dit-il.

— Il est prêt, dit Key. C'est rien qu'une flamme, Ronnie. Au moins, au début.

Ronnie s'accroupit et hésita. Arthur Key lui prit la main et guida la flamme jusqu'au second montant. Lorsque le métal devint incandescent et commença à se couper, Key se releva et dit :

— Tiens-le bien droit. Vas-y lentement.

Ronnie s'absorbait dans sa tâche, faisant bien attention ; il prit son temps pour suivre la ligne de la coupure. Au bout d'une minute, il se leva et souleva le casque de soudeur qu'on lui avait donné.

— Vous devriez finir, dit-il à Roman. Histoire qu'on n'ait pas à le faire deux fois.

— Tu es dessus, continue, dit Griffith. Coupe le dernier côté.

Ronnie appliqua le chalumeau à nouveau et rouvrit la coupure. La barre tomba, sectionnée propre et nette, quelques instants plus tard. Lorsqu'il se releva cette fois, il dit :

— On soude.

— On coupe, corrigea Griffith en jetant les barres brûlantes dans un seau métallique empli d'eau. On soudera dans un moment.

Key était à côté de la caisse de ferraille, fouillant parmi les morceaux, les barres et les tubes. Griffith le rejoignit et ils trouvèrent quatre lourdes cornières et les approchèrent de la lame.

— On va fabriquer des entretoises quatre étoiles pour cette niveleuse une étoile, dit Key.

— C'est pas comme ça que bosse le gouvernement ? fit Griffith.

Il déposa les cornières sur le ciment et les souda bord à bord aux deux extrémités pour former un tube. Tout en versant de l'eau sur les points de soudure, il souleva le tube et le posa contre la fixation de la lame ; elle était parfaitement ajustée. Il fit de même avec les autres cornières.

— Répands la brasure le long de la soudure, expliqua Griffith à Ronnie. Lorsque le métal d'apport se met à fondre, continue à avancer lentement en poussant la brasure centimètre par centimètre. Comme ça.

Griffith baissa son casque et s'accroupit. La brasure fondit dans la rainure comme du mastic. Au bout d'une minute, le soudeur se leva et releva son casque.

— Ça a pas besoin d'être parfait. Faut juste que ça soit assez costaud pour niveler les mauvaises routes de l'Idaho pendant les cinquante prochaines années.

— Ne touche à rien, surtout, même avec les gants, Ronnie, dit Key à son ami.

Ronnie s'accroupit et visa une extrémité jusqu'à ce qu'Arthur Key tende enfin les bras pour amener l'électrode tout près de la flamme.

— Tu la vois maintenant ? demanda Key.

— Je m'en sors, répondit Ronnie, dont la voix était étouffée par le casque.

Et il s'en sortait, même s'il était lent. La baguette de brasure vacillait, mais il remplit la fente uniformément jusqu'à ce qu'un côté soit refermé et prêt. À l'aide d'une pince-étau, Roman Griffith ramassa la pièce métallique chaude et la retourna de manière que Ronnie puisse s'attaquer à la seconde soudure.

— Finis celle-ci, lui dit Roman. Et ensuite, continue et soude la seconde structure. (Il désigna les autres cornières.) Sers-toi des pinces. Si ça va pas, attrape ce seau d'eau et renverse-le sur les pièces. On sera de retour dans vingt minutes.

Roman se redressa et Arthur Key et lui regardèrent le jeune homme reprendre sa position au-dessus des pièces de métal et recommencer à souder. Ronnie était lent mais assuré, ramenant la baguette à mesure qu'il remplissait la fissure.

Griffith adressa un signe de tête à Key et il le fit sortir du hangar et retourner dans la lumière aveuglante du soleil de l'Idaho.

— Vous devez bien vous amuser, là-bas, avec le projet de Diff. Il apprend vite, le gamin.

— Ça va. On a de quoi s'occuper cet été.

Griffith saisit la remarque et jaugea le grand homme.

— Oh, et vous aviez pas d'autre projet en cours ?

Il amena Key de l'autre côté du hangar jusqu'à une vieille voiturette de golf, dans laquelle ils montèrent.

— J'étais libre, lui dit Key.

— Personne n'est libre, dit Griffith. J'ai au moins dix choses en cours et je suis qu'un *peón*.

Key n'était pas en verve. Il n'allait pas ferrailler avec ce bon artisan.

— Darwin était un de vos amis…

— Était. Est.

Le petit véhicule ouvert traversa la cour et Griffith lui fit remonter un chemin de graviers qui passait devant une maison, puis devant une autre, où la route se terminait en cul-de-sac.

— Mon ami Darwin vivait dans la dernière maison, là. Et ce coin-là, c'était le jardin de sa femme. C'est toujours sa maison, s'il veut.

Griffith descendit de la voiturette.

— Venez.

Il emmena Key sur une sente de cerfs qui traversait une végétation herbeuse luxuriante, jusqu'à un monticule d'où l'on avait une vue sur la totalité du ranch. Une petite grille en fer forgé entourait la tombe.

— La voici.

Key lut l'inscription sur la pierre : CORINA GALLEGOS 1933-2000.

— Ça s'est passé en une minute, bon sang. Elle a fait à manger pour nous tous, vingt-six, on était, un brunch de Nouvel An – Diff avait rapporté tous ces trucs de La Paz, de l'espadon, du thon frais et des gros crabes, et Corina a fait un jimbalaya ou un plat de ce genre, c'était super bon, et elle s'est bien moquée de ceux d'entre nous qui étaient pâles, avec la gueule de bois, bon Dieu, ça a été le dernier d'une flopée de bons moments ici. Voilà le genre d'équipe que c'est, ici. Pour cette fête, il y avait six avions. Diff est un type généreux. Après, voilà ce qui est arrivé.

Roman Griffith s'appuya sur la grille qui entourait la tombe.

— Une semaine après la fête, la mère de Corina est décédée à Albuquerque, et Diff a tout laissé pour l'emmener là-bas dans son bimoteur. Généralement, il fait appel à un pilote, un type de Burley, mais là, il a piloté lui-même. Il sait le faire. La vieille dame avait quatre-vingt-huit ans. C'est sur le chemin du retour, juste là-bas, qu'il y a eu un vent de travers.

Roman se tourna un peu et désigna la piste.

— C'était une chaude journée de janvier, pas de neige. Ils avaient le vent de travers et l'avion allait se poser sur une aile, et ils ont fait une embardée et elle s'est cognée la tête sur la vitre, et Diff avait l'air de s'être cassé le nez, mais c'était juste du sang. Elle arrêtait pas de dire, pas de problème, pas de problème, et ensuite, elle s'est sentie pas bien pendant deux jours, mal à la tête, vertiges, et finalement, Darwin décide de l'emmener chez le médecin, à Twin, et elle est morte dans la voiture, un accident cérébral. On a accouru là-bas immédiatement. J'ai conduit parce que Diff était dans tous ses états, mais Darwin était sonné et il voulait pas revenir ici.

"C'était une femme incomparable, elle était l'âme de ce fichu lieu, la mère de ce brave ranch. Darwin n'allait pas rester. Diff s'est disputé avec lui, il s'est saoulé, ça a été l'horreur pendant toute une nuit. Le ton est monté et Darwin a eu des paroles très dures sur le Dieu du ciel et tout ça, merde et remerde, et je vous emmerde tous. Diff était ivre et il hurlait. Mais pas moyen. Il veut quand même que Darwin revienne. (Griffith regarda Key.) C'est ce qu'on veut tous. Il manque quelqu'un et tout le monde le sait. C'était un bon contremaître. Mais non. Il est venu, il m'a serré la main et il a rien dit. L'hiver, il est monté à Idaho Falls voir son fils, puis ce printemps, Diff a débarqué avec ce truc de merde sur la mesa, même si j'ai entendu dire qu'il se fait un gros paquet avec les gens du cinéma ou de la télé, je sais pas. Diff fait ça pour essayer de récupérer son meilleur ami, mais je vois pas comment il va y arriver.

Arthur Key n'était pas allé sur une tombe depuis qu'il s'était rendu sur celle de son frère, et il avait trouvé son équilibre, bien campé sur ses deux pieds, les mains jointes devant lui. C'était un joli cimetière avec une petite clôture noire et l'herbe sur les collines douces. Le ranch en contrebas était comme un dessin qu'aurait fait un enfant, simple et vaste.

— C'est vous qui avez soudé cette clôture ?

— Oui.

— Je vous remercie de m'avoir amené ici.

Roman retourna avec Key à la voiturette.

— Ça fait un moment que vous êtes là-bas. Je sais pour sûr que Darwin est votre ami. Tout le monde l'est. Je me suis dit que vous voudriez en savoir un peu plus sur lui. Il fait une erreur en allant à Idaho Falls, mais j'imagine qu'il a pas le choix.

Ils rentrèrent par la route praticable et Arthur Key contempla la maison de Darwin, le porche qui donnait sur le ranch, la girouette sur la cheminée – un héron bleu en plein vol. Lorsqu'ils atteignirent le hangar, Ronnie avait déjà disposé la lame et les nouveaux montants pour la soudure finale. Il avait utilisé de la corde de sisal pour que tout reste bien en place pendant qu'il coulait la soudure. Un bout de corde brûlé traînait sur le sol à côté et des flaques d'eau jonchaient le ciment. Les deux chiens noirs étaient maintenant installés à l'intérieur, à l'ombre près de la porte, et ils l'observaient.

— C'est un petit gars malin, dit Griffith.

Les deux hommes regardèrent Ronnie s'accroupir et se déplacer avec assurance au-dessus des deux dernières soudures.

— Quand vous aurez fini de niveler votre grande route si importante, dit Griffith à Key, le bras tendu vers l'édifice en pierre endommagé à l'autre bout du domaine, revenez me voir pour m'aider à peindre la grange et à poser un nouveau toit sur la vieille chapelle.

5

LES HOMMES passaient du temps tous les jours au bord de l'à-pic, seuls et parfois ensemble, à scruter le ciel, dont une grande partie semblait s'étendre sous leurs pieds. Ce n'était pas franchement un à-pic, mais un petit décrochement derrière lequel on apercevait une autre saillie plus basse qui débouchait sur le sommet aplati de la colonne de grès constituant le coin de cette partie de l'ancien plateau. Il était de la taille d'une chambre et c'est à cet endroit qu'ils aménageraient la rampe à moto sur le plateau du ranch Rio Difficulto. Le grès rouge était entaillé de frais aux endroits où Ronnie avait fait reculer la vieille niveleuse. Au bord de cette étendue de pierre grêlée où poussaient de minuscules plants de sauge et divers buissons tenaces, on distinguait une faible déclivité rocheuse sur une centaine de mètres, puis une pente claire et nue qui descendait jusqu'à la rivière. Le matin, la gorge était dans l'ombre, violette, noire, écarlate, et le grand espace béant paraissait aspirer sans fin l'air exhalé par le rebord sableux. Tout l'après-midi, tandis que l'à-pic était soumis aux assauts du soleil et s'échauffait, les courants d'air s'inversaient et émergeaient du canyon en volutes ascendantes, ébouriffant les cheveux de celui qui s'était assis sur cet aplomb pour boire son café ou se débarrasser des graterons accrochés à ses chaussettes.

C'était sur cette dalle de grès rouge que Darwin trouvait Arthur chaque matin à l'aube. En quelques jours, un rituel s'était créé entre eux ; après le dîner, à la nuit tombée, tandis que Key et Panelli rassemblaient et rangeaient les outils, Darwin préparait le café dans le grand pot émaillé et le posait sur le réchaud à propane devant la tente. À cette heure de la journée, la bassine était toujours sur le feu, l'eau assez chaude pour être versée à la louche sur les gants de toilette afin que les hommes se lavent le visage et éprouvent le plaisir de se frotter derrière les oreilles avant d'aller dormir. Dans la tente, ils se dévêtaient dans le noir et rentraient dans leur sac de couchage sur leur lit de camp. Ils se parlaient seulement pour poser une ou deux questions sur les travaux prévus le lendemain ou sur la date exacte et le jour de la semaine, même si mercredi et jeudi se ressemblaient beaucoup dans un tel endroit.

Panelli s'endormait le premier, sa respiration s'apaisait en douceur, même s'il rêvait et se retournait pendant la nuit, et plus d'une fois, au cours de leur séjour sur le plateau, Key avait quitté sa couchette pour poser sa main sur l'épaule de Ronnie jusqu'à ce que le jeune homme se rendorme dans une dernière secousse. Darwin restait silencieux sur son lit, et Arthur Key ressentait une tension pendant quelque temps, comme si son ami voulait parler, mettre en mots des choses irrésolues, et même s'il n'y avait aucun échange, Key percevait le chagrin de Darwin et la colère que lui causait la perte de sa femme. Darwin les avait transformés en un blindage d'acier qu'il portait à l'intérieur de lui-même comme un vêtement neuf qui n'aurait pas été tout à fait à la bonne taille, tout à la fois trop petit et trop grand. Key espérait que Darwin s'était endormi, sans en avoir jamais la certitude. Il savait que parfois, la nuit, l'homme sortait pieds nus de la tente à 2 ou 3 heures, mais jamais il ne le suivait. Il espérait que l'esprit de Darwin n'était pas accablé par ces moments douloureux qui surgissaient à l'improviste, à intervalles irréguliers, sans jamais devenir une histoire, de simples flashs qui l'aveuglaient et qu'il tentait consciemment et résolument de dissiper. Key restait couché dans la tente sur sa couchette et, toutes les nuits, il passait en revue ses erreurs.

Quelques minutes avant 5 heures, tous les matins, Arthur Key sortait en emportant ses chaussures et sa veste doublée dans le froid du jour nouveau, et il allumait le réchaud à propane. Pendant que le café montait dans le pot, il s'asseyait sur une des multiples cagettes à lait et se chaussait après avoir secoué ses chaussures et ses chaussettes. Ils portaient leurs chaussettes deux ou trois jours d'affilée, et Key avait expliqué à Panelli quels soins apporter à ses pieds. Ils rangeaient le talc sur une étagère sous le réchaud. Dans le froid, devant les montagnes à l'est soulignées d'un trait bleu et sous le ciel sombre encore constellé d'étoiles, Key essayait de garder la tête vide.

Il n'y parvenait pas et la déception l'envahissait. Il ne pouvait empêcher le même film mental de se dérouler en boucle. Ce n'était pas une action de la mémoire ou de la logique. C'était une suite écœurante de moments et de visages flous, souvent ceux de son frère et de sa belle-sœur, Alicia, et avant qu'il n'ait incliné le pot fumant pour se servir une tasse de café dans le noir et qu'il n'y ait ajouté une cuillerée de crème en poudre, il en était affecté, malade. Parfois, il lui arrivait de se dire qu'il aurait simplement dû faire une liste et la brûler, qui sait si cela n'aurait pas marché.

Il aurait raconté sa dernière conversation avec son frère, ajouté qu'il n'était pas allé avec Gary pour lui éviter des ennuis, et il aurait décrit l'après-midi tout entier minute après minute. Il se souvenait des coups de fil passés à minuit, vingt ans plus tôt à Dayton, lorsqu'il réveillait les gens jusqu'à ce qu'il finisse par apprendre où avait lieu la fête, et il se souvenait des lieux où il s'était rendu, des appartements, et une fois un terrain de golf, des endroits où il n'était pas le bienvenu, et de ces fichues bagarres avec un Gary ivre et hilare. Il se rappelait même l'avoir soulevé comme un animal et traîné de force jusque chez eux pendant que la clique des amis de Gary les observait et faisait à mi-voix des commentaires désobligeants. Key savait bien qu'il était un homme meilleur en ce temps-là, mais cela ne l'aidait en rien.

Et il savait qu'il aurait décrit la nuit où il avait rencontré Alicia, des années auparavant, alors qu'il était en train d'éloigner Gary, ivre et violent, des lueurs bleues crépusculaires d'une réception de mariage. Les invités s'apprêtaient à partir et Gary s'était retourné pour crier: "Non, Art, ça va, ces gens sont mes amis." Il serrait le col d'une bouteille de champagne dans une main et les genoux de son pantalon en coton étaient tachés d'herbe. Arthur avait arraché la bouteille de la main de son frère et c'était comme si elle avait jusque-là servi à le retenir, parce qu'il s'était alors écroulé et avait vomi sur le parquet de la piste de danse. Arthur l'avait porté jusqu'à la voiture et il avait senti une présence à côté de lui, une fille, et lorsqu'il avait installé Gary sur le siège arrière, elle était montée à l'avant. Elle était la seule jeune femme à porter des lunettes à cette réception. "Je m'appelle Alicia", avait-elle dit. Plus tard, après avoir mis Gary au lit, il était redescendu au rez-de-chaussée, chez sa mère, et il avait trouvé Alicia à la cuisine en train de boire du thé avec sa mère. Arthur avançait toujours les mêmes excuses pour Gary : c'était un vrai fêtard. Il avait regardé Alicia et dit :

— On est deux à l'aimer.

Elle était jeune, mais ses paroles paraissaient empreintes de lassitude :

— On est deux à le ramener chez lui.

Arthur l'avait reconduite à sa voiture au country club et elle s'était approchée de sa portière, dans le noir. Elle avait dit :

— Tu crois qu'il va aller mieux ?

Il avait compris le sens de sa question, mais il avait répondu :

— Il ira mieux vers midi.

Il gardait en lui la sensation du contact de sa main sur son bras, à ce moment-là. Il s'était senti seul et déterminé, il voulait trouver un moyen de quitter l'Ohio.

Mais il ne fit pas de liste, il laissa tout ça vibrer en lui. Il se leva avec lourdeur et marcha avec ses grosses chaussures jusqu'au tablier rocheux de la mesa.

Il voulait trouver une manière de se délivrer de ses pensées, ne serait-ce que quelques jours, juste assez pour prendre une grande inspiration, mais il était conscient qu'il ne le pouvait pas. Elles revenaient et le rongeaient. Elles revenaient tous les jours. Il était content de bouger, de marcher, mais tous les jours elles revenaient. Parfois, à l'occasion d'un travail exigeant et continu, comme lorsqu'ils creusaient les nombreux emplacement destinés aux tribunes, ses pensées s'effaçaient et le travail l'accaparait tout entier.

Lorsque Gary et sa femme Alicia étaient venus en Californie du Sud, Arthur avait su que ce n'était pas une bonne nouvelle. Gary avait beaucoup bourlingué et il était resté dans la même entreprise de relations publiques pendant presque quatre ans ; c'était son record. Son problème ? Il était trop jeune. Devant ses connaissances, il savait boire de manière mesurée, et celles-ci n'y voyaient qu'un charme de plus.

C'était un gars extrêmement sociable, dont le charisme opérait pendant un an, et au terme de cette année il s'était généralement fait une place dans un groupe. Là où il était particulièrement bon, c'était pour les interventions publiques, les commentaires de films documentaires et autres choses du même acabit. Gary surpassait tout le monde grâce à sa popularité, ensuite il adoptait une allure de croisière qui durait un an, puis il sombrait. Il aimait les nouveaux boulots. Si c'était nouveau, il était à son fait, mais dès qu'il s'agissait de gérer les détails ou le quotidien, les ennuis commençaient. Arthur avait reçu de nombreux coups de fil à ce sujet. Gary, lui, était badin et acerbe et il se moquait des connards avec lesquels il travaillait ou qu'il venait de quitter. Il avait un certain talent d'acteur et il riait quand il racontait ses histoires, décrivant les visages et mettant en scène ce qu'il disait et ce que les autres répondaient, se donnant toujours le beau rôle.

Gary et Alicia prirent un appartement à Santa Monica et Arthur décrocha pour Gary un boulot de représentant commercial chez un des fournisseurs de matériaux qu'il connaissait. Alicia trouva quelques heures de cours d'art dramatique à donner dans une école privée. Ils passaient beaucoup de temps tous ensemble, et au début, Arthur essaya honnêtement de les amener à reconsidérer leur projet. Los Angeles était une ville chère et pas vraiment le lieu où fonder une famille. Mais c'était une nouvelle étape pour Gary. Il acheta un petit cabriolet Chrysler blanc et commença à passer des coups de fil. Alicia et lui venaient le voir et Gary disait toujours : "Il faut qu'on te trouve une femme."

Arthur était furieusement occupé à faire travailler deux équipes. Son entreprise, Good Measure, exécutait toutes sortes de projets en extérieur pour les studios de cinéma, mais il était devenu l'expert en ce qui concernait les positionnements extrêmes de véhicules, et comme son taux de réussite en termes de sécurité atteignait 100 %, les contrats qu'il signait étaient toujours juteux. Les cadres des studios savaient qu'ils pouvaient économiser cent mille dollars en assurance s'ils employaient Key, et il prospérait. Il avait exclu les accidents, les explosions et les incendies. "Vous pourrez y mettre le feu lorsque j'aurai fini", répétait-il souvent, si bien qu'il était devenu célèbre pour cette phrase. "Je ferai en sorte que ça donne l'impression d'être sur le point de tomber ou d'être déjà tombé, mais aucun feu pendant notre contrat. Pas même un petit, tant que mes hommes sont sur les lieux."

Il avait commencé sa carrière à Los Angeles comme accessoiriste free lance, et à la fin de la deuxième semaine, il avait déjà du travail pour plusieurs mois. Art était un homme qui savait identifier un problème immédiatement, inventorier les matériaux et recruter les hommes. Dans un milieu où les travailleurs restaient en retrait à mâcher leur chewing-gum, il se démarquait. Bientôt, des opportunités pour des projets indépendants se présentèrent. Pendant des mois, il bâtit des éléments qui apparaissaient dans le champ de la caméra, et son sens du cadrage surprenait les metteurs en scène et les producteurs. Il acheta le petit entrepôt qu'il louait à South Venice, près du front de mer, et abattit les cloisons de l'étage qui avait été un labyrinthe de bureaux en Placoplâtre où il avait vécu pendant un an. Là, il se construisit un loft avec des fenêtres sur trois façades. Son grand plaisir fut de s'aménager un grand espace de travail le long d'une série de fenêtres, et jusqu'à une heure avancée de la nuit, il restait assis aux tables de dessins et devant ses ordinateurs.

Cette période à Los Angeles fut une période heureuse. Le matin il se rendait sur le site du chantier en cours, quel que fût le film, et il allait voir son contremaître, Harry Burdett, et son équipe de terrain composée de quatre hommes, leur proposant son aide s'ils en avaient besoin. Deux fois par semaine, il déjeunait avec des producteurs, soit à leurs studios soit en ville, et il les écoutait raconter leurs espoirs de mettre un yacht à l'intérieur d'un immeuble de bureaux pour une comédie, ou de faire en sorte que deux maisons se rapprochent, mètre par mètre, pour un thriller. Ensuite il consacrait l'après-midi à ce qu'il préférait: au fond de son local, il bâtissait des engins qu'il avait lui-même conçus et il se trouvait béni d'avoir de grandes caisses pleines de leviers, de poulies, de cordes et de chaînes, et un mur entier couvert de bricoles de toutes sortes, charnières, ressorts, goujons et tubes en métal. Certains jours, il soudait avec son équipe ou bâtissait des cadres avec des poutres. Il employait en tout neuf personnes, y compris deux femmes (l'une d'entre elles était le meilleur soudeur qu'il ait jamais rencontré), et il aimait se promener au milieu des artisans et regarder les objets s'assembler. Ils testaient tout avant de le charger sur les camions rouges de Good Measure.

Alicia et Gary vinrent au loft d'Arthur Key deux soirs par semaine, puis trois. Ils débarquaient avec un dîner à emporter et des bouteilles de vin et Arthur se sentait obligé de passer du temps avec eux. Gary voulait entrer dans le milieu du cinéma et voyait en son frère le moyen d'y parvenir. Il commença à venir sur les sites des chantiers, et au début, Art lui expliquait le projet, comment ils allaient suspendre le semi-remorque au-dessus d'un pont, où ils allaient faire passer les chaînes et cacher les contrepoids. Gary tournait sans arrêt la tête à la recherche des acteurs, des cascadeurs, du metteur en scène. Il fit la connaissance des contremaîtres d'Arthur et rien qu'en discutant, il parvint à se rapprocher du cœur de l'action, même en l'absence de son frère.

La différence entre les deux frères était flagrante. Gary était exubérant, il présentait bien. Dès son arrivée en Californie, il s'était mis à porter des chemises en soie ouvertes sur une petite chaîne en argent. Il aimait les pantalons en lin et les mocassins très chers. Il avait le physique de l'emploi. Arthur était discret. Il portait les mêmes chemises en coton le soir que pendant la journée de travail, les mêmes chaussures de chantier montantes avec un pantalon en toile. S'il parlait, c'était toujours en second. Il ne se rendait pas dans les soirées.

Pour tout dire, son frère le rendait nerveux. Lorsque Gary et Alicia amenaient une femme chez lui, une amie d'ami, quelqu'un qu'on voulait lui présenter, c'était terrible. Les femmes venaient parce que Gary les avait convaincues de le suivre ; Arthur lui demanda d'arrêter. Il avait son travail, et l'automne suivant, il rencontrerait une femme, certainement, ou le printemps suivant, et il ne serait plus seul. Il joignit ses mains au-dessus de son assiette et dit :

— Il y a des femmes partout. Je les ai vues. Tu seras le premier à faire sa connaissance.

Il avait essayé d'adopter un ton badin mais on aurait plutôt dit une homélie. Le soir où il avait fait ce petit discours, Alicia était revenue de la voiture pour chercher quelque chose qu'elle avait oublié alors qu'il n'y avait rien. Elle s'était précipitée sur Arthur et l'avait poussé dans sa cuisine, où elle l'avait pris par le bras et lui avait dit :

— Je t'interdis de faire ça.

Puis, le visage sérieux, tout près du sien, elle avait prononcé la suite :

— Je veux être cette femme.

Il oublia cette phrase mais, quelques mois plus tard, il conduisit un projet d'une semaine dans le petit théâtre de l'école d'Alicia, fournissant une douzaine d'immenses panneaux qui avaient servi de décors pour un film tourné dans le théâtre d'un lycée. C'étaient des silhouettes ringardes d'animaux monstrueux, un canard de trois mètres de haut, un alligator de la taille d'une voiture, un chameau, et tandis qu'Arthur les installait dans le cintre, Alicia descendit et demanda si le théâtre pourrait les garder lorsqu'ils auraient fini de tourner.

— Ce serait une contribution importante, ne serait-ce que les matériaux, dit-elle.

Arthur était en train d'aider un de ses hommes qui ajustait les attaches sur le support de l'énorme lapin. Il s'interrompit et la regarda, une femme blonde portant des lunettes à la Clark Kent et un cardigan marron dans le théâtre climatisé. Il montra du doigt le metteur en scène qui était installé dans l'auditorium, au milieu.

— Va voir cet homme-là.

Elle tourna les talons et il ajouta :

— Dis-lui que c'est OK pour moi.

Le metteur en scène était content de ne pas avoir à les ramener chez lui. Ils avaient déjà été amortis. Le week-end suivant, Arthur retrouva Alicia à l'école et il raccrocha seul les panneaux aux endroits où elle les voulait.

— Ça fera de sacrés décors lorsque tu les utiliseras enfin, dit-il en faisant le tour des silhouettes colorées éparpillées sur la scène.

Il sépara et accrocha les chaînes par paires aux œillets métalliques dans les animaux.

— Ce canard va être le clou du spectacle.

Tout au début de l'après-midi, il avait levé toutes les créatures dans le cintre, sauf un ours assis qui maintenant occupait tout le fond de la scène comme King Kong, la tête inclinée, semblant écouter quelque chose. Arthur Key descendit de son échelle et découvrit qu'il était seul dans le théâtre plongé dans l'obscurité. Puis il entendit la porte des coulisses s'ouvrir et Alicia entra, portant deux sacs en papier blanc. Il ne s'était pas rendu compte qu'elle était partie. Ils s'assirent au bord de la scène et mangèrent des croissants au jambon et de la salade de pommes de terre dans des assiettes en carton. Elle avait apporté une thermos de café au lait et ils burent dans la même tasse en plastique rouge. C'était la première fois qu'ils étaient seuls et Arthur se sentait déboussolé, ébranlé, léger, grisé. Un déjeuner avec une jolie femme. Il ne remarqua pas qu'elle était nerveuse, parce qu'il l'était lui-même.

Deux semaines plus tard, elle l'invita à déjeuner pour le remercier tardivement, bien qu'il lui eût dit que ce n'était pas nécessaire. Cela ne lui ressemblait pas d'accepter un déjeuner qui n'était pas un repas d'affaires. Ils étaient au Dockside à Venice, seuls sur la terrasse sous une pluie imperceptible tant elle était légère, une bruine. Il était content qu'elle préfère être dehors près de la balustrade plutôt qu'à l'intérieur du café, à l'abri. Il aimait la manière dont elle s'habillait, ses chemisiers blancs à manches longues et ses gilets en soie, ses robes chemisiers, ses lunettes. Elle était devenue le doux refuge de ses longues journées. Il ne l'avait pas touchée. En dessous d'eux dans le jour gris, une équipe nombreuse essayait de tourner une publicité à l'avant d'un yacht. Le tournage progressait lentement. Une fille vêtue d'un bikini noir sortit et s'allongea sur l'immense pont blanc pendant qu'ils déplaçaient les spots de la gauche vers la droite, puis un accessoiriste lui apporta une couverture et tout le monde attendit qu'ils règlent à nouveau les lumières, un, deux, trois. Ils voyaient un homme vêtu d'un smoking blanc dans la cabine, occupé à parler dans un portable.

— Quel est l'objet de cette pub, à ton avis ? demanda-t-il à Alicia.

— Ce n'est pas le bateau et ce n'est pas le bikini, dit-elle. Ce gars-là a une quantité de gel non négligeable dans les cheveux, mais jusqu'à maintenant la seule chose que j'achèterais, c'est la couverture.

Il sourit. La fille sur le bateau était aussi immobile qu'une momie, visiblement mécontente.

— C'est vrai qu'elle est belle, cette couverture.

Alicia le regardait maintenant, et très doucement elle posa sa fourchette et se leva, et il se leva aussi, le visage toujours interrogateur. Leurs salades César étaient tout juste entamées. Arthur Key déposa de l'argent sur la table et suivit Alicia pendant qu'elle traversait les planches mouillées jusqu'au parking à moitié vide du Dockside. Il savait qu'à chaque pas, il franchissait une ligne de plus en plus proche du pôle. Arrivé à son camion, il l'aida à ouvrir la portière, mais elle recula et ils s'embrassèrent pour la première fois. Arthur Key avait conscience de lui-même comme jamais auparavant, de son corps dans l'espace. Depuis un an qu'il connaissait la jeune femme, il avait senti grandir son affection pour elle. Il aimait sa voix délicate, sa diction précise et la manière qu'elle avait parfois de marquer une pause avant de parler. Ils roulèrent en direction de l'appartement où elle vivait avec Gary sur une colline, contemplant la vue immense sur les arbres et les toits tandis qu'ils progressaient vers l'UCLA et le centre-ville. Ils ne parlaient pas. Elle avait le rose aux joues et il lui fut infiniment reconnaissant lorsqu'elle descendit du camion et referma la portière doucement. La pluie était légère et régulière, et quand elle le regarda à travers la vitre, il vit les gouttes se poser sur son visage. Puis elle contourna le camion et il baissa sa vitre pour qu'elle puisse poser sa main sur son bras, juste cela, avant qu'elle ne se retourne et franchisse le seuil.

6

IL FALLUT toute une matinée pour réassembler la niveleuse de l'État de l'Idaho, et Ronnie et Arthur Key s'y employèrent avec ardeur dans la fraîcheur de l'ombre sous le mastodonte, traînant la lame avec ses nouveaux montants dans la terre. Ronnie tenait les deux grandes clés pendant qu'Arthur inclinait la lame vers le haut, alignant les fixations. Lorsqu'il vit que leur réparation improvisée allait bien fonctionner, il poussa un cri de victoire aigu, et Darwin leva les yeux de l'endroit où il était occupé à ranger ce qui leur servait de cuisine. Dans la lumière contrastée, avec en toile de fond le vaste monde au-delà du canyon, on aurait dit deux hommes dans le ventre d'un insecte. Il vit Ronnie tendre à Arthur la grosse clé à molette.

Ils sortirent des entrailles de la machine et Arthur monta sur le siège du conducteur. Il démarra le véhicule grondant et pompa du carburant jusqu'à ce que le moteur tourne sans à-coups. Les gaz noirs émis par le diesel s'élevèrent avant de se transformer en volutes qui restèrent visibles plusieurs minutes, tels des hiéroglyphes éphémères dessinés dans le ciel bleu. Ronnie et Darwin virent Key manipuler la lame, la monter, la descendre, l'incliner à gauche, à droite, en avant, en arrière. Puis la niveleuse rugit et parcourut le terrain du campement jusqu'à ce qu'Arthur la gare à côté de la clôture en fil de fer barbelé.

Darwin avait versé du café pour tout le monde et posé les tasses en équilibre instable sur le hayon de la jeep, au milieu d'anciennes taches de café renversé qui dessinaient comme des cartes sur le métal.

— Ronnie, dit-il. Ça te dirait de fabriquer une table ?

Tout en buvant, ils parlèrent du projet. Ronnie voulait aller chercher le bois et commencer à assembler les différentes parties. Darwin lui demanda comment il allait concevoir le meuble et Arthur Key fit quelques croquis.

— C'est une table, dit Ronnie. Je m'en occupe. Je sais comment faire. Vous, vous avez qu'à démarrer la plate-forme pour la caméra.

Il attrapa la scie circulaire dans la caisse à outils, pointa un doigt vers Arthur et ajouta :

— La sécurité avant tout.

La table l'occupa toute la journée. Ronnie avait découpé en vingt minutes des planches de deux mètres pour le plateau, puis après avoir tourné autour des morceaux pendant une demi-heure, il s'approcha d'Arthur et lui posa quelques questions. Art lui montra les tasseaux en pin de cinq centimètres d'épaisseur et lui proposa un dessin pour les pieds, deux X costauds qui exigeraient des coupes à 45 degrés et un boulon d'articulation. Le soir venu, une fois le plateau retourné sur le sol et les pieds en bonne voie d'achèvement, Ronnie commença à se sentir fier et il se mit à s'affairer avec la perceuse et une sacoche contenant une centaine de vis à bois. Juste avant que Darwin ne quitte la petite plateforme qu'Arthur et lui étaient en train de bâtir sur le bord du canyon et qu'il ne revienne du côté du campement pour cuisiner, Ronnie rangea la perceuse dans sa boîte et souleva le bord de sa création en bois dans l'air du soir, la basculant d'abord sur le côté puis sur ses pieds. Il était en train d'en balayer la poussière lorsque Arthur arriva. Ils la portèrent près de la tente et l'installèrent, puis ils la déplacèrent à nouveau, pour la mettre exactement entre la tente et l'atelier de cuisine de Darwin. Ronnie prit un peu d'élan et bondit pour s'asseoir sur le plateau, où il resta à balancer ses pieds dans les dernières lueurs du jour.

Plus tard ce soir-là, alors qu'ils étaient installés pour manger le ragoût de cerf préparé par Darwin, Arthur l'accusa d'avoir voulu fabriquer un monument.

— Tu voulais que je fabrique une table qui renverserait la soupe ? fit Ronnie.

Arthur regarda un moment le jeune homme manger puis dit :

— C'est une sacrée première pour un menuisier comme toi.

— C'est une table stable, dit Darwin. On pourrait s'en servir pour réparer un moteur si on avait un pépin.

— C'est une sacrée bonne table, dit Key en tripotant les indentations aux endroits où Ronnie avait inséré trois vis à chaque assemblage. Est-ce qu'il reste des vis ?

Ils mangèrent dans le crépuscule printanier, leurs bols fumant dans l'air du soir. Finalement, Arthur Key dit :

— C'est ta première table et du bon boulot. Je vais y poser mes coudes. (Ce qu'il fit.) J'aurais jamais tablé sur une réussite pareille.

Quelques minutes plus tard, essuyant son bol avec un morceau du pain de seigle que leur fournissait Darwin, Ronnie dit sans lever les yeux :

— Je pourrais la peindre demain, si vous voulez.

Les trous pour les pieds de la structure étaient peu profonds et les dalles de ciment elles-mêmes seraient de la taille de pierres de gué. Arthur Key mesura et coupa un morceau de corde de sisal de 13 mètres de long, et Ronnie et lui s'en servirent comme de la branche d'un compas pour tirer et tracer la ligne de 400 mètres de long sur laquelle serait érigée la tribune en aluminium. Ronnie avait sur le dos un sac plein de piquets en pin et il s'accroupit et en enfonça un dans chaque trou, comme Arthur le lui avait montré. Il y aurait quatre-vingts points d'ancrage. Les deux hommes travaillèrent en sillonnant la sauge sans dire un mot. Arthur se tint au coin est puis au coin ouest de chaque série, de façon que Ronnie puisse vérifier chacun de ses jalons. Le ciel était agité de cumulus aux formes variées roulant vers l'est, et lorsque l'un d'eux vint faire écran au soleil, l'air se refroidit et Ronnie sentit les frissons courir le long de ses bras. Quand le soleil était apparent, Ronnie pouvait sentir sa brûlure sur la nuque.

Depuis le campement, Darwin souffla dans son sifflet Acme Thunderer. Arthur se redressa pour lui faire un signe de la main. C'était l'heure du déjeuner et Ronnie récupéra le dérouleur de ruban orange. En rentrant au camp, les deux hommes décorèrent chaque piquet avec un petit morceau de scotch fluorescent, de manière à pouvoir les retrouver une semaine plus tard lorsqu'ils couleraient le ciment. Portant leur rouleau de corde et leur matériel, ils s'approchèrent de la table bleu ciel. Ils s'assirent sur des caisses de lait retournées et Darwin se détourna du fourneau pour leur glisser à chacun une assiette émaillée avec des sandwiches grillés au jambon et au fromage. Il y avait une jatte de salade de pâtes et une coupe pleine de pommes rouges, des œufs durs étaient déjà posés sur la table. Les deux couches de peinture étaient à peine sèches au toucher et le tableau paraissait composer une nature morte bariolée.

— Ça a l'air bon, fit Ronnie.

— Il y a du café, leur dit Darwin.

Key se leva pour aller chercher sa tasse.

— Diff vient à 3 heures ?

— C'est ce qu'il a dit.

Ronnie leva les yeux.

— Tout va bien, Ronnie, lui dit Art. Il n'est pas flic.

— J'ai pas peur des flics. C'est juste que je comprends pas ce qu'on est en train de fabriquer.

— Il nous emmène à la rivière. Tu voulais descendre à la rivière, non ? On va pêcher avec le propriétaire des lieux. Il veut nous faire admirer le reste de son ranch. J'imagine qu'il veut nous voir et revoir son vieil ami Darwin.

— Encore un coin du royaume de Dieu à découvrir. Ça s'arrête jamais, dit Ronnie.

Le visage de Darwin arborait une expression étrange, une ombre que Key avait déjà vue.

— Ce n'est pas le royaume de Dieu, dit le vieil homme.

Arthur Key comprit immédiatement que c'était là le point sensible. Il savait que le vieil homme était blessé, et il avait pensé que c'était seulement de la lassitude, de la déception. Maintenant, tout était clair. Key comprit qu'il valait mieux ne rien ajouter. Il ramassa son second sandwich et l'un des œufs, puis il mélangea la crème dans son café.

— Est-ce que tu peux faire tenir un œuf en équilibre ? demanda Arthur.

— Encore un de tes défis techniques ?

Arthur mit son œuf debout et l'œuf roula. Il le tint, le lâcha et l'œuf roula à nouveau. Il le tendit à Ronnie. Ronnie posa l'œuf, le tenant cinq secondes. L'œuf roula.

— Pas ici.

Darwin s'approcha et prit l'œuf.

— C'est une blague vieille comme le monde, dit-il en tapant l'œuf pour craqueler la coquille et le faire tenir debout.

— Non, c'en est une nouvelle. Laisse-moi te montrer quelque chose concernant ta belle table.

Il prit un autre œuf et le maintint en équilibre, puis il le fit glisser jusqu'à la fissure où la peinture avait presque comblé le trou d'une vis, et l'œuf resta debout.

— Deux génies à l'œuvre, dit Ronnie. (Il installa les deux autres œufs dans des creux du plateau de la table.) Maintenant, il nous faudrait un appareil photo.

— Tu as déjà pêché ? demanda Arthur Key à Ronnie.

— Des balles de golf.

Darwin le regarda.

— Je vois bien l'intérêt financier.

Ronnie hocha la tête.

— Un dollar pièce.

— À Chicago ?

— À côté, dit-il. (Il se leva et ramassa une pomme.) Je t'ai dit que j'ai travaillé comme caddy. On fait une pause jusqu'à notre départ ?

— Tu es un bon joueur de golf? lui demanda Darwin.

— J'ai beaucoup joué, répondit Ronnie.

— Et toi, tu as déjà joué au golf? demanda Darwin à Key.

— J'ai vu des gens y jouer, dit Arthur Key.

Il s'était levé et se dirigeait vers la tente.

— Mon frère, commença-t-il.

Il s'était dit qu'il irait jusqu'au bout de la phrase : "Mon frère aimait le golf", et les mots étaient en bon ordre dans sa tête, tout prêts, mais il ne parvint pas à continuer. Pour le coup, il n'aurait jamais pensé qu'il resterait bloqué sur une phrase contenant le mot *golf*. Il disparut dans la tente. Ils avaient roulé et attaché les rabats pour laisser entrer l'air du printemps. Il sortit son cahier de dessins de sa valise avec ses crayons et il revint à la table bleue.

— Tu as un frère qui joue au golf? insista Darwin.

Arthur Key s'assit et ouvrit son immense bloc. Il contenait des croquis de chaque partie du projet du plateau, mais il n'avait pas encore dessiné la rampe. C'était des dessins à main levée, simples, sans la moindre échelle, avec les mesures précises notées : l'approche, la longue ligne de tribunes. Il feuilleta jusqu'à une page qui montrait l'ouverture du canyon. Il n'y avait pas de nombre indiquant la longueur entre les deux flèches.

— Il nous faut ce tachéomètre.

— Qu'est-ce que c'est ? fit Ronnie.

Il était allé jusqu'au tas de bois pour s'installer à l'ombre, les jambes allongées par terre, et il mangeait sa pomme.

Darwin souleva la cagette sur laquelle il était assis et passa de l'autre côté de la table pour regarder le dessin avec Key.

— Il nous faut quel degré de précision ?

— Pourquoi on se presserait, Darwin ? Est-ce qu'on aura une prime si on fait les choses de travers ? (Peu lui importait s'il parlait sèchement.) Il faut que je sache à deux centimètres près. J'ai besoin de savoir combien pèsent les gens qui vont accomplir cette chose affreuse. J'ai une idée du poids de leurs motos, mais je veux en savoir plus.

— Ça fait 230 mètres de large, dit Ronnie. (Il mordit dans sa pomme puis examina le fruit avec attention.) Un fer de deux, avec le vent.

— Et tu sais ça comment ?

— Art, dit Ronnie en tendant un bras vers la rivière, j'ai regardé. Je regarde tous les jours. C'est pas loin, un par quatre, pas plus.

— Diff a dit que ça faisait environ trois cent cinquante mètres, dit Darwin. Est-ce que ça t'aide ?

— Regarde, fit Key en préparant une page vierge. Trouvons un tachéomètre. C'est la différence entre des gamins qui se brisent les os dans la sauge et des gamins qui font une chute de 800 mètres. On est en avance sur notre planning, non ? On ne montera pas la tribune avant un mois. Quand je connaîtrai la distance, on pourra construire la rampe en deux semaines, je pense.

Darwin s'était levé et il se versait une seconde tasse. Il tendit le pot émaillé en direction d'Arthur Key et celui-ci hocha la tête.

— Comme tu veux, Art, dit Darwin. On avance bien. On peut attendre.

Dans le ciel, les nuages formèrent une mappemonde énorme et continuèrent à se superposer, à couvrir et à rafraîchir ces hauteurs désertiques toutes les vingt minutes.

— On peut aller de l'autre côté et taper une balle, si tu veux.

— Si on a le temps, j'aimerais bien.

Key se tourna vers Ronnie, qui maintenant grignotait délicatement son trognon de pomme rachitique :

— On ne peut pas utiliser des trucs de golfeur pour mesurer les distances. On n'est pas au Winnetka Country Club, ici, on est dans l'Ouest. On a l'impression qu'on peut tout simplement le franchir d'un bond, c'est si clair, si proche. Mais on ne peut pas sauter par-dessus. Il y a une tonne d'air dont on ne tient pas compte. Tu verras quand on y descendra tout à l'heure.

— Comme tu veux, dit Ronnie.

Il se remit debout et jeta son trognon de pomme vers la route. Il alla jusqu'à leurs toilettes transportables, les dépassa et s'arrêta au milieu des buissons de sauge, leur tournant le dos, pour pisser.

— Il va s'habituer à pisser dehors dans le vaste monde et il découvrira qu'il est incapable de repartir vers l'est, dit Art à Darwin. Un vrai cow-boy.

Ils regardèrent Ronnie qui remontait les épaules en rajustant son pantalon. Il cracha de manière ostentatoire.

— Et toi, tu viens d'où ? demanda Darwin. Si tu veux bien le dire.

— Je te le dirai, répondit Art. (Il caressait de la main le biseau que Ronnie avait fait aux deux bouts de la table avec la ponceuse à courroie, un joli détail.) Et tu me diras pourquoi ce n'est plus le royaume de Dieu.

Deux heures plus tard, ils entendirent un véhicule approcher et virent la traînée de poussière qu'il soulevait en roulant vers le sud. C'était le gros Suburban gris métallisé de Diff. Il passa l'étroit portail sans ralentir, entra dans le campement et s'arrêta. Ronnie était accroupi, en train de découper des seaux de plastique de 20 litres en tronçons avec la scie sauteuse, comme Arthur le lui avait montré : une première coupe à 20 centimètres du haut, puis 20 centimètres plus bas, puis au ras du fond. À ses pieds une douzaine de ces anneaux blancs formaient un tas. Darwin les avait regardés travailler ensemble. Key avait déroulé la longue rallonge jaune depuis le groupe électrogène haletant, et il attaquait chaque seau avec la perceuse, forant des trous d'un centimètre pour faire passer la courte lame de la scie sauteuse. Il était clair, à la manière dont Ronnie se penchait et observait le travail du colosse, qu'il voulait bien faire les choses. C'était le tableau parfait d'un apprentissage, avec Ronnie penché sur l'épaule d'Arthur pour regarder la façon dont il faisait les coupes. Lorsqu'il commença à sectionner la circonférence du premier seau en plastique blanc, Ronnie en tenait le bord de la main gauche avec la confiance d'un professionnel. Il y avait des moments comme celui-ci où Darwin aimait ce projet. Ces ronds en plastique serviraient de moules pour les pieds des tribunes.

— Bon sang, fit Diff en sortant de son camion et en admirant les tas de bois et le matériel. C'est une vraie petite ville, ici. On n'a pas vu autant de bois de construction dans le comté de Fendall depuis qu'ils ont construit le bordel à Mercy. Pas étonnant que tout le monde nous regarde de travers.

L'homme était grand, vêtu d'une chemise western à carreaux avec des poches festonnées. Il laissa la portière de sa voiture ouverte, marcha à grands pas sur l'approche nivelée qui menait au site de la rampe et arriva au bord du précipice.

— Ouh là ! Maman ! cria-t-il. C'est pas moi qui leur piquerais leur place…

Entre-temps, Darwin et Arthur Key avaient quitté l'endroit où ils avaient transporté des tasseaux pour parvenir à la plateforme qui supporterait la caméra. Diff prit la main de Darwin et l'attira à lui dans une accolade.

— *Qué pasa*, mon ami ? dit-il. Ça fait si longtemps, je te demande pardon. Tu savais que j'avais emmené Lynn en Europe, n'est-ce pas ? Bon sang, quel beau voyage. Ils ont plus d'églises que les mormons, mais ils ont vraiment besoin d'électriciens !

Il rit puis il prit Darwin par l'épaule et regarda son ami dans les yeux.

— Comment vas-tu ? Bien ?

— Ça va, fit Darwin, éludant la question personnelle. On avance bien. On a un expert de taille pour nous aider.

Il désigna Arthur Key.

— Vous êtes Art Key, fit Diff. J'ai entendu parler de votre travail. Vous êtes en congé ?

— Oui, dit Key.

Il s'avança et serra la main du vieil homme. Curtis Diff allait avoir soixante-dix ans cet été-là. Il avait les joues rouges et de longs cheveux gris peignés en arrière.

— Où se trouve le conducteur des grosses machines ?

Darwin présenta Ronnie, dont la chemise était constellée de fragments de plastique.

— On est en train de fabriquer des moules pour les pieds.

— Vous faites bien plus que ça. C'est de la grosse artillerie. (Il désigna la rangée de poteaux électriques nus.) Quand est-ce que vous aurez l'électricité ?

— Aujourd'hui ou demain, répondit Darwin. Et le téléphone aussi.

— Putain de merde, c'est quelque chose. (Diff se tourna à nouveau face à l'abîme.) Qu'est-ce que c'est que cette plateforme ?

Il montra la zone que Key avait balisée 100 mètres plus loin, le long du bord.

— C'est l'endroit où sera placée la caméra.

— Bien sûr. Ce serait idiot de perdre une moto très chère sans filmer la chose. (Il secoua la tête.) Je vous ai apporté une caisse de vin et un tachéomètre. (Il frotta le devant de la chemise de Ronnie.) Et si on allait pêcher ? Je vois bien que si je reste à traîner par ici, vous allez me mettre au travail. C'est du vin français. J'ai littéralement pillé le stock.

Ils roulèrent une trentaine de kilomètres vers le sud sur la route du ranch à bord du Suburban, traversant la plaine couverte de sauge puis une série de collines arrondies où les pins formaient des ombres sur les coteaux. La route devint plus large et poussiéreuse, lisse et sinueuse, passant entre les bêtes qui ne levèrent pas la tête pour les voir.

— Celles-ci sont à vous aussi ? demanda Arthur Key à Curtis Diff.

Darwin s'était arrangé pour que Key soit assis devant. Il n'avait pas envie qu'on lui demande comment il se sentait, et Key pouvait fournir toutes les informations quant à l'avancement de leur travail sur le plateau.

— Probablement, répondit Diff.

Son domaine, le ranch Rio Difficulto, avait une superficie de 23 000 hectares, essentiellement des pâturages, avec trois cours d'eau et des bois. Il avait été constitué par les membres de sa famille qui avaient travaillé aux chemins de fer et dans le commerce de pommes de terre pendant les deux guerres mondiales. Diff leur avait indiqué différents endroits pendant le trajet, là où la route tournait à droite et menait à sa ferme, comme il l'appelait, la rangée de cabanes qui servaient autrefois de résidence d'été à son grand-père, aujourd'hui abandonnées, les routes qui partaient vers les mines, les sources chaudes, l'ouverture de la saison de la chasse. Ils passèrent un campement de trois tentes et quatre camionnettes et Diff expliqua qu'il était occupé par un groupe d'universitaires venu étudier les balbuzards.

Diff avait immédiatement fait remarquer que c'était la femme de Darwin, Corina, qui avait, quarante ans auparavant, donné son nom au domaine. Darwin et elle étaient venus travailler pour lui et elle était devenue la gestionnaire financière de Diff et parfois sa cuisinière, tandis que Darwin était le contremaître du ranch.

— Elle m'a entendu expliquer quelque chose au téléphone au gouverneur ou à l'évêque ou au chef de l'urbanisme à Mercy. On était en désaccord une fois de plus, comme pour ce projet là-haut sur le plateau avec vous, et lorsque j'ai raccroché, je l'ai vue secouer la tête et elle l'a dit.

Diff leva les yeux et fit un signe à Darwin dans le rétroviseur.

— Rio Difficulto. J'étais dans une de ces fureurs, nom de Dieu, et quand j'ai compris ce qu'elle venait de dire, là dans son coin, je n'ai pas pu m'empêcher de rire. Elle m'a coupé le sifflet, avec celle-là. Rio Difficulto. C'était une femme remarquable.

Arthur s'était tourné vers Darwin qui était assis sur la banquette arrière.

— Et elle est décédée cet hiver ?

— En janvier, dit Diff.

— C'est à ce moment-là que tu es parti t'installer à Idaho Falls.

— Mon fils vit là-bas.

L'expression de Darwin ne changea pas.

— C'est un gars bien, dit Diff avec enthousiasme. Il a sa propre petite entreprise. J'aimerais bien le faire venir par ici. J'ai eu de la chance que Darwin revienne pour faire cette rampe. Ils ont pas besoin de tous s'en aller, bon sang.

Diff conduisait trop vite, sembla-t-il au départ lorsqu'ils le virent enchaîner les courbes des virages, puis il devint clair qu'il connaissait très bien les routes, puisque c'étaient les siennes. Ils sortirent des collines et arrivèrent sur une plaine pelée, ravinée et sableuse, et Diff leur montra les groupes de pronghorns au loin, de chaque côté. Pour finir, il prit un virage, passa un portail dans la clôture en fil de fer barbelé et suivit un chemin plus petit avec de l'ambroisie et des graminées hautes entre les deux sillons.

— Messieurs, nous allons bientôt arriver au Débarcadère de Diff.

Il se tourna vers Ronnie, assis sur la banquette arrière :

— Ne t'en fais pas, jeune homme, je resterai sur la route. C'est une voie que mon grand-père a ouverte avec neuf véritables héros chinois en 1899. Cela leur a pris tout l'été.

Au-dessus d'eux, la marche du ciel avait cessé et les nuages s'amoncelaient comme un mur de brique. Le jour gris était doux pour les yeux et faisait ressortir les contours de l'herbe et des parois rocheuses.

La route en question suivait le lit asséché d'un torrent sur un bon kilomètre avant que le fossé ne se creuse. Le véhicule descendit dans une étroite ravine qui traversait perpendiculairement le lit sableux du torrent tous les 100 mètres dans une série de mouvements de balancier. Le chenal prit de l'ampleur, devint un large canal obstrué par d'énormes éboulis et de très vieux peupliers, et Diff fit enfin ralentir le Suburban et l'arrêta dans le sable sous l'un des immenses arbres. Devant eux maintenant, dans un lointain menaçant, s'élevait une étrange paroi striée de rouge.

— Je pisse toujours ici, dit Diff en sortant. Comme ça, la trouille me fait pas pisser pendant le reste du trajet. Je vous recommande de faire pareil.

Les hommes sortirent de la voiture, comme émerveillés par la taille trompeuse et exagérée de l'à-pic rocheux qui semblait proche mais ne l'était pas. Quelques instants plus tard, ils se rassemblèrent devant la voiture couverte de poussière.

— Par où irais-tu ? demanda Diff à Ronnie. À droite ou à gauche ?

Ronnie avança d'une cinquantaine de mètres vers le bord, à l'endroit où le lit sableux rejoignait la gorge de la rivière, un éboulis d'un millier de pierres de vingt tonnes qui descendaient, pour autant qu'il pouvait le voir, jusqu'à la rivière bleue. Il voyait que le chemin envahi de mauvaises herbes avait été dégagé aussi bien au nord qu'au sud. Les autres le rejoignirent.

— Tu choisis un chemin, dit Diff, et on tente le coup. Un des deux ne fait que 200 mètres et finit dans la falaise. Puis ces ouvriers à la tête dure sont revenus et se sont attaqués à l'autre côté et ils ont fini par gagner. Ils étaient bons et ils avaient appris leur boulot aux chemins de fer. Vas-y. Choisis.

— Et ils n'avaient que des outils manuels, dit Arthur Key pour lui-même.

— Tous les hommes de cette équipe ont reçu cent dollars et un billet de train pour Oakland. Ils ont fait une grande fête au bout de la route. Grand-père est descendu avec des gars et un chariot et ils ont grillé un cochon. Tout l'été, il avait noté leurs recettes. Demande à Darwin. Rio Difficulto a la meilleure cuisine chinoise de l'Ouest.

— Je sais, dit Arthur Key.

— La rivière n'est pas juste là, hein ? Ronnie pointait le doigt droit sur l'eau.

— On dirait, pourtant, hein ? répondit Diff. Non. Cette eau se trouve à presque quatre cents mètres en dessous de la ligne de ces rochers.

De retour dans la voiture, Ronnie referma sa portière et vit Darwin lever son pouce gauche. Il dit :

— Je suis déjà sorti de la route une fois, monsieur Diff. Je vais vous demander de nous conduire par le bon chemin, mais juste pour être sûr, prenez à gauche à la falaise.

Diff éclata de rire.

— Essayons. On est un peu plus gros qu'un chariot, mais il faut bien qu'on aille pêcher !

Après le virage, la route de sable devint un lit de silex, et Key prit conscience que tous avaient été cassés à la main. La piste creusée dans la paroi de la falaise était exactement de la largeur d'un véhicule. Les hommes avaient baissé toutes les vitres et Key et Ronnie, assis du côté passager, avaient une vue plongeante sur le précipice. La montagne était à une longueur de bras de la fenêtre de Darwin, et Diff les fit descendre tronçon par tronçon le long de la saillie. Pendant plus de la moitié de la descente, il n'y eut de visible au-dessus du capot que la rivière, un mirage bleu au loin.

— C'est quelque chose, hein ? fit Diff. Il y avait des jours où ils n'arrivaient pas à avancer de plus d'un mètre cinquante.

— Ça fait beaucoup de caillasse à déplacer, fit remarquer Key.

— C'est comme dans vos films, dit Diff.

— C'est comme ce qu'ils nous font croire dans les films, dit Key. Ici, c'est bien mieux.

L'à-pic sous son coude était d'au moins cent vingt mètres.

— En quoi est-ce que c'est mieux ? demanda Ronnie, et Diff rit à nouveau.

Le Suburban descendait et avançait un pneu après l'autre.

— Est-ce que quelqu'un préfère marcher ? demanda Diff.

— Comment ? répondit Ronnie. Darwin peut pas ouvrir sa portière et moi, je tomberais directement sur ces rochers blancs.

— Du calcaire, dit Diff.

Il s'amusait bien.

— Quand êtes-vous venu pour la dernière fois ? demanda Arthur.

— Je viens tous les ans, une fois par an, qu'il le faille ou non. Dans un foutu ranch comme celui-là, plein de petits endroits bizarres, ce débarcadère a pas vu plus de vingt personnes depuis cette fête avec les Chinois. (Il tourna le volant pour corriger sa trajectoire sur les éclats de schiste.) Dites-moi, monsieur Key, qu'est-ce qui fait que vous vous retrouvez dans ce coin perdu du pays à travailler pour le meilleur contremaître de tous les ranches de l'Ouest ?

— Je peux vous dire sans mentir que j'avais besoin d'une pause, dit Arthur. Je voulais m'éloigner un moment et réfléchir à un peu tout.

— Prendre de la distance ?

— Oui, répondit Key rapidement. Attention !

Ils étaient passés à ras d'une corniche rocheuse et un tronc de genévrier se trouvait en travers de leur chemin comme un portail déformé. Diff arrêta la voiture.

Key ouvrit sa portière et regarda en bas de la falaise. Il voyait la rivière d'un bleu acier au milieu des rochers rouges. En s'agrippant à sa portière, puis en attrapant le bord de l'aile et la calandre, il parvint à atteindre le devant de la voiture.

— J'ai une tronçonneuse, cria Diff.

— On va peut-être en avoir besoin, fit Art en se penchant sur le tronc.

— On n'en aura pas besoin, dit Ronnie.

Ils regardèrent le colosse soulever le tronc d'arbre à hauteur de sa ceinture, puis le tirer vers l'avant jusqu'à ce que les racines brisées se détachent et que des cailloux émaillent la route en saillie. Arthur laissa tomber l'arbre mort, le franchit d'un bond, le souleva à nouveau, le porta jusqu'au bord de la route et le fit dégringoler au bas de la falaise.

La grosse voiture continua à descendre en se tordant, à flanc de montagne.

— C'est comme de conduire sur un tas de pièces de monnaie, dit Diff. Mais ne vous en faites pas. Darwin sait que j'ai déjà fait ce chemin ivre, dans le noir, et une fois, il a même fallu que je remonte jusqu'en haut en marche arrière. Et, monsieur Key, dit Diff en détournant le regard du paysage qui défilait pour regarder le colosse assis à côté de lui, nous avons le plus souvent embauché des gens qui avaient besoin de s'éloigner d'un certain endroit, et je n'ai qu'une seule chose à vous dire : bienvenue.

— Qu'est-ce que c'est, là, de l'autre côté ? dit Ronnie.

Diff se pencha en avant et regarda.

— Ce sont des moutons, des mouflons.

— Je vois deux béliers, fit Art.

Diff désigna quelque chose tandis que la voiture continuait à descendre le chemin en dérapant.

— Une brebis est couchée juste au-dessus d'eux. Vous la voyez ?

— Oui. Ils sont combien ?

— Mon père a démarré avec quatorze couples aux environs de 1960. On en avait quatre-vingt et quelques il y a deux ans.

— Quatre-vingt-sept, précisa Darwin.
— Et qu'est-ce qu'ils font ? demanda Ronnie.
— La même chose qu'en ce moment, dit Diff. Ils restent dans les rochers. On les montre aux touristes. Ils se contentent de profiter de l'habitat. Il paraît qu'ils vivaient déjà là il y a cent ans.
Diff s'arrêta complètement dans un virage très serré de la descente. Darwin se glissa par sa portière et se fraya un chemin vers l'avant tandis que Diff attaquait le tournant invraisemblable.
— Serre. Encore plus, disait Darwin. Ooh, stop. Recule un peu.
Et Diff recula d'un demi-mètre.
— Maintenant, serre encore.
De cette manière, ils négocièrent le virage avant la dernière ligne droite jusqu'au lit de la rivière.
— Bienvenue à Shangai Landing, fit Diff. Un paradis de loisirs.
Il rangea la voiture à côté des piliers de pierre rouge d'une ramada au toit plat fait de longues branches d'arbres morts. De l'autre côté de la rivière, la paroi du canyon s'élevait à la verticale, d'un rouge profond dans l'ombre de l'après-midi, et la pente qu'ils avaient descendue les dominait, menaçante, comme une porte close. En contrebas, la saillie du chemin était à peine visible et elle leur donnait l'impression qu'ils venaient d'atterrir dans cet étrange espace rocheux.
— Allons pêcher !
C'est alors qu'ils entendirent parler la rivière, qui ne grondait plus, ce n'était plus que le bruissement de l'eau qui courait sur les pierres.
Diff ouvrit le coffre de la voiture et les hommes déchargèrent toutes les glacières et les caisses de matériel. Sous la ramada se trouvait une table en pierre construite à la hâte avec, tout autour, six grosses souches, une aire de pique-nique permanente.
— Qui est le maçon ? demanda Art en montant la canne à pêche que Darwin lui avait donnée.
— Je ne suis pas du métier, mais cette table a presque cinquante-cinq ans, sans compter les réparations.
— C'est vous qui avez fait aussi le mur de la source ?
Key montra un bassin collé à la montagne, entouré des mêmes pierres rouges scellées avec du ciment pour former un bassin rempli à ras bord.

— C'est de la vapeur ?

— C'est une source d'eau chaude, Art. Je vais vous dire un truc. C'est l'endroit où il faut venir si vous voulez séduire quelqu'un. Il y a le poisson, le pique-nique et le bain chaud. Mais de toute façon… (Le rire de Diff découvrit ses dents.) Le temps d'atteindre le fond du canyon, elle est déjà amoureuse.

La rivière passait dans cet espace en décrivant un S parfait, et le sable, les saules et les vingt immenses peupliers étaient à moitié dans l'ombre. L'air descendait avec la rivière, chargé des parfums de l'eau et des joncs. Darwin et Arthur allèrent jusqu'à un banc de graviers et commencèrent à effectuer quelques lancers dans un tourbillon bleu juste en dessous du méandre. Deux truites mordirent immédiatement, et les deux hommes ramenèrent au même moment les poissons récalcitrants jusqu'à la rive. Darwin s'accroupit pour ôter la mouche de son poisson et montra la truite cutthroat à Arthur avant de la relâcher dans l'eau. Puis il fit de même avec la prise d'Arthur, également une truite de 30 centimètres.

— Elles nous attendaient, dit Arthur.

— Il y a toujours du poisson par ici, lui dit Darwin. Le véritable exploit consisterait à ne pas les laisser mordre.

— Diff veut que tu retournes au ranch.

Darwin observa Arthur Key, étonné qu'il formule quelque chose d'évident.

— Il sait que je ne pouvais pas rester.

— Est-ce que c'était vraiment aussi facile de travailler pour Diff, ou est-ce qu'il nous fait un numéro aujourd'hui ?

— Ça n'a rien à voir avec lui. Diff est un type bien.

Darwin avança sur le banc de graviers en balançant sa ligne d'avant en arrière, nonchalamment. Le sujet était clos.

Plus haut, Diff travaillait avec Ronnie Panelli et lui montrait comment fonctionnait le moulinet. Ils avaient accroché une pince à linge au bout de la ligne et lançaient l'ensemble dans le cours d'eau. Diff prenait la canne un coup sur deux et lui parlait de doigté et de ferrage, et le jeune homme faisait ensuite deux ou trois tentatives. Ils virent Darwin avancer et prendre un autre poisson, sa canne pliée en deux tandis qu'il le combattait. Pour finir, Diff montra à Ronnie la mouche de couleur fauve.

— Voilà le secret, juste là.

Il avait la minuscule mouche posée sur le plat du pouce et il l'attacha adroitement au bas de ligne transparent en murmurant :

— Par-dessus, une fois, deux fois, trois fois, à travers et retour.

Il coupa l'excédent de bas de ligne avec sa pince et tendit le tout à Ronnie. Ils empruntèrent un ancien chemin à travers un bosquet de saules jusqu'à un coude que faisait la rivière et Diff lui montra où lancer, sous la berge en surplomb.

Ronnie fut un peu brutal avec son lancer arrière, mais sa ligne s'arrondit en une belle courbe et finit par se poser bien droite, comme une veine, sur les tourbillons qui enflaient, puis la mouche se balança doucement sur la surface à la limite de l'ombre de la rive. Le poisson mordit instantanément en jaillissant hors de l'eau d'un bond vrillé et Ronnie se trouva dépassé par les événements. La canne fit un mouvement brusque et il la tira en arrière, surpris qu'elle ait pris vie. Il tira et rembobina. Diff laissa sa canne et vint le rejoindre, mais il arriva trop tard pour la ligne de Ronnie, qui était emmêlée en une invraisemblable pelote.

— J'en ai un, dit Ronnie.

Son moulinet se bloqua, étouffé par la quantité de soie. Diff lui montra comment ramener la ligne à travers les œillets. Mais le poisson rendait tous ces efforts vains.

— Tu vas devoir le travailler un peu maintenant. Garde la tension constante. Je crois que tu as attrapé l'essentiel de notre dîner. Mais ne touche plus à ce moulinet.

Cinq minutes plus tard, un tas de soie jaune gisait aux pieds de Ronnie, et il prit l'épuisette des mains de Diff et sortit son gros poisson de la rivière.

— On le garde, dit Diff, qui coinça rapidement le poisson sur son genou et lui donna adroitement un coup derrière la tête. Il est magnifique. (Il brandit la truite.) Tu vois ces points ? C'est une cutthroat. (Il la posa dans la musette en osier.) Maintenant, viens avec moi, on va s'occuper de ce moulinet.

Darwin et Arthur s'étaient enfoncés plus bas dans le canyon et n'étaient plus en vue. Ronnie s'assit sur une pierre plate pour se pencher sur sa ligne enchevêtrée. Le ciel s'était refermé et transformé en un plafond d'un gris anthracite luminescent festonné de veines brillantes. Diff lui montra comment démêler patiemment la soie, quelques boucles à la fois. Il pêchait perché sur un tronc tombé, balançant sa soie dans les airs avant de la lancer délicatement selon la position des aiguilles d'une montre : 10 heures, 11 heures, midi, 1 heure, 2 heures, 3 heures, attrapant chaque fois rapidement une truite, puis la faisant passer de l'autre côté des remous avant de s'accroupir pour la relâcher. Après la sixième ou la septième prise, Ronnie cria :

— Est-ce que c'est toujours le même poisson ?

— Personne n'est idiot à ce point, cria Diff à son tour en riant.

Ronnie leva les yeux tout en farfouillant dans sa ligne enchevêtrée. Il sentait l'air s'épaissir, tout comme la couverture nuageuse d'un gris marbré. Il contempla le plafond lumineux qui allait du nord au sud dans l'étroit corridor rocheux.

— Moi, si, dit-il d'une voix forte. Je suis idiot à ce point.

Au-dessus d'eux, le ciel parut se tendre. Sans aucune raison, Ronnie se souvint de la fois où il s'était retrouvé sous un lit dans un appartement qu'il était en train de cambrioler dans un immeuble neuf. La moitié des logements n'étaient même pas occupés. Il avait entendu un bruit pareil à celui d'une porte et il s'était allongé, en appui sur ses doigts sur le plancher tout neuf, et s'était glissé sous le lit. Il n'y avait même pas encore de poussière. C'était un de ces moments bizarres, où il était passé de la peur à une sorte d'ahurissement sans objet, les yeux rivés sur la doublure diaphane du sommier à ressorts à dix centimètres de son nez. Il s'interrogea sur la manière dont il était fait et il faillit s'endormir. Il s'interrogea, émerveillé d'être dans un tel endroit, d'être devenu ce qu'il était devenu. Cet émerveillement était comme une sorte de vertige, et jamais plus dans sa vie de voleur il ne parvint à s'en défaire. Couché sous le lit, il tendit l'oreille et perdit la notion du temps. Plus tard, il sortit de sa cachette encore plus abattu que lorsqu'il y était rentré, et il saisit une petite boîte en verre contenant des boucles d'oreille qu'il ne pourrait même pas écouler au club de golf. Tout le monde savait qu'il était un voleur et n'avait pour lui que mépris.

Le ciel était maintenant émaillé de grosses boursouflures sombres qui fascinaient Ronnie et lui donnaient le sentiment de vouloir l'attirer quelque part. Il savait que l'air descendait le canyon depuis l'amont de la rivière, une avalanche d'air, la brise redoublant à mesure que le ciel se refermait.

Diff avait continué à prendre des poissons. Il relâcha le dernier et vint le retrouver.

— Tu y es ?

— Presque.

L'enchevêtrement inextricable était beaucoup plus lâche. Diff aida Ronnie et la pelote s'ouvrit joliment avant de se défaire complètement. Ils démêlèrent tous les fils et Diff maintint la tension pendant que Ronnie enroulait régulièrement la soie sur le moulinet.

— T'es fin prêt, lui dit l'homme. Attrapons-en quelques-uns qu'on va garder avant que cet orage ne se déchaîne.

La pluie vint seulement une heure plus tard. L'air dégringolait le long de la gorge en longues rafales, soufflant en tourbillons, saturé de pierre mouillée et de cèdre et du parfum mat des saules. Ronnie suivit Diff et ils remontèrent le courant méandre après méandre sur la rive, et chaque fois que le vieil homme s'arrêtait quelque part, le gamin l'imitait et se concentrait sur la tâche qui l'attendait. Après avoir bloqué le moulinet une fois, il faisait attention à ses pouces et arrêtait bien sa soie lors de ses lancers avant et arrière. Il y avait des poissons partout, et Ronnie devint expert dans l'art de mettre un genou dans le torrent pour relâcher les truites scintillantes. À un moment, alors qu'il était dans l'eau et qu'il sentait la pression du courant sur ses genoux, il comprit que c'était encore et toujours la rivière, toute la nuit et tout le jour, et les heures entre la nuit et le jour. Comment pouvait-elle ne jamais cesser, et qui la surveillait ? Il pêchait. Lorsque la première pluie tomba comme si le ciel s'éventrait, il avait oublié le nombre de poissons qu'il avait attrapés.

Le temps que Darwin et Arthur remontent le chemin qui longeait la rivière, Diff et Ronnie avaient installé une toile de trois mètres de long par-dessus l'armature du toit de la ramada. Diff avait une glacière pleine de hors-d'œuvre déjà ouverte – une antiquité avec des compartiments qui contenaient du fromage, des crackers, des huîtres fumées et des petites carottes avec de la sauce. À un bout de la table en pierre, il avait installé son réchaud à propane et faisait sauter deux grandes truites dans une poêle en fonte noire. Il y avait une bouteille de gin et deux citrons verts, ainsi que des bouteilles de vin rouge et une bouteille de blanc sur un lit de glace. Ronnie leva sa bouteille de Pacifico et désigna les poissons du doigt :

— C'est moi qui ai attrapé ces deux-là.

La pluie était légère mais omniprésente, rebondissant doucement sur la toile. Le monde gris dégageait maintenant une odeur de mesquite et de pierre mouillée. Le collier de Key comportait dix truites. Elles avaient été vidées et il les rangea dans la glacière idoine.

— Servez-vous, dit Diff aux deux hommes. On prend nos cocktails sur la véranda.

Pendant le dîner, Diff montra à Ronnie comment ôter l'arête dorsale de la truite. Assis autour de la vieille table en pierre, ils mangèrent leur poisson accompagné du contenu d'une jatte en bois remplie de salade César bien crémeuse et de pain au levain.

— C'est la première chose que j'ai faite lorsque la marine m'a renvoyé en 1945, leur raconta Diff en posant une main sur le plateau de la table. J'ai vécu ici seul pendant un mois et j'ai construit ça, j'ai réparé le mur du bassin et j'ai mangé du poisson jusqu'à ce que je n'aie plus l'impression d'être sur un bateau ni aux Philippines. En octobre, j'ai remonté ce chemin à pied et je suis allé travailler pour mon père.

Il montra Ronnie du doigt et ajouta :

— J'avais ton âge.

Puis il regarda Darwin :

— C'était évidemment la bonne chose à faire. J'ai dit à Darwin ici présent qu'il devrait revenir travailler pour nous, comme il l'a fait toute sa fichue vie, mais non. Après quarante ans, il faut qu'il aille vivre en ville.

— S'il continue à pleuvoir, c'est moi qui remonterai ce chemin à pied, dit Ronnie.

— Il est temps d'aller ailleurs, dit Darwin, s'adressant à la table.

Arthur écoutait l'échange tout en se coupant un autre morceau de pain et en se remplissant la bouche de vin. C'était à ses yeux un endroit extraordinaire. L'orage, qui promettait de durer, lui paraissait un trésor dans l'immense cirque rocheux plein de sauge, de calcaire trempé et de bois vivant. Il restait trois truites sur le plat, la peau grillée luisante d'huile d'olive. Diff se leva et en glissa une sur les assiettes de Ronnie, de Darwin et d'Arthur.

— Finissez, dit-il. Selon une longue tradition, on se sert de ses doigts pour manger, dans ce coin reculé du monde.

Il dégagea un filet du poisson qui était sur son assiette et le fourra dans sa bouche.

— C'est un vrai festin, dit Arthur.

Darwin s'était éloigné de la partie la plus abritée et s'était placé face au vent.

— Chaque jour est un festin à Rio Difficulto, dit Curtis Diff.

Quelques instants plus tard, il remplit son verre de vin et se leva. La pluie avait redoublé et elle frappait avec constance la bâche au-dessus de leur tête. Il ôta ses bottes, puis son pantalon, les plia, ajouta sa chemise. En deux secondes, il était nu. Il remit ses bottes, et son cul blanc disparut dans la pluie noire.

— Il y a des serviettes dans la voiture. Ne venez pas pieds nus ni sans un verre.

— Un bain chaud ? demanda Ronnie. (Il était encore en train de picorer son poisson.) Je suis si sale que ça ?

Il alla jusqu'à la voiture, se déshabilla et revint à la table, une serviette sur les reins et ses chaussures aux pieds, pour prendre une bière fraîche.

— Ça me paraît une bonne idée, fit Arthur. Quel personnage.

Dans le bassin, la pluie tombait à travers la vapeur. La source émergeait du pied de la falaise et remplissait la vasque de pierre qui avait été doublée de pierres poreuses avant d'être cimentée, et qui était maintenant recouverte de mousse et fuyait de partout. Installés dans cet endroit étrange, les hommes ne parlaient plus. Key sentait l'eau chaude sur les écorchures de ses mains et de ses avant-bras. Il savait que Darwin ne viendrait pas les rejoindre. Ronnie ne cessait de mettre la tête sous l'eau. Le monde autour d'eux était noir, la pluie, noire, et l'eau fumante, couleur ébène.

— Lorsque je suis là-dedans, je regrette de ne plus fumer le cigare, dit Diff.

— On fume déjà assez comme ça.

— Mais on se sent bien loin de chez soi, n'est-ce pas, monsieur Key ?

Ils n'étaient rien de plus que des visages indistincts dans la vapeur.

— C'est vrai, dit Arthur. C'est bien la raison pour laquelle on est venus, n'est-ce pas, monsieur ?

— Je ne sais pas. (Il marqua une pause puis désigna Ronnie.) On est venus laver la suie dont était recouvert ce jeune conducteur d'engins. Je me suis dit que vous aviez peut-être besoin de faire une pause et que Darwin voudrait revoir tout ça.

— C'était le cas. Ça fait du bien.

Ils apercevaient le profil de Darwin assis sous la ramada, en train de boire son vin.

Soudain, Key se tourna et le visage du vieil homme se trouva presque collé au sien. Arthur voyait ses yeux, les lueurs bleu pâle dans la petite lumière. Curtis Diff parla tout doucement avec des cendres dans la voix.

— C'est ma faute, vous savez, ce qui est arrivé à sa femme. On n'avait pas été avertis du cisaillement de vent, mais j'aurais dû tourner une fois avant d'atterrir. Je le fais toujours. Avec le vent de travers, j'arrivais à peine à tenir et on a failli perdre complètement le contrôle. On a posé une roue, et elle s'est tapé la tête comme on ne peut pas le faire deux fois. Et vous connaissez la suite.

Les yeux de Ronnie étaient deux points blancs au-dessus de l'eau sombre. Tout était calme maintenant dans le profond canyon ; la rivière, un souffle chuchotant qui se glissait partout. Le vieil homme se leva et s'assit sur le muret, son dos blanc fumait. Il enfila ses bottes.

— Prenez votre temps, leur dit-il. Avec la pluie, on n'est pas pressés. On va rassembler le matériel et on remontera quand vous serez prêts.

Les deux derniers s'étaient lavés entre les orteils et tandis que Diff s'éloignait, ils se rincèrent les cheveux à nouveau, et encore une fois.

— Putain de merde, dit Ronnie.

Il noua pudiquement la serviette autour de sa taille en se levant, puis s'assit sur le muret. Ses cheveux étaient rabattus en arrière et collés sur sa nuque.

— Ma mère aimait mes cheveux. Mais j'aimerais bien les faire couper demain.

Il sortit de l'eau chaude et passa ses jambes par-dessus le rebord. La pluie le criblait comme une volée d'aiguilles et il courut en chaussures jusqu'à la voiture, en gémissant et en poussant des *ouh* et des *oh*.

Diff demanda à Arthur de conduire sur la route en mauvais état.

— Ne vous en faites pas. Vous allez peut-être égratigner une aile, mais une voiture tient toujours à rester sur la route.

Ronnie s'assit derrière et se cacha les yeux derrière ses mains.

— Je ne sais pas pourquoi tu fais ça, lui dit Arthur. Moi non plus, je ne vois rien.

Le pare-brise était un écran moucheté et les essuie-glaces ne découvraient que le puissant faisceau des phares qui s'écrasait sur la roche de la paroi lointaine du canyon. Il y eut des dérapages, l'arrière glissa sur les graviers mouillés. Dans le virage serré, Key maintint l'accélérateur enfoncé, et il négocia l'épingle à cheveux sans frotter contre la falaise. Lorsqu'il monta dans la partie supérieure du chenal, la route sableuse était devenue un torrent, mais facile à passer. Au portail menant à la route du ranch, Key prit le virage et Diff dit :

— À l'année prochaine.

Ronnie s'endormit pendant cette dernière demi-heure sur la route transformée en boue moelleuse sous le battement réconfortant de la pluie. Pendant toute la remontée du domaine pluvieux de Diff, Key observa les yeux impassibles de Darwin dans le rétroviseur, mais on ne pouvait y lire quoi que ce soit. Il savait que Diff avait espéré que l'excursion attendrirait Darwin. C'étaient des types bien, séparés maintenant par la mort de cette femme. Key voyait bien que la mort de Corina était pour Darwin comme un meurtre, un accident du Ciel, celui qui arrête tout le monde. Arthur Key ralentit et conduisit le gros véhicule jusqu'au campement sur le plateau. La pluie écrasait tout dans leur petit monde bien rangé.

— Qui descend ici ? demanda-t-il.

— Merci, Arthur, dit Diff. (Ils avaient ouvert les portières mais restaient assis à l'intérieur.) Roman a dit que vous étiez venu et que vous aviez jeté un œil au toit de notre vieille chapelle. Ça pourrait faire trois bonnes journées de boulot une fois que vous en aurez fini ici. Je doublerai votre salaire.

Darwin sortit et ouvrit les portières arrière. Son silence exaspéra le vieil homme.

— Bon sang, c'est pas un gros boulot.

— Je n'irai pas là-bas, Diff.

Darwin avait sorti une glacière du coffre.

Diff sortit d'un bond sous la pluie, furieux comme s'il avait passé toute la journée à ruminer.

— Bon sang ! Les gens meurent.

Il contourna la voiture et se planta devant Darwin. Ils furent tous deux trempés en un instant.

— C'était une femme extraordinaire et elle nous manque à tous, mais tu te comportes comme un fichu imbécile. (Diff était en rage.) Bon sang, Darwin. Ton fils ne veut pas de toi, là-bas, à Idaho Falls, ni que tu te mêles de ses affaires. Il sait ce qu'il a à faire, exactement comme toi autrefois. Tu as une bonne situation ici, un bon boulot. Quelle foutue tête de mule !

Diff dut s'arrêter. Key et Ronnie Panelli avaient rassemblé leurs affaires et se tenaient eux aussi sous la pluie.

— Oh, ne m'écoutez pas. Finissez cette fichue rampe pour ces clowns californiens et faites ce que vous voulez, je m'en fiche. Du moment que j'encaisse leurs chèques.

Il retourna au Suburban et démarra. Puis les hommes l'entendirent couper le moteur. Diff sortit et revint à la table bleue couverte de perles de pluie. Ils restèrent tous les quatre silencieux dans la nuit pluvieuse.

— Bonne nuit, tout le monde. (Il fit un signe de la main à l'adresse de Ronnie.) Pour une première fois avec une mouche entre les mains, tu t'es vraiment bien débrouillé. On essaiera de remettre ça.

7

DANS LA FRAÎCHEUR du matin, Ronnie Panelli, debout sur la terre sableuse, fourrait ses bras jusqu'aux épaules dans la cabine du grand camion blanc à plateau pour atteindre le plancher côté conducteur. Il mélangeait les deux composants de la colle époxy sur une assiette en carton, comme Arthur le lui avait montré depuis l'endroit où il se trouvait, du côté passager. Key tendit la main qui tenait les deux nouveaux patins en caoutchouc destinés aux pédales, pour que Ronnie puisse enduire de colle forte l'intérieur de chacun d'eux.

— Appuie là, dit Art en lui montrant l'embrayage. Au tour du frein, maintenant.

Ronnie ajusta les ovales sur les armatures en métal.

— Je serre ?

— Non. C'est parfait. Dans dix minutes, ça sera solide comme de l'acier et tu pourras traverser le pays tout entier.

— Je vais juste en ville.

— Et c'est une très belle ville, dit Arthur Key.

Toute la matinée, il s'était gentiment moqué de Ronnie. Ils s'étaient réveillés sous un ciel à l'apparence trompeuse, d'une couleur insolite, bien au-delà du bleu cobalt. Palpables, doux, l'air et la terre paraissaient renaître après la pluie, comme une promesse rare délivrée par les premiers rayons du soleil. Des écharpes de brume s'enroulaient encore dans l'atmosphère. Lorsque la réparation du camion serait terminée, Arthur et Darwin iraient à Idaho Falls dans la vieille jeep pour voir le fils de Darwin. Celui-ci célébrait le premier anniversaire de sa petite entreprise de bâtiment ; il avait fini de payer la pelleteuse et ils allaient fêter l'événement. Darwin voulait aussi récupérer sa vieille tronçonneuse, qui possédait une barre de sécurité et qui n'avait pas autant de torsion que les nouveaux modèles. Ils en auraient besoin pour la structure de la rampe, Ronnie allait effectuer beaucoup de coupes.

Ronnie avait décliné la proposition et personne n'en parla, mais tous en connaissaient la raison. Arthur y avait fait allusion toute la matinée.

— Cette ville est pleine de jolies femmes. Voyons, il y a celle qui travaille à la banque, et cette autre…

Ils lui avaient donné une liste pour la quincaillerie : des boulons de carrosserie, deux grands ciseaux à bois, une série de clés, et ils lui avaient dit de récupérer la commande de vingt traverses de trois mètres à la scierie. Comme ils avaient une bonne tronçonneuse, Arthur avait choisi de construire la structure sous la rampe avec ces morceaux de bois, les disposant et les fixant de manière qu'ils supportent le porte-à-faux au-dessus du canyon.

— Je prendrai le matériel.

Arthur testa les bords des nouveaux patins sur les pédales et les trouva suffisamment solides.

— Et passe voir l'infirmière. C'est sa mère qui tient l'Antlers.

Le ciel était d'un blanc bleuté, élargissant les contours du monde après toute cette pluie. Darwin était apparu dans sa tenue de voyage, une chemise blanche à manches longues et une veste en cuir fauve.

— Traci est une gentille fille. Sa mère m'a dit qu'elle viendrait bientôt visiter notre chantier.

Ronnie parut surpris. Il s'éloigna du camion après avoir ramassé les tubes de colle et rentra dans la tente. Arthur ferma la portière côté passager, contourna le camion et ferma la portière côté conducteur.

— La vie est belle. De nouvelles pédales pour le frein et l'embrayage, cria-t-il en direction des rabats de la tente. Tu es prêt, Darwin ? Allons voir ton fils.

Dès qu'ils furent partis, Ronnie ôta sa chemise et se lava le visage, se peigna les cheveux et enfila une des chemises de travail bleues que Darwin lui avait données. Il la rentra dans son jean, cira ses bottes et conduisit le camion jusqu'à Mercy. Les nouveaux patins lui furent bien utiles.

Une fois en ville, il se rendit à la First Idaho Bank et déposa son chèque. Il prépara un nouveau mandat à l'adresse de sa mère et alla à côté, au bureau de poste, pour l'envoyer. À l'endroit où il était censé noter l'adresse de l'expéditeur, il avait juste mis ses initiales afin qu'elle ouvre l'enveloppe. Dans chacun de ses courriers, il voulait écrire quelque chose pour l'informer qu'il s'agissait bien d'un boulot et non d'un acte répréhensible, mais il n'y arrivait pas. La première fois qu'il lui avait envoyé de l'argent, il était resté à la table près de la vitrine du bureau de poste et il avait rédigé une petite lettre, mais en l'écrivant, il avait eu l'impression d'être en train de s'excuser. Il n'aurait pas appelé ça de la fierté, mais il était trop fier pour s'expliquer. Elle recevrait l'argent, il ne pouvait rien faire de plus.

Il se rendit à l'Antlers et attendit que Marion ait terminé de prendre une commande au bar. Lorsqu'elle le vit, elle vint le rejoindre et ils discutèrent juste devant la porte de service.

— Traci est à la maison ? demanda Ronnie.

— Tu sais très bien qu'elle y est. (On sentait un sourire percer sous ses paroles.) Elle a dit que vous alliez camper, tous les deux.

— Ouais, on va à la gorge.

Marion s'approcha et glissa un doigt dans un passant de la ceinture de Ronnie.

— Fais attention. Tout va bien, et c'est le moment pour toi de faire très attention. Traci n'est pas n'importe qui.

— Je le sais, m'dame.

— Je ne sais pas pourquoi je t'aime bien, mais tu n'as pas intérêt à me faire changer d'avis.

Elle le lâcha et soutint son regard une bonne seconde pour accentuer l'effet de sa remarque.

— Je vous revois ici tous les deux avant midi.

— Oui, bien sûr, dit-il.

Marion rentra dans le bar et ramassa quatre tasses, qu'elle déposa dans l'évier plein d'eau savonneuse. Ronnie traversa la cuisine pour aller jusqu'à la porte de derrière. Alors qu'il allait s'éloigner après avoir refermé la porte à moustiquaire, quelqu'un le saisit par le bras, le fit se retourner brusquement et lui flanqua deux coups de poing dans la poitrine si brutalement qu'il se retrouva assis le cul par terre.

— Tes gardes du corps sont où, espèce de petit merdeux ?

Ronnie ne voulait pas salir sa chemise. Il leva les yeux vers le gamin qui se tenait devant lui.

— Tu vas me donner des coups de pied, maintenant ? demanda-t-il.

— Où sont tes amis ?

C'était un type que Ronnie reconnaissait, un jeune gars aux cheveux très courts avec une chemise sans manches en flanelle noire et blanche par-dessus son pantalon. Il avait les biceps qu'on se fabrique en soulevant de la fonte.

Ronnie se leva.

— Où sont tes amis ?

Le gamin frappa à nouveau Ronnie en pleine poitrine et regarda ensuite autour de lui.

— Je veux que t'arrêtes de me taper, dit Ronnie.

C'était une ère nouvelle pour lui, et maintenant chaque fois qu'il parlait, il s'en étonnait. Il s'étonnait d'avoir de la jugeote – un mot que sa mère utilisait à son encontre en lui répétant qu'il n'en avait pas. Il était étonné du fait même de s'exprimer et de ce qu'il disait, et il était étonné de ne pas s'enfuir en courant. On l'avait frappé mais il ne s'était jamais battu. Il y avait laissé sa chemise par deux fois, l'abandonnant littéralement aux mains d'un type un jour où il s'était fait pincer dans un abri pour voiture, sous une Mercedes, les poches remplies de petite monnaie.

— Ça risque pas d'arriver, dit le jeune homme en se rapprochant de Ronnie Panelli.

La porte s'ouvrit brusquement et Marion apparut avec son tablier.

— Darren.

— Je sais ce que je fais, dit Darren.

— Tu vas te faire à nouveau arrêter.

— Pour ça, il faudrait que quelqu'un passe un coup de fil.

Ronnie se leva et brossa ses vêtements.

— Je vais me battre avec lui, dit-il. Mais je veux d'abord enlever ça.

Il déboutonna sa chemise bleue avec ostentation et la suspendit au rétroviseur de la vieille Datsun du cuisinier garée près du bâtiment. Sa cicatrice faisait une boursouflure rouge sur son épaule. Il se tourna face à Darren, les bras ballants, sans bouger.

— T'es maigre comme un rat.

— Allons-y, battons-nous, dit Ronnie calmement.

Darren avait reculé d'un pas et croisé les bras.

— T'es vraiment un connard, dit-il.

Marion était revenue sur le seuil, un téléphone blanc à la main, qu'elle brandit pour que Darren le voie.

— N'importe quoi, Marion. Cette espèce de petit salaud va vous entuber, toi et Traci, et dans les grandes largeurs.

Ronnie s'approcha de Darren et leva la main gauche, les doigts écartés, comme pour sentir l'air. Darren eut un vif mouvement de recul.

— Écoute, Darren. Va-t'en, ou alors… dit Marion en agitant le téléphone… on va voir si Jim veut entendre ton avis sur la question.

Darren jura et s'apprêta à partir. Il pointa un index menaçant vers Ronnie.

— Je te retrouverai. Tu touches Traci, et je sentirai ton odeur sur elle et je te retrouverai.

Ronnie baissa le bras et fut à nouveau surpris lorsqu'il s'entendit dire tranquillement :

— Je suis juste là.

C'était si bon de dire ce qu'il voulait vraiment dire ; il n'avait jamais pu le faire auparavant. Il s'apprêtait à faire un pas vers le jeune homme lorsque celui-ci baissa les épaules et recula, s'éloignant entre les véhicules garés en désordre dans les hautes herbes du parking et au coin du bâtiment. Ronnie récupéra sa chemise et la boutonna.

Marion était toujours debout sur le pas de la porte.

— Tu as de quoi manger ?

— Oui, m'dame. On va cuire du poulet à l'huile d'olive et j'ai ce qu'il faut pour le petit déjeuner.

— Du café ?

— On a du café.

— Traci aime bien mettre du lait dans son café.

— Oui, dit-il. Je sais. J'ai de la crème.

Marion inclina la tête. Elle semblait réfléchir à quelque chose et, pour finir, elle leva les yeux et dit :

— Bon, allez-y. Et soyez prudents.

— Tout ira bien, dit Ronnie à Marion avec un signe de la main qui se voulait rassurant. À demain, donc. Merci. Merci, vraiment.

À la quincaillerie, Ronnie prit une petite caisse de boulons de carrosserie, le grand assortiment de clés à pipe et le reste du matériel, puis il recula le gros camion dans la cour de la scierie, derrière le vieux bâtiment en bois. M. Schindler, le propriétaire, le rejoignit près des deux grands tas de traverses et le guida jusqu'à celles de trois mètres de long.

— Je ne suis pas surpris que Diff construise son propre chemin de fer, maintenant, dit Schindler en enfilant ses gants pour soulever l'un des gros morceaux de bois.

Ronnie leva l'autre extrémité et ils commencèrent à charger les traverses sur le camion.

— Elles vont servir à construire la structure de la rampe, dit Ronnie au vieux quincaillier. Elles sont traitées et plus solides.

Ronnie se fichait des vannes que faisaient les gens à propos du projet de la mesa.

— Eh bien, j'imagine que ce sera bien assez solide.

Ils posèrent les traverses sur le camion et Ronnie signa les papiers. Puis il fit un dernier effort pour enchaîner le tout avec un soin extrême, bloquant les deux chaînes dans les treuils à levier, aussi serré que possible.

— Ce chargement risque pas de bouger.

Ronnie se tourna. C'était Traci, appuyée sur l'avant de son camion, les bras croisés, le visage souriant et ses cheveux bruns un peu ébouriffés par la brise. Comme il enlevait ses gants, elle dit :

— Qu'est-ce que tu vas faire, me serrer la main ?

Elle le serra contre elle, un bras sur son épaule, l'autre autour de sa taille.

— D'où tu viens ? dit-il.

— Je suis née à Paris, Idaho, si tu tiens à le savoir, mais plus récemment, je suis venue à pied de chez moi en descendant cette ruelle pour que tous les spectateurs de la ville ne se régalent pas de la vue de ton camion devant ma maison.

— Ton petit ami est déjà venu me voir derrière l'Antlers.

Elle dut se détacher de lui, mais elle garda un coude dans sa main et dit :

— T'as l'air de t'en être bien tiré.

En entendant ce commentaire, il ne put soutenir son regard, il détourna les yeux et dit :

— Merci. (Il ouvrit la portière du conducteur.) Vas-y, monte.

— Est-ce qu'il a dit quelque chose ? Darren ?

Elle jeta son sac en toile dans la cabine et grimpa sur la haute banquette.

— Juste qu'il n'en a pas terminé avec moi. Ce type ne m'aime pas.

— Oublie-le.

Elle se glissa jusqu'à la portière passager avant de revenir se coller à Ronnie, qui démarra le véhicule.

— Oublie-le, c'est tout.

Ses paroles étaient agréables à entendre, mais elles renfermaient quelque chose d'autre, quelque chose d'amer et de douloureux.

— Il y a un Paris en Idaho ?

— Il faut que tu sortes plus souvent. D'où tu viens, toi ?

Elle rit et se pencha soudain pour poser sa tête sur la jambe de son jean.

— Qu'est-ce que tu fais ?

— Roule. Je vais rester comme ça jusqu'à l'embranchement, et personne d'autre que ma mère ne saura où je suis. Vas-y, roule. Passe une vitesse et roule.

Dans cette position, ils remontèrent la petite rue derrière la banque et la petite clinique, puis ils prirent Main Street à Mercy, au milieu des voitures et des piétons. Ils dépassèrent ensuite le panneau devant l'école primaire qui annonçait la rentrée pour le 4 septembre, et les champs municipaux de luzerne, puis ils roulèrent huit kilomètres sur la route du comté jusqu'à celle du ranch de Diff, puis parcoururent les 15 kilomètres sur le chemin argileux qui menait au chantier au-dessus de la gorge. Elle resta couchée tout le trajet, levant les yeux vers son visage, interrompant parfois la conversation pour compter les oiseaux qu'elle voyait passer au-dessus d'elle à travers le pare-brise.

Le sentiment qu'éprouvait Ronnie lorsqu'ils prirent l'embranchement de la route du ranch était délicieux, cette liberté d'être avec une fille qu'il aimait bien, d'aller dans un endroit auquel il se sentait un peu plus attaché chaque jour. Il aimait conduire le vieux camion et il avait conscience du regard de Traci posé sur son bras quand il manipulait le grand levier de vitesses qui sortait du plancher, et il avait conscience de sa tête posée sur sa cuisse quand il débrayait et accélérait chaque fois qu'il changeait de vitesse.

Sa carrière sentimentale n'en était pas une. Il n'avait jamais eu de petite amie. Au country club, il y avait eu une fille dont le nom était Vicky Lattimore et qui n'était qu'une traînée. Elle avait été amenée au club-house des caddies par un caddy plus âgé alors qu'elle avait tout juste l'âge de Ronnie et qu'elle avait été dans sa classe au lycée. Elle n'avait pas peur d'accorder des faveurs sexuelles aux garçons devant d'autres garçons, et il eut plusieurs fois son tour sur le long banc derrière le petit bâtiment, un banc piqueté et éraflé aux endroits où les golfeurs s'appuyaient depuis toujours pour lacer leurs chaussures. Il savait qu'elle n'était qu'une traînée – c'était un mot que tout le monde utilisait – mais il savait aussi qu'elle avait un certain pouvoir sur lui, et parfois, lorsqu'il avait fini un parcours ou deux et qu'il était seul là-bas, à nettoyer des clubs, il se surprenait à espérer qu'elle serait dans le coin. Il n'aimait pas ce qu'il ressentait en sa présence, mais il n'y pouvait rien. Finalement, un mois avant la fin de ce dernier été, les pros entendirent parler de ses visites et ils descendirent et renvoyèrent quatre gamins, dont Ronnie. Ce fut ce jour-là, trois ans auparavant, qu'en passant par la porte de service du club-house principal, il fouilla trois portefeuilles et déroba 400 dollars et une carte American Express Platinum. La seule bonne chose dans toute cette affaire, c'était qu'il avait seize ans et qu'il fut seulement condamné à quatre mois en maison de correction. Dans les cours dispensés là-bas, on lui enseigna la Constitution ainsi que les Dix Commandements, et on lui apprit comment faire ses comptes et ce qu'étaient les intérêts composés. Ces informations étaient si impénétrables qu'en son for intérieur il prit sa décision concernant la poursuite d'éventuelles études. Lorsqu'il sortit, sa mère pleura et pleura, folle de joie que son fils soit de retour, mais lui savait qu'il n'était pas vraiment de retour. Il avait honte de ce qu'il avait fait, mais il était incapable de mettre un nom sur ce sentiment. Il savait qu'il avait déçu sa mère, mais il crut que la peine qu'il éprouvait faisait partie de sa nature. Et il se mit à voler car, comme on le lui avait dit à la maison de correction, il était un voleur. C'était la première fois qu'on lui collait une étiquette et il les prit au mot.

À mesure qu'ils avançaient avec le camion, Traci repérait l'endroit où ils se trouvaient.

— Ça, ce sont les lignes électriques qui longent les champs municipaux. Loin, vers le sud, tu peux voir la ferme abandonnée. On dit que c'est chez les Olsen, mais ils vivaient là il y a cinq générations. Elle sert parfois de salle des fêtes au printemps. La semaine avant la remise des diplômes au lycée, tu peux y perdre ta virginité sans trop d'efforts.

— C'est ce qui t'est arrivé ?

— On se connaît à peine et c'est une question très indiscrète. Mais non.

Lorsqu'un oiseau traversait le ciel, Traci, toujours allongée, la tête sur la jambe de Ronnie, en donnait le nom, reprenant chaque fois la liste depuis le début : neuf moineaux sur le fil, deux corbeaux, un faucon, un corbeau, un faucon, une mouette, deux petits oiseaux, deux petits oiseaux, une buse à queue rousse.

— Ce type, c'était ton petit ami ?

— Darren était mon petit ami l'an dernier.

— Ta mère ne l'aime pas.

— Oublie Darren. On oublie Darren.

Ronnie Panelli ne pouvait pas oublier Darren.

— Un an, c'est long.

Au bout d'un moment, Traci dit :

— Un an, c'est long.

Ronnie ralentit et rétrograda pour prendre le virage à gauche. Traci dit :

— Maintenant, tu prends l'embranchement du ranch de Diff, le chemin de terre, et on va vers le sud.

— Il n'était pas gentil avec toi ?

— Oublie-le. Moi, je l'ai oublié.

— Est-ce qu'il s'est passé quelque chose ?

— Neuf moineaux sur le fil, deux corbeaux, un faucon, un corbeau, un faucon, une mouette égarée…

Ronnie arrêta brusquement le camion et se glissa rapidement sur le marchepied, examinant le ciel dans toutes les directions.

— Il n'y a pas d'oiseaux par ici. Tu peux arrêter ça.

La tête de Traci était maintenant complètement posée sur la banquette, et elle le regardait par en dessous.

— Qu'est-ce qui s'est passé avec Darren ? Dis-moi. Est-ce qu'il t'a fait faire des choses ?

— Ça a duré un an. On a fait des choses.

Ils étaient arrêtés au beau milieu de la plaine couverte de sauge. Seules les montagnes au loin les entouraient, marquant les limites du monde. Il remonta dans le camion et souleva la tête de Traci pour la reposer sur sa jambe. Maintenant, ses yeux étaient fermés.

— C'était pas comme s'il m'y obligeait. J'avais presque dix-huit ans ; c'est vieux. Je ne savais rien dans ce domaine. Je croyais qu'on était censé faire des choses et pendant un moment, j'ai cru que j'aimais ça.

Ronnie restait immobile, assis dans le camion arrêté.

— Roule, dit-elle. Ce sera plus facile.

Il enclencha une vitesse et avança lentement sur le chemin de terre.

— Il voulait que je quitte l'école et que je m'installe chez lui, là où il habite avec son père. Il apprend la mécanique et il pensait qu'il pourrait avoir un boulot comme employé de l'État ou des chemins de fer. Finalement, ma mère n'a pas voulu me laisser aller avec lui, et il venait chez nous, il nous enfermait dans ma chambre et me faisait… Tu veux vraiment savoir ?

Ronnie roulait lentement sur le chemin défoncé.

— Tu sais que je n'ai jamais eu un rendez-vous avec un garçon ?

— Si, avec lui.

— Jamais. Quand il en avait encore la permission, il m'emmenait au premier endroit qu'il trouvait et on faisait des choses dans sa voiture. Il m'emmenait à des beuveries et il me faisait faire des trucs dans la voiture alors qu'il était assis et qu'il faisait des signes à ses potes. Je ne savais pas quoi faire.

Traci s'assit et s'essuya les yeux. Elle recula jusqu'à la portière passager et s'assit en tailleur face à lui.

— Dans ma chambre, il me faisait enlever mes vêtements et ensuite il parlait à ma mère à travers la porte en disant que j'étais super chaude, et d'autres trucs. Jusqu'à ce qu'elle le mette dehors.

— Elle l'a mis dehors ?

— Après que je lui ai raconté ce qui se passait, la fois suivante, elle est revenue du restaurant et elle a découvert qu'il nous avait enfermés dans la chambre. Elle a tapé avec une poêle et après elle a défoncé la porte avec un marteau. Dans notre maison.

La mâchoire de Ronnie était contractée et il sentit dans sa bouche le goût de la colère, le goût d'autrefois, de quand il se fichait de ce qui pouvait arriver. Il voulait retourner en ville chercher l'autre jeune homme.

— C'était quand, la dernière fois qu'il t'a touchée ?

— En février. Il est venu à l'école et il a attendu. Lorsque je suis partie avec mes amies, il m'a attrapée par le bras. Je lui ai dit de ne pas me toucher, et au bout d'une minute, il m'a laissée partir.

— Et maintenant, qu'est-ce qu'il fait ?

— Il passe avec son camion tous les soirs, il se gare devant la maison, de l'autre côté de la rue.

— Retournons en ville et réglons ça, dit Ronnie.

— Ronnie, dit Traci en le prenant par le poignet. Oublie-le. Regarde ça. (Elle balaya d'un grand geste le vaste monde désert.) Passons la journée que nous avions prévue. Oublie-le, s'il te plaît. Je regrette tellement de l'avoir connu.

Ronnie Panelli était contrarié et en ébullition dans un lieu qui lui était jusqu'alors inconnu. Le jour avait changé, il avait pris de la profondeur, et Ronnie le ressentait. L'intérêt qu'il portait à cette fille avait changé, lui aussi, et il ne parvenait pas à comprendre exactement ce qui lui arrivait.

— Deux balbuzards.

Elle pointa un doigt vers les grands oiseaux planant lentement, avec aisance, au-dessus de ce que Ronnie savait être le canyon.

— Et ceux-là, dit Ronnie, montrant le vol de mouettes blanches qui passait comme un troupeau désordonné. Ils sont si loin de l'océan.

— C'est des mormons, dit Traci.

Ronnie ralentit et manœuvra le gros camion pour passer le portail à l'entrée du chantier, sur le plateau qu'on appelait parfois Rio Difficulto.

En une heure, il avait fait visiter à Traci tout le campement et ils s'étaient installés tout près l'un de l'autre sur les rochers cassés de la corniche au-dessus du canyon, de la rivière originelle qui accomplissait son devoir originel. Ils s'assirent sur le grès dominant le gouffre sombre de telle manière qu'il comprit qu'il devrait passer son bras autour de sa taille. Il avait peu de contrôle sur les événements. La gorge l'avait toujours fasciné et, maintenant, ce qu'il ressentait en se retrouvant seul avec cette fille lui paraissait difficile à supporter. Il ne parvint pas à soulever son bras. Ils sentaient l'odeur de l'eau dans ce monde aride. Elle se pencha et toucha son épaule avec la sienne, mais toute capacité de bouger et de prononcer le moindre mot l'avait abandonné. Il avait pensé qu'il pourrait gérer cela, mais il n'arrivait tout simplement pas à reprendre pied et il pataugeait dans cette heure nouvelle. C'était trop important pour qu'il fiche tout en l'air, et il lui sembla qu'il était pris dans un tourbillon. Il y avait dix façons de bousiller ce moment, et il n'en voulait aucune.

— Tu te souviens à quel point t'étais chiant avec les flocons d'avoine ? demanda Traci. (Elle parlait des deux jours qu'il avait passé chez elle après sa blessure à l'épaule.) Tu t'es comporté comme si tu n'en avais jamais mangé.

— Je voulais pas que tu te donnes la peine de les préparer.

— Des flocons d'avoine, répéta-t-elle et elle se tourna, toute proche, prête à accueillir un baiser, mais Ronnie ne saisit pas l'opportunité.

— J'étais dans l'Idaho depuis trois semaines et je te connaissais pas.

— Ronnie, dit Traci, son visage maintenant collé au sien. Tu me connaissais.

— Je t'aimais bien, mais je me disais que tu penserais que j'étais…

— Que t'étais quoi ? T'étais blessé.

— Ouais, blessé. J'étais jamais qu'un blessé de plus. Ta mère…

— Ma mère m'a laissée te parler. Cette femme m'a laissée te parler. À toi, un garçon ! Réfléchis. Enfin, je veux dire un homme.

Le son de la rivière leur parvenait par salves, parfois un flot qui sonnait creux, parfois un écho. Ils contemplaient d'en haut les minuscules points blancs qui dérivaient sur l'eau bleu-vert en contrebas, des balbuzards voraces qui assaillaient la rivière, montaient parfois en cercles frénétiques dans les courants ascendants pour devenir des formes ailées, puis des oiseaux dans l'air limpide, d'abord juste à côté d'eux, puis au-dessus d'eux.

Ronnie l'avait écoutée parler depuis son perchoir, les bras et les jambes entièrement repliés. Il regarda Traci et se sentit submergé comme il l'avait été parfois par les vents chauds de cet étrange été, quand il se recroquevillait, frissonnant, trempé de sueur, en train de ramasser les outils et d'autres bricoles tandis que le soleil soutenait le fardeau des lointaines montagnes. Soudain, il sentit l'air sec se coller à sa poitrine, et il sentit le sable, et il sentit sa chemise gonflée par la bouffée de chaleur qui montait de la terre.

Porté par cette exaltation, il se leva. Ne sachant que dire et se trouvant plus éloigné de toute impulsion naturelle qu'il ne l'avait jamais été, il articula :

— Viens.

Il était heureux de tenir la phrase suivante.

— Allons nous occuper du repas.

Ronnie observait Darwin depuis quelques semaines et il avait compris les relations de cause à effet propres aux recettes de cuisine. Il alluma le réchaud à propane et le régla sur le minimum. Traci vit ses préparatifs : les blancs de poulet marinés à l'ail et à l'estragon qu'il sortait de la glacière, la poêle en fonte qu'il brandit avant de la poser sur le feu.

— Je vais cuire ce poulet dans de l'huile d'olive, lui dit-il. (Elle s'assit sur une cagette derrière lui.) Ils doivent la faire avec des olives. (Il parlait, alignait des mots à cause d'une nouvelle tension qui s'était emparée de lui.) Ils ramassent un seau d'olives et après ils les écrasent, et ensuite ils mettent l'huile dans une bouteille. (Il ajusta la puissance du feu sans cesser de parler.) Ils utilisent un entonnoir à huile pour verser l'huile…

Traci se leva tout à coup et se colla contre son dos, la tête posée sur son épaule.

— Oh, Ronnie.

Ce geste le paralysa. Il posa la poêle sur le feu et garda le menton baissé pendant quelques instants. Il ne l'avait pas encore embrassée, et il savait maintenant qu'il allait le faire. Les mains de Traci sur sa poitrine lui donnaient des frissons.

— Non, sérieusement, chuchota-t-il. C'est un entonnoir parfait, ils en renversent pas une goutte.

Le plateau avait pris une couleur jaune d'or et les ombres s'étaient allongées dans le dernier soleil, qui était prisonnier entre la fracture nette de l'horizon et une ribambelle de nuages lointains. Il prit ses mains dans les siennes et se retourna de manière que son visage soit tout contre le sien.

Quelques instants plus tard, il dit :

— Tu sais, c'est moi qui ai construit cette table.

Ils mangèrent et parlèrent, et Ronnie ne lui parla pas de cette année où il avait été un voleur, et c'était une impression étrange car il avait envie de le faire. Elle lui raconta que sa ville n'était pas un endroit où on pouvait espérer grand-chose. Elle ne savait pas ce qui allait lui arriver et elle en concevait de l'étonnement et de la peur. La plupart des filles épousaient les types du coin, les types étaient déchaînés pendant deux ou trois ans, durs aussi, mais ensuite, ils se calmaient et la vie suivait son cours. Ronnie l'avait laissée aller dans la tente la première pour qu'elle se change et se glisse dans son sac de couchage. Plus tard, elle lui dit doucement d'un lit à l'autre :

— Je suis contente d'être venue jusqu'ici. J'aime bien le bruit de la rivière.

Il lui répondit en chuchotant depuis la couchette d'Arthur.

— Je t'avais bien dit que je tenterais rien.

Mais la seule réponse qu'il obtint en retour fut le bruit de sa respiration endormie.

Dans la profondeur de la nuit, alors que la température dans la tente était descendue à 5 °C, Ronnie Panelli ouvrit les yeux. Il lui fallut une demi-minute dans les ténèbres infaillibles pour trouver ses repères, et il sentit qu'un sourire se dessinait sur son visage. Ses rêves étaient maintenant moins envahissants qu'il y a encore un mois. Le vide où une espèce de terreur le brûlait brièvement chaque fois qu'il se réveillait avait été comblé. Maintenant, c'était presque un bonheur de sentir l'odeur de l'abri en toile, et il entendit un bruit, un léger choc, et il s'appliqua à écouter jusqu'à ce qu'il l'entende à nouveau. C'était étrange ; il percevait un tapotement profond dans la cicatrice de son épaule. Ronnie tourna doucement la tête vers le lit de camp où dormait Traci. Sa respiration était un halètement chuchoté. Il entendait aussi la rivière, ce soir, une blanche friction, et il entendit les battements de son cœur au moment où il posa les pieds par terre et s'assit. Le bruit recommença. Il y avait autre chose. Il retint sa respiration jusqu'à ce qu'il détermine avec certitude qu'il y avait, sur le plateau, quelqu'un qui faisait les cent pas. En une fraction de seconde, il fut complètement réveillé, la moindre parcelle de son corps, comme autrefois, l'an passé, quand il cambriolait parfois des chambres où des gens dormaient, alors qu'il ouvrait les tiroirs de leurs commodes, la bouche toujours ouverte en O pour respirer sans profondeur, sans bruit.

Son vieux fer de deux était sous son lit, mais il l'y laissa et avança pieds nus jusqu'au rabat de la tente. Il tira délicatement la lourde toile près du sol, s'accroupit et jeta un coup d'œil à l'extérieur. La première chose qu'il vit fut le lointain champ d'étoiles, tel un mirage, qui lui fit perdre l'équilibre jusqu'à ce que le plateau apparaisse, et dans la nuit scintillante, Ronnie vit deux hommes en train de charger du bois sur leur camion. C'était une nuit sans lune. Ils étaient reliés par leur chargement, quatre poutrelles de 5 par 15, et l'un des hommes marchait à reculons. Arrivés au camion, ils s'arrêtèrent, ajustèrent leurs prises et se coordonnèrent en silence pour monter la dernière fournée sur le tas déjà chargé. Ils étaient silencieux, mais pas excessivement, et Ronnie comprit qu'ils se croyaient seuls sur le plateau. La jeep de Darwin était partie. Ils l'avaient peut-être vue passer en ville. Il regarda sa montre, une heure et demie. Le grand, il l'avait vu à l'Antlers, il s'en souvenait.

Ronnie s'habilla, il trouva ses vieilles Nike et les enfila, des chaussures qu'il n'avait pas mises depuis un mois. Il attrapa le club de golf et s'accroupit près du lit de camp de Traci. Dans la petite lumière, elle lui sourit, tout endormie, et la vue de son visage emplit le cœur de Ronnie d'une joie déraisonnable.

— Je ronflais ? chuchota-t-elle.

Il posa un doigt sur sa bouche pour la faire taire.

— Il y a des types dehors, dit-il. Tu les connais ?

Il l'aida à sortir de son sac de couchage et ils allèrent sans bruit jusqu'à l'ouverture.

Au bout d'une demi-minute, elle se retourna et lui chuchota à l'oreille :

— C'est Buster Jensen et son père.

— Ils habitent en ville ?

— À Concept. Ils ont un ranch, là-bas. (Traci désigna le plus vieux des deux.) LaDonna, de la banque, celle qui travaille au guichet, c'est son ex.

— Comment il s'appelle ?

— Don. Tout le monde l'appelle Big Don.

— Et il est toujours aigri, comme ça ?

— Ouais, répondit Traci, toujours en chuchotant.

— OK.

Ronnie l'éloigna de l'entrée et ils s'accroupirent tous les deux sur le plancher de la tente.

— Tu restes ici. Il faut que je les fasse partir.

— Qu'est-ce que tu vas faire ?

Il la tenait par les poignets et elle saisit ses avant-bras.

— Ne t'inquiète pas. Ne bouge pas d'ici. Je vais leur demander de partir.

Il tenta de se lever et elle le tira plus près, collant brusquement son visage contre le sien jusqu'à ce qu'un baiser réunisse leurs lèvres.

Une fois dehors, l'air froid qui descendait de l'espace le rasséréna. Il s'accroupit dans l'ombre de la tente jusqu'à ce que les hommes poussent les madriers sur le camion, presque à moitié plein, et se tournent pour revenir au tas de bois. Alors il courut sans un bruit à découvert en décrivant une grande courbe pour se retrouver devant le véhicule des intrus, un gros pick-up GMC. Deux grosses boîtes à outils de Darwin étaient posées sur le capot, ainsi que la ceinture à outils d'Art et la sienne, un petit baril de vis et la visseuse. Les deux portières du camion étaient ouvertes et Ronnie se glissa à l'intérieur, du côté conducteur. Il resta allongé sur le dos sur la banquette. Le plafonnier était cassé et un fusil quelconque était accroché au râtelier sur la lunette arrière. Il régnait dans la cabine une puissante odeur de tabac vieille de plusieurs années et de bière fraîchement renversée. Maintenant, les battements de son cœur éclipsaient tous les autres sons. Il entendit les hommes approcher et quelques halètements avant de sentir les planches secouer le pick-up et prendre place dans la benne. C'était son jeu favori – se cacher tout près – et sa respiration s'immobilisa. Il attendit, comptant jusqu'à cinq en dépliant ses doigts devant son visage, puis il s'assit et vit les hommes s'éloigner. Le monde était paré de dix nuances de gris, mais il voyait tout distinctement.

Ronnie ôta les clés du contact et les fourra dans sa poche. Il défit les attaches du fusil et emporta l'arme avec lui. Il décrivit en silence un large cercle dans la sauge, laissant toujours le camion puis la tente entre lui et les hommes qui avançaient, chargés de nouvelles planches. Il se replia jusqu'à la gorge béante et dans la nuit, le grondement de la rivière lui parut décuplé. La minuscule bande argentée de l'eau en contrebas tremblotait, indifférente. Peu importait ce qui allait se passer ici, elle poursuivrait sa route pour l'éternité. Il n'avait jamais pensé à cela avant, et cela le mit mal à l'aise. Il était en train de devenir quelqu'un d'autre. Il posa le fusil sur le sol et avança vers les hommes.

— Eh, les gars ! cria-t-il et il alluma sa grosse lampe torche.

Ils étaient à côté du tas de bois qui avait bien diminué et ils se retournèrent vers la lumière.

C'était le pire moment, celui de la surprise. Une fois que les choses auraient commencé, tout irait bien, mais pour l'instant Ronnie était en proie aux incertitudes. Rien ne lui semblait sûr. Il avança vers eux malgré tout.

— Écoutez, poursuivit-il. Vous allez devoir remettre tout ce bois en place.

— Quoi ? fit le plus vieux. Qui est là ?

Ronnie Panelli ne savait que répondre, mais il entendit sa voix :

— Sécurité.

Le mot résonna comme quatre morceaux cassés.

— Prenez une minute et remettez-le à sa place. Maintenant.

— Allez, lève ça, bon sang, dit l'homme à son comparse.

Tous deux se mirent à empiler quatre nouvelles planches pour un nouveau trajet.

— Arrêtez, Big Don, dit Ronnie.

Entendant son nom, l'homme lâcha les planches qui tombèrent sur le sol sableux de la mesa.

— Mais qui êtes-vous, bon Dieu ?

— Je suis le gars qui travaille ici et qui sait qui vous êtes. Je vais vous laisser tout remettre en place et rentrer chez vous.

Les deux hommes, toujours dans le faisceau de la lampe torche, firent un pas vers lui.

— On croyait que c'était une espèce de dépôt, dit Big Don. On nous a dit qu'on pouvait se servir, qu'il fallait tout vider.

— Il faut tout remettre.

— On prend ce qu'on a et on s'en va, dit Big Don.

— Écoute, Buster. Dis à ton vieux qu'il faut qu'il t'aide à remettre toutes ces planches là-bas et à ranger les outils dans l'appentis.

Les deux hommes échangèrent doucement quelques paroles, puis ils avancèrent jusqu'à leur camion. Ronnie les vit mettre tout ce qui était posé sur le capot sur le tas de bois à l'arrière, et il entendit les deux portières claquer. Il éteignit sa lampe et alla jusqu'au bord du canyon, à l'endroit exact où la rampe serait construite. Il s'assit dans la sauge.

Une des portières s'ouvrit et il entendit Buster dire :

— Où sont les clés ?

Ronnie attendit.

L'autre portière s'ouvrit et Big Don s'écria :

— File-nous les clés, mon gars, avant que je te botte le cul.

Ronnie attendit que l'homme finisse de jurer, puis il lui répondit :

— J'ai vos clés. (Il les voyait qui le cherchaient.) J'ai votre fusil.

Maintenant ils parlaient à nouveau. Buster ouvrit sa portière et jeta un coup d'œil à l'intérieur de la cabine. Ronnie vit Big Don aller derrière le camion et commencer à tirer les traverses toutes neuves et à les jeter par terre.

— Empilez-les là où elles étaient et je vous rends vos clés.

Buster se tenait d'un côté, attendant de voir ce que son père allait faire. Big Don croisa les bras et rentra le menton dans la poitrine.

— Je crois que t'es le petit connard qui était collé au cul de Traci la semaine dernière.

— Empilez-les et posez les outils par-dessus.

Il se passa encore une minute au cours de laquelle les hommes fouillèrent la cabine du camion, puis, sans un mot, ils se mirent à transporter les planches jusqu'au tas de bois. Lorsqu'ils se retournèrent pour aller poser leur second chargement, Ronnie décrivit un grand cercle dans la sauge, loin derrière les matériaux, prenant son temps pour arriver enfin au chemin de terre à cent mètres du portail. Il continua son manège pendant les vingt minutes suivantes, se déplaçant toujours dans leur dos, jusqu'à ce qu'il parvienne à nouveau au capot de leur camion ; il s'accroupit là pour déposer les clés sur le pneu avant du côté conducteur. Le camion oscilla doucement au moment où Ronnie se courbait vers la terre, et il entendit Big Don et Buster souffler fort en travaillant. En lâchant les clés, il se rendit compte que c'était la première fois qu'il remettait quelque chose à sa place. C'était excitant de voler des choses, de prendre un portefeuille dans un pantalon posé sur une chaise tout en tendant l'oreille et en guettant chaque mouvement dans une maison inconnue, mais il savait à présent, recroquevillé devant le camion, qu'il avait détesté ça. Même cette excitation, il s'en rendait compte maintenant, faisait partie de la tristesse contenue dans cette vie-là. Il la détestait. C'était comme une cage, toujours, d'abord dedans puis dehors. Pas le moindre progrès. On se fourrait dans les ennuis, puis on en sortait et on repartait de zéro sans jamais avancer. Il secoua la tête en y repensant. Il avait détesté ça.

Il recula une nouvelle fois en décrivant une grande courbe, toujours plié en deux. Lorsqu'il atteignit à nouveau le bord du canyon, il vit que le camion était vide et il entendit les outils s'entrechoquer et le bruit qu'ils firent lorsqu'on les posa sur le tas de bois.

Big Don retourna au camion et s'assit sur le siège conducteur. Buster resta derrière le véhicule, à attendre.

— OK, cria-t-il. OK. Donne-nous les clés.

— Sur le pneu, répondit Ronnie.

Il vit le jeune homme contourner le véhicule, vérifier, puis les tendre à son père par la vitre. Le camion démarra et les disques rouge vif des feux arrière illuminèrent le plateau.

— Le fusil, cria Big Don.

— Il sera à l'Antlers dans une semaine.

— Espèce de connard, lança Big Don dans les ténèbres.

Ronnie sourit depuis sa cachette dans la sauge. Puis il entendit le camion accélérer et sortir du campement en cahotant. Il ralentit pour passer la grille puis accéléra brusquement sur la route de graviers au nord de Mercy. Ronnie l'entendit longtemps après que les lumières eurent disparu, et il tendit l'oreille encore deux minutes après lorsqu'il alla jusqu'au portail pour fermer la chaîne et la verrouiller, cette fois. Alors il eut peur pour la première fois et ses entrailles se retournèrent, lui donnant la nausée.

— Tout va bien, cria-t-il en direction de la tente.

Traci sortit et il éclaira son propre visage pendant un instant avec la lampe torche, puis le sol pour qu'elle puisse venir le rejoindre et s'accrocher à son bras.

— Ils ont tout remis en place, dit-elle. J'ai tout vu.

Ronnie s'accroupit et s'abandonna aux battements de son cœur. C'était vrai, ils avaient tout remis.

— J'ai cru que tu allais tirer avec leur fusil.

— Eux aussi, ils l'ont cru, répondit Ronnie.

Ils marchèrent jusqu'à la gorge et après une rapide inspection avec la lampe torche, il trouva le fusil. Lorsqu'il le saisit, il vit que Traci était debout, le regard plongé dans le canyon.

— Je n'étais jamais venue la nuit, dit-elle.

Il resta avec elle, le bras autour de sa taille maintenant, dans la fraîcheur. La rivière frissonnait dans les ténèbres rocailleuses et la lumière roulait, un filament étroit.

— Mon Dieu.

— Cette rivière se fiche bien de ce qui se passe, dit Ronnie.

— Ce n'est pas vrai, dit Traci. (Sa tête était posée contre la poitrine de Ronnie.) Cette rivière se préoccupe de nous.

— De quoi tu parles ?

Ronnie se sentait à nouveau disloqué et perdu avec la jeune femme contre lui et le fusil au creux de son autre bras.

— Cette rivière te connaît et elle me connaît. (Elle parlait tout doucement.) Elle sait que nous sommes ici, sur ce plateau. Elle me connaît, elle sait que je suis de retour dans le monde. Elle sait que tu es venu me chercher en ville et que nous sommes ici seuls et que tes amis ne rentreront pas avant demain midi.

Traci vint se planter devant Ronnie, les poings sur les hanches. Il voyait son visage.

— Cette rivière est au courant, pour nous.

Elle se hissa sur la pointe des pieds et l'embrassa, un baiser qui dura assez longtemps pour que Ronnie Panelli perde la notion des choses.

Les deux jeunes gens repartirent vers la tente, l'air qu'ils traversaient était froid, et ils entendaient à peine la rivière, maintenant, et dans la tente, encore moins.

8

Lorsque Arthur Key fit sortir la jeep de la banlieue d'Idaho Falls, Darwin, assis à la place du passager, se redressa et lui posa la main sur l'épaule. Arthur avait parlé toute la journée, et son histoire était terminée, du moins, les parties de l'histoire qu'il pouvait raconter. Le contact le fit sursauter et il dit :

— Quoi ?

Ils virent que, devant eux, le chemin de la ferme, dans l'ombre de l'après-midi, était encombré de pick-up.

— C'est chez lui, non ?

Arthur ralentit. Des pick-up de toutes sortes bordaient le long chemin de terre montant vers la maison, qui était en réalité une yourte.

— Continue, fit Darwin.

— OK, répondit Arthur. Mais pourquoi on ferait ça ? On a fait un bon bout de route, tout ça pour finir par ne pas s'arrêter et boire une bière avec ton fils ?

— Continue à rouler, dit Darwin. On peut récupérer une scie en ville.

— C'est la tienne qu'on veut récupérer, fit remarquer Arthur.

Il se rangea sur le bas-côté, près du pont étroit qui franchissait un petit canal de décharge. Il se retourna et lança un regard vers les fumées des barbecues qui montaient de la cour de Roberto. L'odeur était perceptible. Darwin sortit de la jeep et s'étira en croisant ses doigts dans son dos.

— Je ne suis pas sûr. (Il regarda Arthur Key.) Pas du tout.

— On est là, dit Key. Allons-y et voyons ce qui se passe. C'est ta famille.

Darwin alla jusqu'au bord du canal et resta debout, les bras croisés. Sa silhouette, seule à côté de l'eau, les haies derrière lui dans le jour finissant évoquaient l'image de la plus grande solitude qu'Arthur eût jamais vue. Puis Darwin baissa la tête et resta là. Arthur regretta d'avoir raconté son histoire à Darwin, cette histoire merdique de toute manière. Les voix de la fête leur parvenaient par bribes et les oiseaux sillonnaient maintenant le ciel. Il aurait dû aller retrouver Darwin, mais il resta assis dans la jeep comme un sac rempli de pierres. Au bout d'une minute, Darwin baissa les bras, il se retourna, revint à petits pas et monta dans la voiture.

— Je vais prendre ça pour une réponse positive.

Arthur fit faire demi-tour au véhicule et entra dans l'allée conduisant chez Roberto. Les camions garés le long du fossé étaient tous ornés d'une frange de boue datant de plusieurs semaines et remplis d'équipements divers, d'échelles, de pompes, de bidons d'essence et de chiens. Un long alignement de labeur. Les chiens se dressèrent sur leurs pattes arrière tandis qu'Arthur et Darwin avançaient au pas vers la cour.

— Ils ont commencé sans nous, dit Arthur.

Des strates de fumée flottaient au-dessus de dizaines d'hommes et de femmes participant à la fête en plein air. Darwin pointa quelque chose du doigt et Arthur continua à avancer.

— On aurait peut-être dû se garer à l'embranchement.

— Non, fit Darwin. Donne les clés à ce type.

Un jeune homme costaud aux cheveux noirs coupés très court s'approcha et dit :

— C'est parfait, ici, Papa. On a un voiturier exprès pour toi.

Roberto tira Darwin du siège passager et le serra contre lui, et une jeune fille en Levi's et sweat-shirt marqué Utah s'approcha de la portière du conducteur et attendit qu'Arthur descende.

— Je m'appelle Cory, dit-elle au colosse. Je prends la relève. (Elle sourit en s'asseyant au volant.) Je ne vais pas voler la jeep de mon grand-père. La bière est là-bas, suivez mon père.

Aux premières heures du crépuscule, Darwin et Arthur Key se trouvaient dans la grande cour chez le fils de Darwin, à huit kilomètres au sud d'Idaho Falls, à boire de la bière fraîche directement à la canette. Ils marchaient d'un même pas comme des hommes heureux d'être sur la terre ferme après une longue route. Roberto avait rempli le godet jaune de sa nouvelle pelleteuse John

Deere, qu'il venait juste de finir de payer, avec des caisses de bière sous des monceaux de glace, et l'engin fraîchement lavé était décoré d'une multitude de guirlandes lumineuses dans un coin du terrain. Trois hommes s'affairaient autour d'une fosse fumante à l'autre bout du jardin ; ils faisaient rôtir une chèvre. Arthur Key avait rencontré la femme de Roberto, Yvonne, et leur fille, Cory, en deuxième année à l'université de l'Utah – c'était elle qui avait garé la jeep à leur arrivée. Yvonne était venue voir Darwin à deux reprises pour lui demander s'il voulait une chaise. Près de la porte de service, un buffet avait été dressé sur trois tables et offrait toute une série de plats d'enchiladas et une sauce à tacos, ainsi que des monceaux de salade de pommes de terre, de poulet frit, de salade de petits pois, des plats de crevettes, de fromages, de cornichons, d'olives, et un grand saladier de coleslaw. Il y avait deux saumons et du pain en quantité. Et un gâteau à trois étages avec un petit tracteur au sommet, une montagne de brownies, sept tartes, toutes entamées d'une ou deux parts.

— Voulez-vous que je vous prépare une assiette ? demanda Yvonne à son beau-père.

— Donne une assiette à ce type, lui dit Darwin. Tu vois bien qu'il est affamé.

— Ne faites pas attention à lui, dit Arthur à la femme. Il est grincheux parce que je lui ai parlé pendant tout le voyage.

La bière faisait du bien à la gorge d'Arthur. Il avait passé l'essentiel de la journée à parler dans la jeep ouverte à tous les vents pendant que Darwin les guidait vers le nord à 75 km/h sur la petite route défoncée par les pluies du printemps. Arthur avait commencé son histoire lorsqu'ils avaient franchi la rivière de l'autre côté de Mercy, et il l'avait débutée avec la phrase suivante :

— Mon frère est venu à Los Angeles et voulait entrer dans le milieu du cinéma. J'aurais dû l'en empêcher, mais j'ai fait des erreurs et je ne l'en ai pas empêché.

— Tu veux me raconter l'histoire ? demanda Darwin.

— Je vais t'en raconter une partie, répondit Arthur.

— Quelque chose lui est arrivé.

— J'y ai joué un rôle et j'aurais dû l'éviter. Il a été tué.

— Je suis désolé.

Il savait depuis longtemps qu'il y avait un décès dans l'histoire. Mis à part le fait de conduire, leurs arrêts pour mettre de l'essence et avaler un plat du jour dans un routier, leurs commentaires sur les particularités de l'Idaho et les endroits où Darwin avait été et où il avait fait telle ou telle chose, l'histoire d'Arthur Key avait occupé tout le trajet. Le véhicule militaire était devenu civil des années auparavant et se déplaçait dans un atroce bruit de ferraille. Dans l'espace bruyant de la cabine, chaque mot de l'histoire racontée par Key devait être hurlé et il faisait attention à chacun d'eux.

Il avait décidé avant de partir de parler à Darwin sans savoir pourquoi il avait pris cette décision. Dès le début du voyage, il avait dit à son compagnon :

— Ce récit va changer l'opinion que tu as de moi.

Darwin l'avait regardé dans la jeep pleine de courants d'air et il avait répondu :

— Ne compte pas trop là-dessus.

Dans le bruissement du vent et de la route, Arthur avait employé des phrases mesurées, sans se presser.

Après avoir commencé, il s'était arrêté et était resté silencieux pendant un bon kilomètre, puis un second, les mains coincées entre les genoux. Il avait tout déroulé dans sa tête et il savait qu'il ne pouvait commencer que par la fin, ce qu'il avait fait.

Arthur Key était resté en Californie jusqu'à ce que l'enterrement soit passé, un court service funèbre à Westwood un jour où le soleil vif était légèrement adouci par la brume, presque douceâtre. Après avoir regardé le cortège funèbre partir, les trois stars de cinéma d'abord dans leurs voitures privées, puis le cascadeur Damon Sloan dans la sienne, enfin les deux autres dizaines de personnes marchant maladroitement dans l'herbe printanière pour se rendre à leur véhicule, il était retourné jusqu'à la tombe de son frère. Il avançait, un pas après l'autre, et chaque pas lui coûtait. Quelque chose avait été physiquement omniprésent, une émotion qui le dominait depuis qu'il avait appris la nouvelle. Avant même d'être certain de la terrible histoire, le poids de son chagrin avait commencé à l'écraser et il savait qu'il ne pouvait ni le faire disparaître, ni le contrôler, qu'il ne pouvait que rester sous son joug à mesure qu'il augmentait. Il n'avait aucune prise.

La nuit du premier jour, il s'était parlé à lui-même, seul dans son loft sombre, surpris de parler si bas : "C'est comme ça, avait-il dit. Il va falloir que tu vives avec ça." Il avait eu besoin de l'énergie de tous ses muscles pour ranger ses tables de travail et placer les projets en cours dans les cagettes bleues que son équipe et lui utilisaient pour chaque nouveau contrat. Il respirait fort et avec régularité comme s'il courait lentement, et au rythme de sa respiration, il rassemblait les dessins, les mettait en ordre, les classait et imprimait une liste du contenu de chaque dossier. Après cinq heures de ce travail, les sept caisses bleues étaient empilées à côté des escaliers. De l'autre côté de la fenêtre, la Californie était plongée dans le noir. Ses tables de travail, de magnifiques tables très longues, avaient été fabriquées pour lui par Harry et sa nouvelle équipe l'année où il s'était installé dans le loft. Les plateaux de chaque table étaient des portes récupérées à l'UCLA, et ils portaient encore, écrit en grandes lettres noires de 12 centimètres gravées dans le lourd panneau de chêne : HOMMES, CHAUFFERIE, FEMMES, BUANDERIE. Arthur Key lisait ces mots pour la première fois depuis quatre ans ; les tables n'avaient jamais été dégarnies auparavant. Il resta longtemps immobile cette nuit-là, incapable du moindre mouvement. Il ne trouvait pas de mot pour se l'expliquer, car il était certain que ce n'était pas seulement une profonde culpabilité, une meurtrissure qu'il n'avait jamais éprouvée de toute sa vie avant d'atteindre l'âge de quarante-deux ans, mais il se savait pourtant incapable de respirer profondément ou de se tenir debout de toute sa hauteur ou d'écarter les bras.

Maintenant, il regardait la tombe de son frère. Il voulait dire un mot, Au revoir, mais il n'arrivait même pas à entrouvrir les lèvres. Il ne pouvait pas bouger le bout de ses doigts. Un quart d'heure plus tard, son ami et contremaître Harry Burdett vint le rejoindre.

— Ça va, Art ?

Harry se planta devant Key et le prit par le bras.

— T'es prêt ?

— Tu as bien toutes les clés ? lui demanda Arthur.

Il lui avait posé la question quatre fois ces deux derniers jours. Le fait de le dire une nouvelle fois avec la main de Harry posée sur lui libéra Arthur suffisamment pour qu'il se retourne et commence à marcher vers la voiture.

Ils avaient parlé du reste. Il avait expliqué à Harry qu'il avait besoin de s'éloigner un certain temps. "C'est tout ce que je peux dire", avait conclu Key. "Tu finis *Housetime* et tu continues à partir de là. Tout sera rangé dans les boîtes." Ils se connaissaient depuis un bon moment, neuf ans. Harry n'avait pas besoin de plus. Il avait appris depuis longtemps à se déplacer vite ou lentement, rien qu'à voir la manière dont Key arrivait sur le plateau. Il savait ce qu'il avait à faire.

Son entreprise, Good Measure, était exactement à mi-chemin d'un projet compliqué, quatre scènes dans un film appelé *Housetime* pour la Fox, dans lequel ils avaient construit les coins de deux grandes maisons. Les maisons devaient tourner sur elles-mêmes quand le protagoniste éprouvait des moments de confusion. C'étaient des maisons à un étage, habillées de bois, avec des corniches aux larmiers décorés et de hautes fenêtres ornées de rideaux. Installées au bord du terrain de la Fox, les deux étranges constructions ressemblaient aux derniers vestiges laissés par un tremblement de terre. Key avait conçu chacune d'elles avec quatre rails de chemin de fer arrondis, de manière qu'elles puissent pivoter sur un arc de 120 degrés. Son équipe était habituée à ce que dans tous leurs projets il double chaque solive, à ce que ce soit prévu dans le budget au moment de la signature du contrat. Sur ce projet, Key avait déjà supervisé la construction des deux structures. Après la soudure des armatures métalliques, il avait fait les tests de résistance, et ils bâtissaient maintenant les plateformes pour les deux fausses façades. Harry savait qu'il pouvait mener l'affaire à son terme.

Tandis qu'ils se mettaient d'accord, Harry conduisit Key à l'aéroport et le déposa devant l'entrée. Key avait une petite valise. Il était toujours en costume. Les deux hommes n'échangèrent aucune parole, sauf lorsque Key descendit du camion. Harry dit :

— Prends soin de toi.

Il ne connaissait pas la destination de son ami.

L'intérieur de l'aéroport donna à Arthur Key une sensation de vide. Il choisit son vol en fonction du temps qu'il pensait pouvoir tenir sans se lever. Se tenir debout semblait l'aider. Lorsqu'il s'asseyait, le sentiment d'être écrasé et privé d'air était accablant. Vêtu de son costume sombre, debout dans la file d'attente, il ressemblait exactement à ce qu'il était : un homme de grande taille qui venait d'assister à un enterrement. Il avait l'air abattu, mais il ne parvenait pas, malgré ses efforts, à changer l'expression de son visage. Avec sa carte American Express, il acheta un billet de première classe pour Portland. Une heure et quarante minutes : il pourrait tenir ce temps-là.

Au milieu de cet après-midi de l'Idaho, Darwin rangea la jeep sur l'immense parking du restoroute Double American et les deux hommes sortirent du véhicule, les jambes raides.

— Prenons un café, dit Darwin. Et ne remontons pas dans cette fichue jeep avant au moins une heure.

Arthur n'était pas le seul à avoir parlé ; Darwin avait raconté les hivers à Rio Difficulto, comment le ranch se repliait quand les jours raccourcissaient, comment Roman et lui réparaient tous les véhicules l'un après l'autre, intégralement, du bon boulot, dans le hangar chauffé par un poêle. Arthur progressa dans son récit autant qu'il en était capable. Il voulait parler d'Alicia, mais il savait qu'il ne pouvait pas dire : "J'avais une liaison avec sa femme. J'étais avec elle ce jour-là."

Ils étaient dans son lit à elle lorsque leurs deux téléphones portables s'étaient mis à sonner. Le sien émettait deux mesures de Chopin tandis que la sonnerie d'Arthur était un bêlement de quatre notes rapprochées, assez proche d'une sirène européenne. Il était 4 heures de l'après-midi, et dans la lumière argentée, au milieu des draps défaits, ils venaient de se tourner, ses mains à elle sur ses épaules à lui, et ils venaient de recommencer. Son esprit était vide pour la première fois de sa vie d'adulte, et il n'était même pas certain de savoir où il se trouvait lorsqu'ils entendirent les sonneries.

Avec Alicia, dans la chambre de son frère, c'était tellement étrange. Absorbés dans leurs mouvements lents et profonds, couverts de sueur, ils n'allaient certainement pas décrocher leur téléphone. Alicia avait les yeux fermés et doucement, régulièrement, son front venait cogner celui de Key. Au moment crucial, elle pleurait. Les mains de Key appuyaient fermement sur ses reins. Les téléphones sonnèrent pendant des minutes entières, s'arrêtèrent, recommencèrent. Dix minutes. Lorsque Alicia ouvrit les yeux, Arthur Key vit leur expression grave, puis son visage traduisit la peur. À un moment donné, ils se séparèrent. Key ne se souvenait pas comment, sauf qu'avant de répondre au téléphone Alicia avait remonté le drap sur elle. Puis elle avait dit :

— Oui ?

Cette scène lui revenait en boucle tous les jours, et il n'arrivait pas à la chasser de son esprit. Avec Darwin, devant un café au Double American, elle lui revint encore et encore. Les deux hommes étaient assis, silencieux, devant le comptoir en formica, contents de passer une demi-heure dans l'air climatisé et poisseux.

Une fois dehors, Darwin tendit à Arthur la clé de la jeep et lui dit que ce n'était plus très loin. Lorsque Darwin monta du côté passager, il dit :

— J'aime bien Portland, mais je suis bien placé pour savoir que tu n'y es pas resté.

— Tu as déjà dormi avec tes chaussures aux pieds ? demanda Arthur Key à Darwin.

— Évidemment que non. Pourquoi je ferais ça ?

À Portland, Key n'avait rien prévu. Il dériva avec la foule dans l'après-midi gris de l'aéroport et sortit du bâtiment dans un monde profondément assombri, alors qu'il ne ferait pas nuit avant deux heures. Un peu plus tard, un type avec une casquette de base-ball verte demanda à l'homme au costume sombre s'il voulait un taxi. Sans répondre, Arthur grimpa dans le taxi vert et blanc. Key ne répondit à aucune des questions qui lui furent posées, il en était incapable, sauf pour dire : “Hôtel.” C'est ainsi qu'il fut emmené au Heathman Hotel, en ville. Il descendit au moment où les lumières de Broadway Street s'allumaient dans les bars et les magasins. Il était maintenant conscient de l'endroit où il se trouvait, et conscient d'être dans une sorte d'état de choc. Sa tête lui paraissait légère. Après les formalités, il monta au cinquante-cinquième étage, où se trouvait sa chambre, une petite pièce sombre aux rideaux tirés, et il s'allongea sur le lit sans même boire un verre d'eau. Il se coucha avec ses chaussures aux pieds.

Ce fut la femme de chambre, finalement, qui lui parla. Le panneau NE PAS DÉRANGER n'avait pas bougé depuis deux jours, et le troisième, elle utilisa son passe et entra dans la pièce sombre où un homme vêtu d'un costume se trouvait couché. Elle eut un sursaut, bien sûr, pensant qu'il était mort. L'air était aigre et la chambre, parfaitement immobile. Son petit cri le sortit de son demi-rêve lancinant et il tourna la tête vers elle. Elle partit sans fermer la porte. Arthur Key resta sans bouger, à regarder la porte pendant une heure, puis une heure encore. Dans ses plantes de pied, il sentait des crampes qui ne cessaient de monter. Dans cet état qui n'était ni le sommeil, ni la veille, il se tourna et posa les pieds par terre. Plier ainsi les jambes fit remonter les crampes derrière ses genoux, puis elles vinrent mordre ses quadriceps. Il ne pouvait ignorer cette douleur et il essaya de se mettre debout. Il n'y parvint pas. Il avait un goût intensément amer dans la bouche. Il s'assit bien droit et s'accrocha au bord du lit. Finalement, il retira ses chaussures de ses pieds enflés et se laissa glisser sur le sol pour étirer ses jambes. Il était ainsi allongé lorsque la porte s'ouvrit en grand et que la lumière du couloir se déversa sur lui, au milieu se découpait l'ombre d'une femme en tailleur.

— Monsieur Key, dit-elle. Monsieur Key?

Arthur Key ferma les yeux. La femme était à un kilomètre au-dessus de lui, sa silhouette était inquiétante et bizarre. C'était étrange, de là où il était, et il égrena quelques phrases sans en prononcer aucune. Il était surpris d'être capable de réfléchir, et sa seconde pensée fut la suivante: s'il ne se redressait pas, s'il ne faisait pas quelque chose, l'hôtel allait certainement appeler la police. Il voulut se redresser. La femme le regardait droit dans les yeux.

— Devons-nous appeler quelqu'un? Avez-vous besoin d'aide?

— Oh non, mentit-il. J'ai trop bu. Je suis tellement désolé. (Puis il s'assit et sentit le poids de la pièce peser sur sa tête.) Je suis juste très très ivre. C'est gênant. (Il bafouilla ce dernier mot sans même l'avoir voulu.) Ça va aller. Ça passera en dormant et je partirai demain matin.

La femme se redressa, les bras croisés.

— Je me suis dit qu'on devait s'assurer que vous alliez bien, lança-t-elle en partant.

— Merci, répondit-il. (Parler était fastidieux.) J'apprécie votre gentillesse.

À nouveau, il bredouilla sur *j'apprécie*, et il vit la porte se refermer. Il resta là un long moment à se dire qu'il allait essayer de se frotter le visage avec sa main.

Dehors, à minuit, dans les mêmes vêtements, il marcha de Salmon Street à la 11e. Il y avait des hommes en costume dans les parcs, des sans-abri en costume, aussi, en marchant sans traîner les pieds, sans chanceler, rien qu'en marchant, même lentement, il ne se faisait pas remarquer. C'était une nuit humide, à la limite de ce qu'on aurait appelé froide. Il avait toujours su évaluer la température et il la dit à haute voix, pour lui seul :

— Neuf degrés.

Il remonta cinq pâtés de maisons sur la 11e jusqu'au pont et s'avança sur la voie piétonne au-dessus de la Willamette, dans les ténèbres brisées de la ville de Portland. Il percevait un vague halo autour du périmètre de sa vision et il sentait des battements sourds dans ses coudes. Il avait la bouche sèche. Des fragments de lumière se reflétaient partout sur la surface de la rivière, et chaque fenêtre éclairée sur la rive dans les appartements et dans le Palais des congrès renvoyait l'image déchirée d'une flamme qui se débattait dans l'eau. La circulation était irrégulière, et chaque voiture qui franchissait le pont semblait être la dernière de la nuit. Entendant un bruit, il se tourna et vit un groupe de joggeurs vêtus de T-shirts blancs qui venaient dans sa direction. Ils chantaient quelque chose qu'il reconnut comme la mélodie d'une vieille chanson à boire, et la phrase qui était répétée à chaque refrain était la suivante :

— Passe-la-moi ! Passe-la-moi ! Passe-la-moi ! Tiens, prends la mienne !

Ils chantaient d'une étrange voix basse, et le sol trembla un tout petit peu lorsqu'ils passèrent, le visage rougi. Deux hommes lui adressèrent un signe de tête, et le dernier gars, qui portait un bonnet de nuit blanc et pointu, l'interpella :

— Eh mec, saute pas. Ils te repêchent aussi sec et c'est la prison. C'est vraiment humiliant. Va jusqu'à la jetée, là où ils peuvent pas te voir. Cette eau est froide.

Il n'allait pas sauter. Il respirait l'air, puis il eut ce téléphone portable dans la main et il composa le numéro d'Alicia. Il entendit des gens chez elle, et elle dit "allô" par deux fois avant qu'il ne le dise à son tour.

— Arthur, dit-elle sèchement.

— Je suis désolé, dit-il.

Un bruit de fond, des conversations, cinq ou six voix dans l'appartement d'Alicia.

— Ça va ? demanda-t-elle.

— Ça va. Je vais être parti et je voulais que tu le saches.

— Ne quitte pas, Arthur, dit-elle et il entendit les bruits s'assourdir et une porte se fermer. Voilà, je suis dans la chambre. Où es-tu ?

— Je suis parti. Je vais être parti un certain temps, Alicia. C'est difficile. (Key parlait lentement, tirant chaque mot d'un coin sombre de sa poitrine.) Je ne pouvais pas rester et mettre de l'ordre dans tout ça, ni faire ce qu'il faut. (Il décolla le téléphone de son oreille et le regarda.) Pardonne-moi.

Puis il lutta pour ajouter :

— Si tu as besoin de quoi que ce soit, appelle Harry.

— Art. Ne fais pas ça. Tout est réglé ici. Don et Emilie et quelques amis sont là. On a mangé un rôti et des pommes de terre, le grand jeu.

— Ça devait être bon.

— Tu es dehors ?

— Je me promène.

— Arthur, dit Alicia.

— Quoi ?

— Sois indulgent avec toi-même. Ce n'était pas ta faute.

Le téléphone tomba. Arthur Key ne sut pas comment c'était arrivé, il se contenta de regarder le portable argenté tournoyer et s'enfoncer dans les eaux de la rivière ténébreuse. Il s'éloigna du lourd parapet en fer. La barre était un tuyau de 12 centimètres couvert d'une peinture noire laquée de soixante-dix ans d'âge. Il parcourut du bout des doigts la longueur jusqu'au montant et admira la collerette et la visserie, du travail sur mesure sorti d'une fonderie il y avait si longtemps. De la vraie fonderie, nom de Dieu. Arthur Key fourra ses mains dans les poches de sa veste et se mit à marcher. Son cerveau resta vide une minute, il entrouvrit ses lèvres sèches et dit au ciel :

— Passe-la-moi, passe-la-moi !

L'air était contagieux, mais il n'arrivait pas à chanter.

Arthur Key s'assit sur les marches de la cathédrale St. Mary jusqu'à l'aube. Il découvrit avec surprise qu'il avait réussi à dormir là, mais il était à l'abri du petit vent, et lorsqu'il ouvrit les yeux dans le noir et vit les premières silhouettes dans le parc et les appartements en face, il fut content d'avoir froid. Les marches en pierre l'avaient refroidi là où il s'était appuyé, et maintenant, autre chose lui arrivait : il avait faim. Et il avait envie de pisser.

Derrière l'église, sur un parking couvert de graviers, il se glissa entre la camionnette de la paroisse et une Lexus blanche, et se peigna les cheveux à deux mains tout en urinant, faisant de petits pas comme s'il parlait dans son téléphone portable. Il se demandait s'il ne devait pas aussi parler tout haut, mais il décida que c'était inutile. Il sentit le jour le happer à la manière des jours nouveaux, mais il repoussa facilement la sensation en se rappelant l'appel téléphonique, la tombe, Alicia nue au moment où elle décrochait le téléphone.

À 8 heures, les grandes portes de l'église s'ouvrirent et Arthur Key suivit six ou sept femmes qui entraient. Il les regarda remonter devant lui l'allée centrale et se signer. Sans elles, il n'aurait pas pu s'avancer. Il parvint à s'asseoir à la troisième rangée à partir du fond. Le prêtre, dans les profondeurs pourpres, allumait des cierges, et dans le sombre lieu régnait une atmosphère de préparatifs fébriles et de nettoyage assidu. Arthur Key n'était pas catholique, mais il croyait assurément en quelque chose.

La seule pensée qui l'obsédait désormais, c'était de quitter la ville. Il remonta six pâtés de maisons jusqu'à la station de bus, qui lui parut ressembler à une sorte d'église, elle aussi, avec ses pénitents et ses bancs. Le premier bus allait vers l'est : Pendleton, Boise, Pocatello.

9

ARTHUR KEY ralentit le vieux camion jusqu'à la vitesse de 15 km/h et se pencha pour passer son pouce sur le compteur tout rayé, effaçant une raie poussiéreuse pour pouvoir lire le nombre affiché.

— Ça fait 33 kilomètres, dit-il et il arrêta le véhicule au milieu de la route lisse et sablonneuse.

Il était exactement midi. Le ciel était uniformément blanc, décoloré par une couche nuageuse opaque en altitude ; pas la moindre forme dans l'espace vide, dans aucune direction, et le vent était constant et régulier, comme si c'était là une caractéristique permanente du désert qui les entourait, avec la sauge éparse et les cairns qui, périodiquement, entraient en éruption, crachant leurs braises rouges et poreuses. Ronnie descendit du camion et grimpa sur le plateau à l'arrière, puis sur le toit de la cabine. Les lapins s'enfuyaient dans toutes les directions, s'arrêtant, revenant, et nombre d'entre eux se réfugiaient sous le camion. Key tendit son bras gauche par la fenêtre et passa les jumelles à Ronnie qui se pencha pour les attraper. Darwin et Arthur déroulèrent à nouveau la carte topographique de la région. À cause du vent, ils avaient renoncé à la maintenir étalée sur le capot du camion.

— Tout droit vers l'est, cria Key à l'intention de Ronnie.

Il tendit le bras.

— Tu vois quelque chose ?

Arthur Key et Darwin restèrent dans la cabine à écouter les bruits de pas du jeune homme sur le toit.

— C'est bizarre, fit-il.

— Est-ce que tu arrives à voir la Pyramide ?

C'était ainsi qu'ils avaient nommé la pointe à 1,5 km à l'est de leur campement. Ronnie était monté sur le toit de la cabine quatre fois, déjà.

— Il y en a à peu près six.

Darwin déplia sa carte un peu plus et suivit du bout de son crayon le chemin minier sur lequel ils se trouvaient, puis il tira un trait.

— Trente-trois kilomètres. Arrête-toi exactement là.

Ils plissèrent les yeux en regardant le crayon avancer vers l'est en direction de la rivière.

— C'est là, à environ un kilomètre et demi. On n'est pas loin. Il aurait fallu un temps clair. Le soleil est là-haut, quelque part.

Il semblait être partout. Ils entendirent deux pas rapides et Ronnie qui posait un genou sur la cabine. Il jura et le vent emporta les mots de sa bouche. Ses pieds apparurent à travers la lunette arrière.

— Fais attention, Ronnie, cria Art. Tu pourrais tomber. Ne tombe pas.

Les jumelles apparurent dans l'encadrement de la fenêtre et Key les saisit.

— Descends. On est là.

Arthur fit mordre deux roues du gros camion dans la terre sableuse, et aussitôt une douzaine de lapins détalèrent dans la sauge.

Ils préparèrent leurs sacs à l'arrière du camion. Le ciel était un dais amorphe et éblouissant, et les horizons étaient frangés dans une brume tout aussi éblouissante. Darwin avait le tachéomètre dans son sac à dos, et Arthur prit le trépied et le bâton gradué. Ils arboraient tous deux les lunettes de soleil bon marché qu'ils avaient achetées en passant à Mercy, et portaient une gourde doublée de toile.

— Allons voir, dit Arthur.

Le sol était, étrangement, comme de la neige, tassé mais léger, comme si s'étaient déposés des voiles tachetés sans arrêt pendant des années, et chaque pas laissait une empreinte profonde de huit centimètres. Ils étaient obligés de lever les pieds et avançaient maladroitement dans le jour plein de soleil et de vent tandis que les lapins couraient en tous sens, mais cela leur faisait du bien de marcher après le trajet dans la chaleur du camion.

Ils avaient passé une demi-heure dans la ville de Mercy, et pendant que Ronnie avait affaire à la banque avec son chèque, Arthur et Darwin étaient allés jusqu'à la petite clinique en brique. Ils avaient fait promettre à Ronnie de ne pas s'arrêter à l'Antlers, disant qu'ils y prendraient leur dîner plus tard. Arthur porta la glacière pleine de truites dans le bâtiment, sans oublier de faire sonner la cloche à l'entrée. Il la posait sur la chaise de la réceptionniste lorsque celle-ci apparut, un masque blanc sur le visage.

— Voici du poisson pour le bon docteur, dit Arthur.

— J'adore la truite, dit le dentiste en passant la tête par la porte. Comment vont les dents de tout le monde ?

— Jusque-là, rien à signaler, fit Arthur. On les lave matin et soir.

Poussés par le vent qui leur lacérait le dos, les trois hommes marchaient maintenant vers la gorge.

— C'est pas nos lapins, dit Ronnie. (Les petites bêtes étaient partout, courant d'un buisson à l'autre.) Ceux-là sont plus longs. Et regardez ces oreilles noires. Nous, on n'a pas d'oreilles noires.

Il avait raison. C'était une espèce de lièvres dont les oreilles noires se couchaient lorsqu'ils s'enfuyaient dans la sauge.

— Il y a dix mille ans, le canyon est devenu trop profond pour qu'ils puissent traverser, et ils étaient plus malins que nous. Ils n'ont pas cherché à aller de l'autre côté. Cette population est complètement différente.

Darwin s'arrêta et examina à la jumelle la zone qui s'étendait devant eux.

— Je ne crois pas que ça ait de l'importance, dit-il. Coupons un peu vers la droite. J'espère qu'on ne s'est pas trop déportés. C'est bizarre. On ne devrait pas être loin.

Vingt minutes plus tard, le terrain était toujours le même. Ils marchaient avec le vent qui les giflait et les poussait. La haute couverture nuageuse les éblouissait comme pour les punir et ils plissaient les yeux pour s'en protéger malgré leurs lunettes en plastique. La rivière semblait avoir été retirée du monde. Puis Darwin attrapa Ronnie par une lanière de son sac et l'arrêta.

— Quoi ?

Devant eux, le monde leur offrait une autre illusion. Les trois hommes mirent leur main en visière et essayèrent d'évaluer l'étrange horizon qui paraissait à la fois proche et lointain, un panorama dans un télescope. Avançant de quelques pas, ils virent l'illusion se matérialiser et la paroi granuleuse de la falaise lointaine apparut. La plaine avait semblé ininterrompue – du sable et de la sauge –, le précipice rocheux invisible jusqu'à ce qu'ils tombent dessus. Darwin parcourut l'autre côté sans parvenir à discerner quoi que ce soit.

— Je voulais au moins voir la tente. On est au nord ou au sud ?

Il tendit les jumelles à Arthur.

— Regardez, dit Ronnie. (Il s'était avancé à tout petits pas jusqu'au bord et était revenu aussitôt.) C'est un peu différent par ici.

Darwin monta en suivant la démarcation entre la mesa sablonneuse et l'air bleu béant du canyon. L'à-pic descendait en une ligne verticale jusqu'à la rivière, qu'on aurait dit bleu et ambre et située à une soixantaine de mètres, alors qu'en fait elle était à plus de trois cents mètres.

— Recule un peu, dit Ronnie.

Il avait reculé d'environ six mètres dans la sauge.

— Ce côté est pas bon, dit-il. C'est vraiment sur le point de s'écrouler.

— On est encore un bon kilomètre au sud, dit Key. (Il montra quelque chose.) J'arrive tout juste à voir le sommet des poteaux électriques.

— Darwin, dit Ronnie. Allons-y.

Il avait remarqué que le sable ici était étrangement dépourvu de traces de lapins.

— Comment est-ce qu'ils évitent de passer par-dessus bord ?

— Ils savent, c'est tout.

Arthur Key s'avança jusqu'au bord de l'à-pic.

— Ça va tomber d'ici environ cinq mille ans, dit-il. Allez. On ferait mieux de repartir.

Les trois hommes se mirent à longer le bord du canyon en direction du sud, Ronnie restant plus éloigné du vide que Key et Darwin.

— Est-ce que tu as dit à Traci que tu venais dîner ?

— Je l'ai pas vue.

— Tu es allé à l'Antlers.

— J'ai pas vu Traci. Je suis allé à la banque.

— Ensuite, tu es allé à l'Antlers. Qu'est-ce qu'elle a dit ?

— Elle a rien dit, parce que je l'ai pas vue.

Ils marchaient à pas lourds dans le sable épais.

Key continua.

— Est-ce qu'elle a dit qu'elle se réjouissait de te voir avec tes amis plus tard et qu'elle nous garderait la table près de la fenêtre ?

Ronnie marchait dans le vent vif.

— Est-ce qu'elle a dit qu'elle essaierait de se libérer tôt pour que vous puissiez tous les deux aller chez elle regarder la télévision ?

— Elle a rien dit, parce que je l'ai pas vue, espèce de connard.

— Tu es entré dans la banque. Ensuite tu es allé à l'Antlers, qui était pratiquement vide, et Traci n'était pas là, ce qui t'a déçu parce que tu portes une véritable affection à cette fille, et tu es resté là, et Marion t'a dit qu'elle était partie, parce qu'elle se souvient de t'avoir eu tout cassé sous son toit et que, pour une raison étrange, cette femme pense le plus grand bien de toi. (Key parlait par petites saccades régulières, tandis que les hommes avançaient sans ralentir le pas.) Et elle t'a dit que Traci te verrait plus tard lorsque tes distingués amis et toi viendriez manger leur steak, le vieux monsieur sage et le beau monsieur fort qui ne parle pas beaucoup.

Tout en marchant, Darwin enregistrait cela. Il regardait les tourbillons de poussière soulevés par ses pieds s'élever au-dessus du précipice, monter en spirales et disparaître, chaque pas réveillant un fantôme. Il entendait Arthur Key taquiner Ronnie, il l'entendait parler ainsi, et il en éprouva un sentiment qui lui était étranger depuis des mois, une sorte de bonheur qui lui donnait la force d'affronter la journée.

— Le monsieur sage, qui est en fait abruti comme une pierre, est aussi assez beau, dit-il.

— Oh, mais c'est pas vrai, dit Ronnie. Tu vas pas t'y mettre aussi !

— Que disait ton petit mot ? demanda Arthur Key à Ronnie.

— Ta gueule ! cria Ronnie.

Key s'arrêta dans le sable, baissa les épaules et secoua la tête.

— Tu l'as fait, tu lui as écrit un mot. C'est bien. C'est toujours bien, les petits mots.

— Quel mot ?

— Est-ce que tu l'as donné à Marion ? (Il se frotta le menton.) Non, elle aurait pu le lire. Tu l'as gardé, n'est-ce pas ? Ouh là.

— De quel mot parle-t-il ? demanda Darwin.

— Du mot qui se trouve dans la poche arrière du pantalon de Ronnie en ce moment même.

Le jeune homme marchait toujours, tapant des pieds dans le sol meuble.

— Un mot, c'est le premier signe d'une cour civilisée. Tu es un gentleman, dit-il en pointant du doigt le dos de Ronnie. Darwin, tout ceci est en bonne voie.

— Oh, c'était déjà bien parti.

— Il n'y a pas de petit mot.

Key reprit sa marche tout en hochant la tête.

Bientôt, ils purent voir leur chantier de l'autre côté du canyon. Les poteaux, les tas de bois et la tente se détachaient nettement sur le vaste terrain. À nouveau, la vue était différente et faisait paraître leurs efforts dérisoires. Key fut dégrisé par le panorama ; l'immensité noyait l'opinion qu'il s'était forgée sur l'aboutissement du projet. C'était une bonne chose que de fixer solidement une rambarde ou de construire une marche, mais sous la pression du ciel et contre ce vent qui avait parcouru 1 500 kilomètres et traversé le vide rouge et violet du gouffre rocheux, chaque clou qu'ils enfonçaient semblait être une perte de temps. Les trois hommes s'arrêtèrent dans le sable doux, près du bord rocheux et, leurs lunettes de soleil sur le nez, ils contemplèrent leur chantier de l'autre côté du canyon. Ronnie utilisa les jumelles pendant un moment et dit :

— Une table bleue. Ces gars-là ont une table bleue sacrément belle.

Pour la première fois, ils pouvaient voir les à-pics et les saillies de la paroi rocheuse sous leur campement, avec la falaise brisée et crevassée qui descendait jusqu'à la rivière. Key montra les deux nids d'aigles à peu près à mi-hauteur, la roche rouge décolorée à blanc sous les aires.

— Si le vent souffle comme ça pendant le grand show du Labor Day, ils vont tous mourir. Ils ne peuvent pas se permettre la moindre brise.

Arthur était en train d'installer le trépied et vissait bien serré les fixations en cuivre. Ils se déplaçaient tous lentement maintenant, un pas après l'autre, pour s'aligner sur l'approche nivelée et jalonnée par Ronnie jusqu'à la rampe de lancement de l'autre côté du canyon.

Lorsque Art fut satisfait, il bloqua la position du tachéomètre sur le trépied dans le sable. Darwin prit la direction du sud, il fit exactement cent pas, planta la baguette télescopique dans le sol et attendit. Key visa tout droit en face, là où Ronnie avait marqué la base de la construction de la rampe, tournant la molette jusqu'à ce qu'il puisse voir le serpentin en plastique se tortiller dans le vent. Puis il se tourna vers Darwin et à travers la lentille il lut les chiffres sur la baguette, les énonçant à haute voix pour que Ronnie puisse les écrire au fur et à mesure.

— Et comment ça marche, ce truc magique ? demanda Ronnie. Est-ce qu'il y a un numéro qui apparaît dedans ?

Arthur regarda le jeune homme et dit :

— Mets la main en l'air et tends un doigt. (Ronnie obéit.) Maintenant, ferme un œil. Ouvre-le. Ferme l'autre.

— Et alors ?

— Maintenant, si on savait quelle distance sépare tes deux yeux, on pourrait dire où se trouvait ton doigt.

Arthur Key et Darwin échangèrent leurs places sur la saillie rocheuse. Lorsque Key fut à nouveau prêt, il mesura les deux alignements et Ronnie écrivit les chiffres. Le temps qu'Arthur Key et Ronnie le rejoignent, Darwin avait posé le repère et replacé les jumelles devant ses yeux.

— Qu'est-ce que tu as ? demanda Key.

Darwin lui tendit les jumelles.

— Il y a un camion.

— Il se passe quelque chose ?

Ronnie approcha.

Key lui donna les jumelles et lui demanda :

— Tu connais ce type ? Qui est cette fille ?

Ronnie vit deux silhouettes marcher dans le campement. Il reconnut le jeune homme en T-shirt noir ; c'était le plus jeune des deux qui étaient venus pendant la nuit. La fille avait environ dix-neuf ans et elle portait un débardeur qui laissait voir son ventre au-dessus de son short en jean. Ronnie la regarda ouvrir la tente et y pénétrer.

— Hé, fit-il.

— Qu'est-ce qu'il y a ? demanda Darwin.

— La fille est dans la tente, dit Key.

Il tenait le viseur du tachéomètre contre son œil droit.

— Le gars est un de ceux qui ont essayé de voler du bois, dit Ronnie. Il s'appelle Buster.

— Assieds-toi, dit Arthur Key. Toi aussi, Darwin. Ça ne sert à rien qu'ils nous voient.

La fille sortit rapidement de la tente et ouvrit la caisse contenant le matériel de cuisine. Le jeune homme arpentait rapidement les lieux, s'assurant qu'ils étaient seuls.

— C'est un pick-up Ford de 75, blanc avec une portière bleue.

Il lut la plaque à Darwin.

— Ce type est en mission, dit Arthur en observant le jeune homme qui avançait sur l'approche de la rampe, arrachant les pieux un par un tout le long, jusqu'au précipice, avant de jeter le tout au fond de l'abîme.

Dans leur chute, les piquets en pin étincelèrent contre la falaise de pierre rouge. Le jeune homme se retourna et regarda la fille. Elle avait dû l'appeler. Key la vit agiter leur bouteille de George Dickel. Elle avait éparpillé tout le matériel de cuisine par terre.

— Ils vont massacrer le campement, dit Ronnie.

La fille avait maintenant enlevé son T-shirt et dansait les bras tendus au-dessus de la tête, la bouteille dans la main. Le type la rejoignit et se jeta sur ses seins ; elle lui donna une tape sur les mains. Il lui prit la bouteille et but. La fille se mit debout sur la table et dansa.

— Elle est montée sur la table, rapporta Ronnie.

— On a vu, dit Darwin.

Le garçon s'approcha de la table, leva les bras et se mit à tirer sur le short de la fille. Elle finit par l'aider à s'en débarrasser. Son cul était l'apparition la plus blanche dans ce jour si blanc, et il y avait un mandala bleu à moitié effacé tatoué à l'endroit où il aurait dû être caché par son pantalon. Ronnie avait toujours les jumelles à la main. Soudain, la fille sauta sur les épaules du gars, dont le visage se trouva écrasé contre elle, et ils chancelèrent jusqu'à ce qu'il parvienne à la poser par terre. Puis elle l'emmena sous la tente.

— Reculons un peu, dit Arthur Key. Derrière la sauge.

— Pas question, dit Ronnie Panelli. Ils sont dans la tente.

— Doucement, Ronnie, dit Key. Avec ce vent, ils peuvent nous entendre.

— Tant mieux.

— Non, je veux leur faire regretter leur geste. Recule, tu vas voir.

Les trois hommes reculèrent jusqu'au premier taillis assez grand et s'y accroupirent. Cela faisait une minute.

— Bien, dit Key.

Il retourna au bord du précipice et tapa des mains trois fois, chaque fois un son de basse qui résonna, et il poussa un grand cri, un "Hey!" profond. Il s'accroupit aussitôt après. Cinq secondes plus tard, le garçon apparut à l'entrée de la tente, en train de remonter son pantalon. Il regarda vers le nord, puis de l'autre côté de la rivière, puis à nouveau vers le nord. Maintenant, il remettait sa chemise et marchait autour de la tente en tendant l'oreille.

— Il ne peut pas nous voir, dit Arthur.

La fille apparut, bataillant avec son short, puis elle attacha ses sandales, l'une après l'autre. Ils regardaient tous les deux vers le nord. Le jeune homme alla jusqu'à son camion, le vent dans le dos. La fille retourna dans la tente chercher le whisky.

— C'est pas le même camion que l'autre soir, dit Ronnie.

Ils virent le véhicule s'arrêter à l'entrée de la route du ranch. Le garçon descendit à nouveau et la fille lui tendit un fusil.

— Ne t'inquiète pas, dit Key. Ils ne peuvent absolument pas nous voir.

Le gamin leva son arme. Il visa et tira un coup, puis un second, dans la grande tente en toile. Puis il rendit le fusil à la fille pour qu'elle le range dans le râtelier contre la vitre arrière.

— Putain de merde, fit Ronnie.

— Tu ne le connais pas ? demanda Key à Darwin.

— Ils ne sont pas de Mercy, répondit-il.

Le camion repartit en cahotant, soulevant des nuages de poussière vers le nord, sur la route du ranch.

— Eh bien, Diff a dû les contrarier, eux aussi.

Les hommes se levèrent et reprirent leurs sacs. Le bleu formait maintenant une seule ligne à l'ouest, le long de l'horizon où le plafond s'était rompu. Key envoya Ronnie attacher deux serpentins orange à la limite de la sauge, afin qu'ils puissent mesurer avec le tachéomètre la distance exacte depuis la rampe de lancement jusqu'au terrain d'atterrissage. Les hommes se tournèrent pour faire face au vent implacable dans la lumière trop vive et repartirent vers la route en soulevant de petits tourbillons de poussière.

10

À L'ANTLERS, les trois hommes s'installèrent à la table à côté de la fenêtre. Une discussion avait eu lieu dans le camion pour savoir s'il fallait rentrer en vitesse au campement. Ronnie était impatient d'y retourner, peut-être pour attraper les intrus, les intercepter sur la route, leur "botter le cul", puis inspecter les dégâts sur les lieux, ranger, réparer. Il avait énoncé tout cela en agitant les mains. C'était son campement et il était furieux. Mais Darwin avait fini par le convaincre :

— Ils sont partis et ils ne reviendront pas. Allons dîner en ville comme on l'avait prévu, et on rentrera ensuite. Il fera encore jour.

Art avait garé le gros camion derrière le bâtiment en bois, sur un parking en gravier envahi par les herbes, et ils étaient entrés par là, en passant devant la cuisine pour parvenir à la salle où se trouvaient le bar et les tables donnant sur la rue. Deux hommes en bras de chemise étaient assis au comptoir en bois foncé et regardaient les informations sur le téléviseur fixé en hauteur sur la corniche derrière le bar. Dans la pénombre de la pièce, ils sentirent, en s'installant, la brûlure de la journée sur leur visage. C'était déconcertant d'être à l'abri du vent. Ils posèrent leurs lunettes de soleil sur le plateau verni de la table et laissèrent leurs yeux s'accommoder à la lumière de la salle. Ronnie se mit à tripoter la salière et la poivrière, deux petites bouteilles de Corona dont les capsules avaient été perforées.

— On a du sel et du poivre, lui dit Key.

— J'allais pas les prendre, répliqua Ronnie.

La maîtresse de maison s'approcha, une femme en Levi's avec un col roulé bleu passé dont elle avait remonté les manches jusqu'aux coudes.

— Bonjour Darwin, dit-elle. Salut, Ronnie. Où t'étais passé ? T'es parti où, la semaine dernière ? Tu viens juste de manquer Traci.

— Je travaillais, répondit Ronnie, les yeux baissés sur l'endroit de la table qu'il tapotait de ses deux pouces.

— Bien, bien. Elle dit que tu as un vrai talent de cuisinier.

— Il est plutôt adroit, en effet, admit Darwin.

Ronnie ne broncha pas.

— C'est toute ton équipe ? demanda Marion à Darwin.

Elle regardait Arthur.

— Oui. Voici Art. Et toi, comment ça va, Marion ?

— Ça va, toujours pareil. J'essaie de trouver un moyen d'augmenter le prix de la bière et de faire porter le chapeau à quelqu'un d'autre.

Arthur Key jeta un coup d'œil à la femme, son aisance naturelle, ses formes dans son pull-over et ses yeux rieurs, puis il détourna le regard. La journée paraissait remplie de femmes, tout à coup.

— À entendre ce qui se dit par ici, c'est une invasion. On dit que vous êtes une quarantaine à remuer ciel et terre à Difficulto.

— C'est juste un projet d'été, lui dit Darwin. Diff a le chic pour énerver tout le monde. Il aime bien ça.

— Je sais, reprit-elle. Et il a réussi. On croirait que le gouvernement fédéral s'est pointé là pour construire Dieu sait quoi. Au fait, vous mangez ?

— Tu aurais du rôti d'aloyau ?

— Oui, m'sieur.

— Je prends, dit Darwin. Avec ta petite salade, sauce ranch.

Elle regarda les autres.

— Vous voulez une carte ?

— Non, m'dame, fit Arthur. Ça sera la même chose pour moi.

— Un cheeseburger, dit Ronnie. Ça fait un moment que j'ai envie d'un cheeseburger avec des frites.

— Et tu pourrais nous apporter deux pintes d'Old Mill Dew ? dit Darwin en lançant un coup d'œil à Arthur à la recherche d'un signe d'approbation. (C'était une brasserie de l'Idaho.) Et du Kool-Aid au citron vert pour ce jeune chef.

— Un Coca, rectifia Ronnie. On est en ville.

De l'autre côté de la vitre teintée et dépolie du restaurant, le jour étincelant flamboyait toujours. En ville, la circulation était sporadique et calme, même si la scène paisible de la rue présentait une certaine étrangeté aux hommes qui avaient passé des semaines sur le plateau. Le moindre véhicule qui passait leur semblait être un intrus, et les gens qui traversaient la rue pour aller à la pharmacie ou qui marchaient en discutant ou en tenant un enfant par la main monopolisaient toute l'attention des trois hommes. Cela aurait tout aussi bien pu être un film. Face à un diorama si animé, le petit téléviseur suspendu émettait ses brèves lumières dansantes rouges et bleues, un visage venait en remplacer un autre tandis que les voix résonnaient, métalliques et déconnectées de la réalité. Ronnie leva les yeux vers l'écran.

Lorsque Marion revint avec les couverts et les boissons, elle dit à Darwin :

— C'est Hector qui est en cuisine, si tu as envie d'aller lui dire bonjour. Il t'a vu entrer.

— J'y vais, dit Darwin en se levant. J'en ai pour une minute.

Lorsqu'il disparut dans l'arrière-cuisine, Key et Panelli entendirent les deux hommes parler en espagnol d'une voix forte pendant une minute, des salutations rieuses, puis les voix baissèrent.

— Tu pourrais vivre dans une ville comme celle-ci ? demanda Ronnie à Key.

— Jolie ville, répondit Key.

Arthur toucha le verre de Ronnie avec le sien. La bière était une brune crémeuse et Key sentit qu'elle lui rafraîchissait la gorge.

— Pourquoi pas ?

— Trop petite. Tu trouves pas ? J'avais jamais été dans une petite ville avant. Il y a déjà un paquet de gens qui me connaissent, ici.

— Ronnie, dit Arthur. T'as pas perdu de temps pour faire des ravages auprès des femmes célibataires de cette ville.

— Je suis tombé dans les pommes et je me suis cogné la tête par terre. (Il montra l'endroit.) J'étais assis juste là et j'ai fait une sacrée chute.

— Après qu'on t'avait dit de te reposer à la clinique.

— Et Traci et sa mère m'ont emmené chez elles.

— Ça commence toujours comme ça, dit Key.

Il était surpris d'être à nouveau capable de plaisanter de cette manière. Sa vivacité revenait. Son inquiétude au sujet du campement s'était atténuée.

Ronnie appuya ses deux coudes sur la vieille table en bois.

— Mais sérieusement, c'est une drôle de petite ville, tu trouves pas ?

Il se tourna et fit un mouvement de la tête vers les cinq têtes d'antilopes montées sur le vieux mur lambrissé du restaurant :

— J'avais jamais vu ça de ma vie auparavant. Il y a un truc qui me paraît bizarre, là-dedans.

— On est dans l'Ouest, Ronnie. Certaines choses sont différentes.

— Tu sais à quoi elles ressemblent ? Je les ai vues dans le miroir le jour où je suis entré ici, et elles m'ont flanqué une de ces trouilles. J'ai pensé qu'elles observaient tout, comme des juges. J'en ai rêvé, de ces cinq bestioles. Quand j'étais blessé, je les ai vues me regarder.

Key examina quelques instants son ami par-dessus le rebord de son verre tout en savourant la sensation de la bière amère dans sa bouche. C'était un privilège d'être ainsi assis dans une alcôve en sachant que le repas serait bientôt servi. C'était agréable d'avoir un siège avec un dossier. Il s'y appuya.

— C'est une gentille fille, dit Key. Et tu te comportes bien. Continue comme ça et tu verras. Ça pourrait bien être un bon endroit pour toi. On va manger ici et ensuite on ira la trouver pour que tu puisses lui donner ton mot, puis on rentrera au campement travailler encore une semaine.

La phrase résonnait comme un travail bien fait : raisonnable et pleine de promesses.

Darwin revint avec son copain Hector. Celui-ci avait une trentaine d'années, il portait une petite toque blanche de cuisinier et un tablier. Key et Ronnie se levèrent pour lui serrer la main. Après les présentations, Hector dit :

— Sa femme m'a enseigné les secrets du métier chez Diff. Vous avez déjà vu la cuisine, là-bas ?

— Non.

— Le père de Diff savait y faire, poursuivit Hector. C'est la plus grande pièce de tout le ranch, mis à part la grange. On faisait de la vraie cuisine.

— Hector est associé, ici, dit Darwin. Sa femme enseigne à l'école.

— Alors, on parle ou on mange ? demanda Marion, venue les rejoindre.

Elle tenait les trois grandes assiettes blanches ovales en équilibre, ainsi qu'un panier de petits pains chauds dans un torchon à carreaux.

— La prochaine fois, goûtez les plats mexicains ou chinois, dit Hector tandis qu'ils se réinstallaient sur les banquettes devant leurs assiettes posées sur la table. J'ai une omelette chinoise qui vous fera le plus grand bien.

— C'est d'accord, lui dit Key.

Darwin et Hector se serrèrent la main et le cuisinier repartit derrière le bar.

Arthur Key commanda une autre bière et regarda l'assiette de viande en sauce posée devant lui. Elle contenait exactement le double de purée et de viande par rapport à celle de Darwin.

— On dirait du sur-mesure, dit-il.

— Le cuisinier est un ami à nous, dit Darwin.

— Maintenant, c'est sûr.

Installés à leur table près de la fenêtre de l'Antlers Bar and Cafe, les trois hommes mangeaient en silence. Ronnie déposa un long ruban de ketchup sur ses frites, les saupoudra de sel puis les mangea quatre par quatre, quand il ne mordait pas à pleines dents dans son burger. Les deux autres attaquèrent leur dîner fumant au couteau et à la fourchette. Les tranches de rôti étaient fondantes et savoureuses.

Finalement Ronnie, une goutte de ketchup aux coins des lèvres et la bouche pleine de frites, lança :

— Ce qu'on aurait dû faire, c'est attraper une nichée de ces lapins aux oreilles noires et les rapporter de notre côté du canyon. Histoire d'embrouiller un peu les lois de la génétique. Pour introduire des super-lapins sur la vieille mesa.

Arthur réfléchit au sens de cette remarque avant de prendre la parole.

— Je ne suis pas certain qu'on doive jouer les créateurs avec les tribus de lapins.

— Quel âge a cette gorge ? demanda Ronnie.

Il n'y eut pas de réponse, mais la porte s'ouvrit derrière eux et les deux jeunes gens qu'ils avaient vus à leur campement entrèrent. Ils parlaient fort, la fille disait :

— Et tout le reste, c'est tellement que des conneries, mais puisque t'es expert dans le domaine des conneries – le Roi des conneries en personne.

Elle rit. Darwin posa sa main sur le bras de Ronnie et le plaqua contre la table pour lui faire comprendre qu'il ne devait pas bouger. Arthur Key le vit faire et se retourna, et il vit le garçon et la fille s'installer sur des tabourets au bar. Tous cessèrent de manger.

— Il ne va rien se passer ici, dit Arthur à ses compagnons de table.

Marion sortit de la cuisine et se planta devant les deux jeunes.

— Buster, cette jeune femme a pas l'âge de s'asseoir au bar.

— Peut-être que si, dit le gamin. Elle a sa carte d'identité, maintenant.

— Elle a peut-être deux semaines de plus que la dernière fois que je vous ai dit la même chose, il y a deux semaines. Maintenant, soit vous prenez une table, soit vous allez jusqu'à Concept, où ils servent les enfants, d'après ce qu'on m'a dit.

La fille se leva et glissa une main dans la poche de son short.

— Te fatigue pas, ma jolie. Je m'en fiche que ça t'ait coûté cent dollars et que tu aies été obligée d'aller le chercher à Boise. Je te sers pas.

La fille avait un permis de conduire dans la main, mais Marion refusait d'y jeter un œil. La fille tapotait son permis sur le bar, un-deux, un-deux

— Fais pas ça, Gina, lui dit Buster.

— Qu'est-ce que c'est que ces conneries ? dit-elle.

— Asseyons-nous là.

Il essaya de l'entraîner à une table contre le mur, sous la galerie des trophées d'antilopes.

— Je vais quand même prendre une bière, dit la fille, parlant fort.

— Pas ici. Hors de question, répondit Marion en attrapant deux cartes.

— On a du whisky dans le camion, de toute manière, dit Gina à la cantonade.

Buster l'avait emmenée jusqu'à une chaise, qu'elle renversa d'un grand coup de pied, et la chaise tomba bruyamment sur le plancher.

Key avait observé le jeune homme et remarqué qu'il ne portait pas de ceinturon et qu'il ne cachait dans sa poche ni couteau ni rien qui ressemblait à une arme à feu. Il avait recommencé à manger, même si c'était complètement différent, maintenant.

— Qu'est-ce que tu regardes ? dit la fille appelée Gina.

Darwin continuait à appuyer sur le bras de Ronnie.

— Rien, dit Ronnie. Je regardais pas.

Marion s'approcha et se tint à côté de la table, le visage avenant comme il fallait, mais las, prête à assumer la tâche suivante.

— Vous voulez goûter la tarte d'Hector ?

Derrière elle, le jeune Buster essayait d'obtenir de la fille qu'elle se calme.

Darwin avait sorti son portefeuille et il lui demanda d'emballer une demi-tarte à emporter. Il fallait qu'ils rentrent. La pièce était devenue vraiment petite.

Passer la porte de derrière fut un vrai soulagement. Art prit une grande inspiration. Marcher ensuite jusqu'au camion fut là encore un soulagement, et les hommes y allèrent d'un pas traînant, sans parler.

— Mais qu'est-ce qu'on fout, là ? dit Ronnie. Ils sont juste là, putain.

— On a du travail, dit Arthur. Et aussi plaisant que cela aurait pu être d'entendre tes commentaires sur le tatouage de cette fille, ça aurait changé notre journée.

— J'allais la féliciter pour ses talents de danseuse et lui demander de plus monter sur la table.

— C'est pareil, dit Arthur.

— Ronnie, cria Marion de la porte en lui faisant signe d'approcher.

Arthur suivit le jeune homme qui revenait sur ses pas. Il le fallait.

— J'ai entendu dire que t'étais un vrai gentleman, lui dit-elle. Je voulais juste te féliciter.

Ronnie la regarda.

— Je vous remercie.

— On te voit bientôt, j'espère, dit Marion.

Ronnie hocha la tête. Arthur Key posa une main sur son bras.

— Donne-lui le mot.

— Quoi ? fit Ronnie.

— Il va vous donner quelque chose, mais vous devez promettre de ne pas le lire.

Ronnie se tortilla, mal à l'aise, mais Arthur le tenait.

— Qu'est-ce que c'est ? dit-elle.

Ronnie finit par ne plus bouger et, rapidement, il extirpa le papier froissé de sa poche arrière et le tendit à la femme en tablier, derrière le vieux café.

11

LE 4 JUILLET passa inaperçu sur le plateau, et sans la moindre remarque. Une semaine plus tard, Arthur demanda la date à Darwin, s'ils avaient manqué la fête nationale, et ils en déduisirent que c'était un des trois soirs où ils étaient restés assis autour de la table de Ronnie après le repas, dans le crépuscule qui s'épaississait sous les nuées de chauves-souris montant des parois vermillon du canyon. Comme toujours dans un coin du ciel couleur ébène, les éclairs spectraux d'un orage chargé d'électricité fleurissaient, pareils à de petites étoiles, et certains soirs deux orages éclataient, un au nord et l'autre au sud, si éloignés qu'ils semblaient n'être que des illusions d'optique. Ils décidèrent que l'un des deux avait peut-être été le feu d'artifice à Mercy.

À la mi-juillet, ils avaient relevé les pans de la tente ; ils avaient enroulé et attaché la toile des parois et replié les rabats à l'entrée. De temps en temps, ils baissaient la toile du côté du vent si un orage survenait ou même une rafale, mais il faisait généralement chaud jusqu'à minuit et les courants d'air étaient les bienvenus. Darwin installa sa grande glacière Igloo jaune sur un petit tabouret carré que Ronnie avait fabriqué avec des chutes de madriers (avant de le peindre en bleu avec le reste de la peinture). Deux fois par semaine, il y déposait un bloc de glace et les hommes buvaient l'eau froide dans des tasses thermo-isolantes sur lesquelles leurs initiales étaient marquées au feutre. La nuit, avec la tente ouverte sur le dehors, ils entendaient les mouvements des prédateurs dans la sauge, les lapins qui venaient s'installer – il y en avait toujours un qui se faisait capturer par un coyote ou un faucon, qui poussait un ou deux cris brefs –, mais jamais rien ne venait retarder l'arrivée du sommeil qui les embarquait toujours dans le même ordre, Ronnie, Darwin,

Arthur Key – toujours bon dernier, mais désormais son esprit ne le tracassait plus qu'une brève minute.

Au lever du jour, maintenant, le ciel était coupé par les fils électriques qu'Idaho Power avait tirés entre les poteaux. Aux yeux de Key, les câbles noirs gâchaient un peu le paysage, ils rapetissaient l'endroit. Ils le domestiquaient. Ils étaient venus avec un camion-nacelle et avaient passé les câbles dans des isolateurs sur chaque poteau juste à côté de la tente. À leur arrivée, les deux gars en pantalon de toile et T-shirt blanc marqué au logo de l'entreprise avaient conduit le camion jusqu'à la tente. Leurs ceintures étaient garnies de tous les outils nécessaires à leur métier, ainsi que de grosses pinces isolantes.

— Combien de temps vous allez vivre ici ? demanda le chauffeur à Darwin.

— Tout le mois d'août.

— C'est ce truc pour la télé, dit l'autre. Vous faites partie de l'émission avec la moto, c'est ça ? Cette gamine qui veut devenir la nouvelle Evel je-sais-plus-quoi.

Arthur n'appréciait pas d'en entendre parler en ces termes, qui ôtaient au projet tout ce qui pouvait faire rêver, et il repartit vers le canyon où il aidait Ronnie à creuser des trous de petit diamètre pour la barrière constituée de deux chaînes tendues, qui suivrait le bord du précipice. L'enjeu pour eux était de trouver de la terre suffisamment ferme et suffisamment près du rebord pour que les spectateurs aient accès au panorama. Key avait déjà décidé d'espacer les poteaux de trois mètres seulement. Il avait passé sa vie à contempler des balustrades de balcons dont les montants étaient trop peu nombreux. Cette barrière devait empêcher les gens de tomber, et ils allaient certainement s'y appuyer. Ronnie était assis sur le petit tracteur Farmall, pour accéder à chaque endroit, et Arthur guidait la petite tarière jusqu'au point voulu.

— C'est quand, le mois d'août ? demanda Ronnie.

— Tu ne connais pas les mois ?

— Si, mais je sais pas quel jour on est.

— Moi non plus, lui dit Key. On est fin juin. Puis c'est juillet, août.

Le colosse guida la lame de la tarière jusqu'au trou qu'il avait fait à la pelle.

— Vas-y, dit-il à Ronnie.

Ronnie mit en route le moteur et la tarière commença à s'enfoncer dans la terre.

Chaque trou avait une profondeur d'un mètre, ce qui laisserait des poteaux de 1,70 m de hauteur.

— Tu avais déjà construit une barrière ? lui demanda Arthur.

— Tu sais bien que non.

— C'est pas vraiment du travail, dit-il à Ronnie en lui montrant les rouleaux de chaîne, les fagots de tuyaux, les boîtes de fixations. C'est un kit. Comme du Meccano.

— OK, dit le jeune homme. Prêt ?

— Vas-y.

Ronnie fit avancer le tracteur puis recula jusqu'à l'endroit suivant.

— Tu sais pas ce que c'est que le Meccano ?

— C'est un genre de jouet ?

— Avec quoi tu jouais quand t'étais gosse ?

— J'ai jamais été gosse. J'en suis un maintenant.

Key pointa un index vers Ronnie.

— T'es pas un gosse. T'es un ouvrier dans le domaine de la construction. Mais ton père ne t'a pas acheté de Meccano.

— Dis-moi juste ce que c'est. Mon père était pas franchement dans les parages.

— Jamais ?

— Peut-être que je l'ai rencontré.

— C'était à Joliet ?

Arthur avait fait une marque jaune sur la tarière à environ un mètre de hauteur d'un coup de bombe de peinture, et il ne la quittait pas des yeux. L'épaisse terre rouge sortait du trou par vagues.

— Pas à Joliet, mais tout autour. On a beaucoup déménagé.

Key fit un signe à Ronnie.

— Ça suffit, sors-la.

Ronnie fit remonter la tarière et l'arrêta. Arthur avança au bord du canyon jusqu'à la marque suivante. En dessous de lui, à une centaine de mètres, deux petits aigles planaient dans l'air translucide. Aujourd'hui, il sentait l'odeur de la rivière, l'eau sur les rochers, la couche de cent tonnes d'air au-dessus qui roulait lentement et remuait le fond de la gorge animée.

Ronnie recula de sept ou huit mètres dans la sauge. Il était devenu expert en maniement de boîtes de vitesses. Il recula et avança de manière fluide jusqu'à l'endroit où l'attendait Key, le bras tendu pour attraper la tarière.

— Bien. T'es devenu bon. T'es allé jusqu'à quelle classe ?

Il positionna la lame et ajouta :

— Vas-y.

Ronnie mit en route la tarière.

— Seconde, première.

— T'es allé au lycée ?

— Troisième.

Chaque fois que la vrille tombait sur de la pierre ou qu'elle était prise de tremblements, Key saisissait l'armature et la secouait jusqu'à ce que la lame passe ou se libère.

— Quand est-ce que tu t'es fait arrêter pour la première fois ?

— Allez, Art. Faisons cette barrière.

— On discute.

— OK, et toi, quand est-ce que tu t'es fait arrêter ? C'est quoi, ta putain d'histoire triste, hein, le colosse ?

Ils entendirent la lame cogner sur la pierre et le moteur gémit.

— Arrête-la, dit Arthur.

Ils sortirent la tarière du sol et Arthur s'éloigna pour aller chercher la barre à mine de deux mètres. Il la planta dans le trou et tapa deux ou trois fois, doucement. Puis il assura sa prise et leva la barre de fer bien haut. Il l'enfonça dans le trou et Ronnie sentit la secousse lorsque la barre heurta le grès. Arthur retira aussitôt la barre et la jeta dans le sable. Il croisa les bras et fourra ses mains sous ses bras en regardant Ronnie.

— Ne fais jamais ça sans gants.

Il s'écarta un peu en respirant fort par le nez. Il voyait les deux gars de la compagnie d'électricité avancer leur camion-nacelle jusqu'au poteau suivant et recommencer. Une équipe de deux hommes comme ceux-là était agréable à regarder ; ils connaissaient la procédure et abattaient trois heures de travail en une. Malgré tout, les gros câbles noirs paraissaient étranges à Key, déplacés. Il prit une grande inspiration, sortit ses gants de travail en cuir de sa poche arrière et les enfila.

— Ça va ? demanda Ronnie.

— J'aurais dû porter mes gants. Mets les tiens.

— Je fais que conduire.

— Mets-les.

Ronnie enfila ses gants.

Arthur Key ramassa la barre en fer et l'enfonça à nouveau dans le petit trou. Puis il recommença, deux, trois, quatre, cinq, six fois. Il finit par se redresser, laissa tomber la barre sur le côté et guida de nouveau la tarière à l'intérieur.

— Voyons voir ce que ça donne, dit-il.

Cette fois, lorsque Ronnie démarra la tarière, il y eut un autre bruit au moment où la lame entra dans le sol, un grincement brisé, et des morceaux de roche rouge cassée se mirent à se déverser du trou à mesure que la tarière s'enfonçait. À un mètre, Arthur leva le bras et Ronnie fit sortir la lame à l'air libre.

Ils continuèrent le long de la ligne, l'atmosphère fraîche de la rivière montait et enveloppait Arthur pendant qu'il travaillait le long du précipice. La barrière devait avoir une longueur de 110 mètres selon une ligne irrégulière le long du bord, soit trente-deux trous. Lorsque Darwin siffla pour les appeler à déjeuner, il leur en restait dix à faire. Arthur Key leva l'armature de la tarière et la bloqua de manière que Ronnie puisse aller ranger le tracteur et faire le plein après le repas.

Les deux employés finissaient de monter au pied du dernier poteau les dernières boîtes de dérivation qu'ils installaient toujours par deux : une boîte de 110 et une de 220. Ils vissèrent rapidement les boîtes sur le poteau en bois, se mirent debout et ouvrirent et refermèrent les petits volets.

— Voilà, c'est fait, dit l'un des hommes à Darwin.

— Pourquoi on a besoin de ça ? demanda Ronnie à Arthur Key.

Ils avaient enlevé leurs gants et se lavaient les mains dans le seau.

— Nous, on n'en a pas besoin, lui dit Key. C'est pour le spectacle. Il va y avoir des spots et des caméras, tout ça. Plus que ce que pourraient alimenter des groupes électrogènes.

— Est-ce qu'il va construire une structure permanente ? demanda le gars de l'électricité à Darwin.

Il contemplait les tas de contreplaqué et de poutrelles. Son compagnon était allé jusqu'au bord du précipice et il revenait maintenant en évaluant les différents aspects du chantier de construction.

— Je crois pas.

— On sent qu'il y a de l'argent, beaucoup d'argent, dit l'homme.

— C'est comme ces temples où ils sacrifiaient des vierges, dit son collègue. Ça va être quelque chose. Il se peut que je fasse le trajet depuis Boise. Vous allez construire une rampe ?

— Brad a passé trop de temps à l'école, dit le chauffeur à Darwin.

— Les Incas avaient construit un temple exprès pour ça. Une centaine de tonnes de pierre pour pouvoir trancher la gorge à une jeune fille.

— Laisse tomber les Incas, dit le chauffeur. Ils sont opérationnels, dit-il à Darwin en lui montrant les boîtiers électriques. Vous êtes fin prêts.

— Merci, répondit Darwin. Vous voulez rester déjeuner ?

Il était en train de couper de gros sandwichs au jambon en diagonale avec le couteau de boucher. Les morceaux de tomates débordaient.

— Non, merci. Chaque fois qu'on descend ici, au retour, on passe par Theron et on mange au Black Cat. Si vous y avez jamais été, ça vaut le détour. Si vous êtes amateur de frites torsadées et de burgers de bison.

Après le départ du camion de la compagnie d'électricité, ils prirent leurs assiettes en carton garnies d'épais sandwichs pleins de cheddar, d'oignon rouge, de salade romaine et de moutarde, et ils s'assirent à la table bleue. Darwin avait préparé une jatte de salade de pommes de terre et Ronnie recouvrit la sienne de poivre, comme il avait vu Arthur Key le faire. Art posa le bocal de sept kilos de cornichons géants à l'aneth sur la table bleue et en piqua un avec le long couteau, le coupant rapidement dans le sens de la longueur avant d'en déposer une moitié dans l'assiette de Ronnie.

— C'est un joli pique-nique, dit Arthur Key. Tu veux un cornichon, Darwin ?

— Non, merci.

Il finit de remplir leurs tasses avec du Kool-Aid au citron vert.

— Tu as déjà fait un pique-nique ? demanda Arthur à Ronnie. Emmené ta petite amie au parc ?

Ronnie avait la bouche pleine, il mâchait. Il finit par répondre :

— C'est possible. J'ai déjà mangé dans un parc.

— Est-ce que manger dans un parc, c'est un pique-nique ? demanda Arthur à Darwin.

— Un pique-nique n'est pas une affaire anodine, répondit-il. Un pique-nique est une entreprise sérieuse.

— C'est toute une organisation. Il ne s'agit pas seulement de mettre un paquet de burgers dans la voiture.

— Manger à la lumière du jour, dehors, sur une couverture, avec une jeune femme, dit Darwin, c'est faire la cour. On ne fait une chose pareille qu'avec sa promise.

— Vous deux, vous racontez tellement de conneries, c'est un émerveillement permanent.

Ronnie but goulûment son Kool-Aid.

Darwin recula sa cagette et se leva. Il entra dans la tente et ressortit avec une couverture à carreaux verts pliée, qu'il donna à Ronnie.

— Sympa, fit le jeune homme. C'est pour mon grand pique-nique ?

— Prends-en soin, dit Darwin. Mais oui, ce sera un bon début.

— Maintenant, tout ce qu'il te faut, c'est du poulet rôti et des serviettes en papier.

— Du vin, des verres, des couverts, de la salade de pâtes, du sel et du poivre, des brownies, fit Darwin.

Il leur avait préparé tout un plat de brownies bien gonflés dans sa cocotte en fonte la veille au soir, et il sortait maintenant le sac de sa grande caisse et le posait sur la table.

— J'aime pas le vin, dit Ronnie.

— Il ne s'agit pas de toi. Prends le vin, au cas où. Tu peux boire du Kool-Aid.

Il remplit leurs tasses avec la boisson verte sucrée.

— C'est ce que je ferai.

— Ronnie, dit Art. Ne nourris pas les lapins.

Pendant tout le repas, Ronnie avait jeté des morceaux de laitue vers le coin du grand tas de bois. Il nourrissait une douzaine de lapins parmi les plus audacieux depuis une semaine.

Ronnie se leva.

— Ils ont jamais vu de laitue auparavant. En tout cas, pas depuis mille ans, comme tu dirais.

Il ramassa les restes de son déjeuner, son assiette, sa serviette roulée en boule, puis il lança sa fourchette dans la cuvette et le papier dans la poubelle.

— C'est le meilleur boulot que j'ai jamais eu, personnellement, mais ça veut pas dire que vous deux, vous racontez pas des conneries. (Il attrapa ses gants dans sa poche arrière d'un geste théâtral et les enfila.) Maintenant, je vais faire le plein du tracteur et forer encore dix trous.

Tandis qu'il s'éloignait, Arthur dit :

— Ne l'amène pas ici. C'est pas l'endroit idéal pour un pique-nique.

Ronnie ne se retourna pas en entendant la remarque.

Lorsque les trous pour la barrière furent forés, chaque tache noire entourée de parfaits cercles de terre rouge, Arthur démonta le cardan du tracteur et emmena Ronnie près du portail, où ils changèrent l'huile. Arthur guida le jeune homme au cours des différentes étapes, pour ôter le bouchon fileté et récupérer l'huile noire et épaisse dans une bouteille de vinaigre en plastique qu'il avait coupée en deux avec son canif. Utilisant la partie supérieure comme un entonnoir, Ronnie versa trois litres d'huile fraîche dans le moteur.

— Tu regardes la télévision, parfois ? demanda-t-il au grand homme.

— Non, répondit Arthur.

— Je regardais beaucoup la télévision. Il y avait des postes dans les salles communes, à la maison de correction, et je la regardais.

— Et tu regardais quoi ?

— C'est justement à ça que je pensais. Je ne me souviens plus. Et pourtant, je la regardais du matin au soir.

— Tu veux qu'on récupère une télévision, maintenant qu'on a l'électricité ?

Ronnie versait l'huile soigneusement. Il leva les yeux vers Arthur.

— Oh, sûrement pas. Je disais ça comme ça.

Lorsqu'il leva une dernière fois les yeux en versant le dernier litre, Ronnie dit :

— Il y a quelqu'un qui vient.

Key tendit l'oreille, puis dit :

— C'est la rivière. Le vent a tourné.

— Non. Écoute.

Vingt secondes plus tard, Key entendit lui aussi un véhicule qui approchait et qui devint un pick-up vert. En s'avançant sur le chemin de terre, Arthur renversa l'huile usée en dessinant une ligne au milieu du gravier blanc.

— Tu as l'ouïe aussi fine qu'un lapin, dit Key à Ronnie. Il y a une sacrée circulation aujourd'hui.

Le pick-up vert et blanc ralentit et s'arrêta à côté de Key et Panelli.

— Salut, les gars, fit le chauffeur.

C'était un petit homme avec une moustache fine comme une ligne tracée au rasoir, il avait un vieux morceau de papier coincé entre les doigts. Il le tendit par la fenêtre à Arthur Key, qui vit que c'était un plan dessiné au crayon.

— Dites-moi, on est où, exactement ?

C'était la compagnie du téléphone.

12

LE CRÉPUSCULE s'épaissit au point que les hommes en train de clouer les montants sur la rambarde en bois ne furent bientôt plus que deux silhouettes avec des marteaux. Ils travaillaient sans dire un mot. Ils avaient passé tout l'après-midi à découper et à mesurer la plateforme destinée à la caméra : le plancher qu'ils avaient vissé avec la perceuse, et la rambarde munie d'un portail et composée de soixante poteaux soutenant la barre horizontale. Ils avaient passé deux heures à placer et clouer ces pièces, et comme les gens qui lisent dans la lueur du jour finissant, ils ne virent pas qu'ils avaient perdu la lumière. De près, ils voyaient tout ce qui leur était nécessaire. À 3 heures, Darwin avait emmené Ronnie en ville pour qu'il dîne avec Marion et Traci. La jeune femme le raccompagnerait ensuite. À un petit kilomètre au sud, un coyote qui poussait des cris depuis un moment s'interrompit soudainement. C'est à ce moment-là que Darwin leva les yeux et qu'il vit les étoiles brûler dans la nuit. Dans cette faible lumière, le campement se composait de cinq blocs noirs.

— Le jour a basculé, dit Darwin.

Arthur Key descendit de la plateforme et tira les cinq derniers montants sur le plancher.

— Laissons ceux-là pour Ronnie. Ce serait de mauvais augure de finir ce soir. Il aura bien le temps de fignoler ce petit nid de pie.

Darwin tenait la perceuse.

— Où est la boîte pour ranger ça ?

Les deux hommes réalisèrent à quel point il faisait sombre. Ils se levèrent et regardèrent autour de leurs pieds.

— J'espère que je ne l'enverrai pas valser dans la rivière d'un coup de pied, dit Key.

Il la trouva sur la seule marche qu'ils avaient bâtie et la tendit à Darwin.

— Tu crois au hasard ? demanda Darwin.

— Je crois en tout, répondit Arthur Key. Je crois au travail. Je crois au jour, à la nuit et au moment où le jour est fini et où il ne fait pas encore nuit, quel que soit le nom qu'on lui donne.

Ils retournèrent à la tente. Ils sentaient maintenant la fraîcheur qui, pendant la dernière heure, s'était imposée dans le canyon.

— Mais ce n'était pas ta question.

— Je ne sais pas. Je crois que je te demandais si tu voulais un petit whisky.

— Je crois aussi en un bon petit whisky. Juste pour rincer ma tasse à café.

Key se sentait bien. Sa tête était vide. Il rangea son marteau et ses gants dans sa boîte à outils et attrapa sa veste en jean sur la patère au-dessus de son lit de camp dans l'immense tente. Darwin alluma les photophores posés sur la table bleue et versa une lampée de George Dickel dans les deux tasses.

— Tu veux de la glace ?

— Non, merci, lui dit Key. Je ne veux pas prendre des goûts de luxe.

— Tu en es loin.

Darwin toucha la tasse de Key avec la sienne et but une gorgée. Les deux hommes restèrent dans les ténèbres muettes. La rivière n'était plus qu'un murmure et le ciel continuait à se peupler d'étoiles. Silencieux sur la mesa embaumant la sauge, ils sentaient la chaleur du whisky dans leur gorge, et pour Key, le silence paraissait une sorte d'équilibre entre une chose et la suivante, un pivot en quelque sorte, aussi solide et important que le poids qui l'accablait. Dans tous les coins du ciel nocturne rempli d'illusions, des satellites fusaient et d'autres lumières se déplaçaient par intermittence. Pendant un moment, Key y vit l'image de ce qui se passait dans sa propre tête, tout était si loin, épinglé sur le mur lointain de la connaissance, la distance entre les choses à venir et lui était immense et ne cessait d'augmenter. Il sentit l'air froid derrière ses oreilles et le long de son cou.

— Est-ce que tu t'es déjà battu ? lui demanda Darwin. Un colosse comme toi. Est-ce que les gens ne voulaient pas se battre avec toi ?

— Ça dépend. Je veux dire… oui. C'est arrivé deux ou trois fois, quand je me suis trouvé au mauvais endroit dans un bar. Au début lorsqu'on bouclait un projet, je sortais avec les gars pour fêter ça et si je restais, disons, jusqu'à 10 ou 11 heures, il y avait toujours un connard pour venir me chercher, me bousculer, me traiter de ci ou de ça. J'avais envie de les balancer à l'autre bout de la pièce, mais je l'ai jamais fait. Triste, pas vrai ?

— Alors tu quittais le bar, dit Darwin à mi-voix.

— J'ai jamais été vraiment du genre à fréquenter les bars.

— Que faisais-tu pour fêter un événement ?

— Pas grand-chose. Ça me suffisait d'avoir bouclé le projet comme il fallait. (Il leva sa tasse pour demander une nouvelle rasade.) Ça, c'est triste. Mais j'étais content et je n'éprouvais pas le besoin d'aller où que ce soit ni d'acheter quelque chose. La plupart du temps, presque chaque fois, j'avais un nouveau projet à monter, et j'aimais bien ça. Je pensais parfois à mon père. Il aurait aimé certains des boulots que j'avais, mais surtout, je prenais des notes sur ce que je devais mieux faire la fois suivante, sur ce que je devais refaire, sur ce que je ne devais pas refaire, et je rentrais chez moi.

Darwin avait mis en route le réchaud à propane qu'ils avaient commencé à utiliser lorsque les soirées étaient devenues plus chaudes, et il avait sorti leur cocotte. Il était en train d'y couper un oignon et laissait tomber les morceaux dans le mélange frémissant.

— Tu veux du pain grillé ? demanda-t-il à son ami.

— Faisons-le griller dans la poêle, dit Art en lui tendant le plat qu'il avait sorti de leur caisse en bois.

Darwin coupa deux épaisses tranches de la miche au levain pendant que le beurre fondait et s'étalait sur l'acier brûlant. Il y jeta le pain et le promena dans le beurre du bout de son couteau.

— Je sais que tu ne t'es pas marié. Tu avais un chien ?

— Non.

Darwin but le fond de son whisky.

— Alors, ça, c'est vraiment pathétique.

Key rit doucement.

Une minute plus tard, ils sentirent l'odeur du pain qui brunissait sur les bords. Darwin remua le ragoût.

— Les oignons sont fermes, mais le ragoût est prêt.

Ils laissèrent le pain griller encore une minute, puis Darwin éteignit le feu et les servit dans deux bols émaillés.

— J'aime bien le pain un peu brûlé comme ça, dit Darwin.

Les bols étaient jolis sur la table bleue, dans la lumière des lanternes. Elles sifflaient doucement, et en refroidissant, le réchaud émettait de bruyants tic-tac.

— Il est assez bon pour ceux à qui il est destiné, ajouta Darwin en s'asseyant en face du colosse.

Ils mangèrent leur dîner et essuyèrent leur bol avec le reste du pain.

— Ma femme laissait toujours un morceau de pain, reprit Darwin.

— J'ai déjà vu faire ça, dit Art. Mon père avait cette habitude.

— Pourquoi faisait-elle ça ? Quand on était jeunes, on avait pourtant toujours faim. On mangeait et elle laissait une bouchée ou un morceau.

— Tu lui as posé la question ?

Darwin ne bougeait pas. Les visages des deux hommes se trouvaient au-dessus de la lumière des lampes et Arthur ne pouvait distinguer l'expression de son ami.

— Non, dit-il enfin. Je n'en ai pas eu l'occasion.

— Peut-être que c'est dans la Bible. Je connais pas bien ce livre, mais c'est peut-être écrit ?

— Fichue Bible, de toute façon, dit Darwin.

Il finit son whisky et en versa encore un doigt. Il se leva et emporta leur vaisselle dans la cuvette.

Arthur le rejoignit et prit les bols, les nettoya puis les rinça dans l'eau claire.

— J'ai l'impression que t'as envie de t'en prendre à la Bible, Darwin, mais c'était pas mon propos.

— Tu crois qu'il y a un dieu quelque part, dans ce misérable endroit ? demanda Darwin.

Il n'avait pas élevé la voix.

— C'est pas non plus une discussion que je peux avoir, lui dit Arthur Key. Il faudra que tu contactes des érudits pour ça.

— Sûrement pas, s'empressa de répondre Darwin.

Il y avait maintenant, dans le bourdonnement de la rivière, un autre son, ou quelque chose comme un son, qui se transforma en un rythme à peine audible comme une respiration, puis une ombre avança sur la route vers le campement. La silhouette tourna au portail, et Arthur et Darwin surent qu'il s'agissait de Ronnie. Il ne les voyait pas et lorsque Arthur cria son nom, il s'arrêta.

— Quelle heure il est ? demanda Ronnie de l'autre bout du campement.

— Viens. On est en train de boire un coup, dit Darwin.

— OK.

— Qu'est-ce que tu as fait ? Où est Traci ?

— Tout va bien.

— Viens.

— Ça va. Je suis rentré à pied. Je vais traîner un peu.

Ronnie se tourna, hésitant, puis il repartit vers le tas de bois. Quelques instants plus tard, ils virent le plafonnier du camion s'allumer puis s'éteindre et ils entendirent le claquement de la portière.

— Bon sang, dit Darwin. (Il leva la bouteille de whisky.) Encore un ?

— Ça fait une sacrée marche, lui dit Arthur. Tu devrais aller voir.

— On est en train de boire.

Darwin versa une rasade dans sa tasse.

— Je ne suis pas bon pour ça, dit-il. Je ne sais pas parler.

— Non, dit Art. Je ne peux pas. Je ne suis pas bon, moi non plus.

— Je suis pire, mon ami. Ce serait une erreur que ce soit moi qui y aille.

Les deux hommes restèrent assis dans le noir, à dessiner avec leurs tasses des ronds humides sur la grande table bleue.

Art attrapa la bouteille, s'en versa une goutte et la but aussitôt.

— On boit. Tu vas là-bas et tu lui parles. Si ça ne marche pas, j'essaierai.

— Il s'est installé dans le camion pour la nuit, dit Darwin. Quelque chose ne s'est pas bien passé en ville. Je ne saurais pas par où commencer, comment poursuivre, ni comment en sortir. Vas-y. Je te garde du whisky.

Arthur inspira et expira.

— Je vais faire une tentative.

Il se leva dans la pénombre et sentit immédiatement l'attraction qu'exerçait le ciel. Il ne se sentait pas à sa place, trop grand, trop loin du sol. Il attrapa une bouteille d'eau pour se sentir plus lourd et se rendit jusqu'au vieux camion.

Ronnie avait remonté les vitres et fumait à l'intérieur. Arthur frappa à la vitre côté conducteur. Ronnie ne tourna même pas la tête. Arthur frappa à nouveau.

— Hé, tu ne fumes pas.

Le jeune homme souffla une bouffée dans le pare-brise. Il ne voulait pas regarder Key. Le colosse attendit une minute, puis il saisit la poignée et approcha son visage très près de la vitre.

— Il vaudrait mieux pour toi que je ne fasse pas ça.

Ronnie finit par regarder son ami.

— Je fume. Je sais fumer.

— Que s'est-il passé ?

— Je suis rentré à pied. Je ne suis pas à ma place, là-bas.

— Tout le chemin ?

— J'ai marché. Beaucoup. Je suis monté avec un vieux schnock qui m'a emmené jusqu'à l'embranchement du pont.

— Est-ce que Traci va bien ?

— Je vais bien. Je vais rester ici un moment.

Ils parlaient toujours de part et d'autre de la vitre.

— Au sujet de quoi vous vous êtes disputés ?

— On s'est pas disputés. Pour de vrai, Arthur. Je sais pas ce qui m'est passé par la tête.

— Où êtes-vous allés ?

La respiration d'Art embuait la vitre et la cigarette de Ronnie avait rempli la cabine de fumée.

— On était chez elle. Marion est rentrée. On était en train de cuisiner.

Arthur Key se contenta d'attendre. Il resta immobile à côté de la fenêtre et mit ses mains dans ses poches, dans une posture d'attente infinie.

— Tu lui as dit ce que tu faisais ici ? Tu lui as parlé du boulot ?

— Elle sait tout ça.

— Descends la vitre. Tu vas étouffer.

— Je lui ai dit d'où je venais, je lui ai parlé de ma mère, de ma fugue.

Ronnie regarda Arthur. Son visage était défait. Il descendit la vitre et parla doucement :

— Je lui ai dit que j'avais été en prison.

— Comment elle l'a pris ?

— Mais pourquoi je lui ai dit ça ? Qu'est-ce qui déconne chez moi ? Je suis cinglé depuis que je suis arrivé ici. (Son éclat de rire parut forcé.) Je suis complètement à côté de mes pompes, ici. Bon Dieu, Arthur, je lui ai dit que j'avais fait de la prison.

— Et qu'est-ce qu'elle a dit ?

— On était en train de faire cuire des spaghettis et elle est allée dans l'autre pièce, et quand je me suis retrouvé seul, je me suis rendu compte de ce que je lui avais dit. On parlait juste du fait que son père avait été dur, et je suis tellement cinglé que je lui ai dit que j'avais été en prison. Quand elle a quitté la pièce, je suis sorti par la porte de derrière. Je suis dingue de lui avoir dit. Elle a connu que des sales types. Qu'est-ce qui va pas chez moi ? Pourquoi je parle ? J'ai marché deux kilomètres et un vieux m'a emmené jusqu'au carrefour. Et j'ai encore marché.

Ronnie avait éteint la cigarette et se frottait le visage de ses deux mains. Il poursuivit :

— Je vais pas raconter par le menu tous les détails de ma petite vie à cette fille. Je peux à la rigueur imaginer qu'un jour je lui raconterai mes cambriolages, les trucs que j'ai pris, mais on n'en est pas encore là. Je suis fou d'avoir fait ça.

Arthur Key avait baissé la tête, il respirait fort, puis il leva les yeux vers les grappes d'étoiles. Il regarda Darwin dans l'ombre, les petits points jaunes des bougies.

— Tu veux du ragoût ?

— Vous avez mangé ?

Key ouvrit la portière du camion et Ronnie descendit. Ses cheveux avaient disparu, coupés ras. Arthur Key posa sa main sur la tête de Ronnie.

— Elle t'a coupé les cheveux.

— Art… (Le jeune homme prononça le nom comme s'il faisait partie de sa terrible logique, tournant ainsi une page importante dans le livre de leur histoire.) J'ai foiré. C'est important. C'est seulement la deuxième chose importante dont je me suis jamais approché. La première, c'était ma fugue, et je le savais, lorsque je suis sorti de mon lit au milieu de la nuit chez ma mère et que je me suis habillé, je savais que c'était pas le même genre de conneries qu'avant, les petites conneries de gamin. Je savais que je le regretterais tout au long de ma vie, mais je suis parti. Je me suis enfui. Ma mère sait même pas où je suis, et ça fait sept, huit mois. J'aurais pu rester, passer devant le juge et retourner en prison. Je serais toujours en prison. J'allais prendre deux ans. Deux putains d'années.

Ronnie Panelli tremblait, un jeune homme qui pesait à peine soixante-dix kilos à un mois de ses vingt ans. Il serra les dents un instant, puis il se mit simplement à pleurer, debout et tremblant.

— Ronnie, dit Arthur Key. (Ils se tenaient debout dans les épaisses ténèbres, où l'air n'était que du vide grouillant de formes.) Tu étais un voleur. C'était une petite vie merdique. Personne ne s'attend à ce que tu ailles tout remettre à sa place.

Les épaules de Ronnie étaient agitées des plus gros soubresauts que des épaules puissent décrire, et ses mains enfoncées furieusement au fond de ses poches ne parvenaient pas à calmer ses pleurs.

Key poursuivit :

— Écoute, fiston. Prends une grande inspiration. Maintenant.

Key saisit le gamin par les épaules et les tira vers l'arrière pendant que Ronnie inspirait.

— Maintenant, souffle et reprends-toi. Tu vas la revoir. Vous parlerez. Le monde n'est pas si noir.

Ronnie frissonna. Il laissa sa tête tondue tomber contre la poitrine de Key pendant une fraction de seconde.

— J'ai beaucoup marché.

— Je sais.

— Vous êtes couchés ?

— Tu lui as dit que tu étais un voleur, mais tu as laissé tomber cette vie. Dis-lui la vérité. Tu es charpentier.

— Je suis pas charpentier.

— Tu ferais mieux de l'être. On a du boulot ici, demain.

— Oui, je sais, dit Ronnie.

Il était épuisé. Key entendait dans l'obscurité la bouilloire sur la table de cuisson tandis que Darwin remuait ce qui restait du ragoût.

— Tu veux du pain grillé ? C'était une sacrée marche.

— Je mangerais bien. J'ai vu des cerfs. Quatre grands mâles juste à côté de la route.

— Tu as vu des serpents sur le chemin ?

— Pourquoi ils font ça ? C'est le genre de conneries que je supporte pas, ici. Un putain de serpent planté au milieu du chemin.

Ronnie s'assit à table. Les deux bougies illuminaient les contours de toutes choses.

— Merci beaucoup, dit-il tandis que Darwin posait une grosse cuillère à côté de la cocotte émaillée.

— C'est une bonne idée, cette coupe de cheveux, dit Darwin. Ça te va bien.

Ronnie leva la main à ce souvenir, et il sourit malgré lui.

Key s'assit à son coin de table et fit son possible pour éviter le regard de Darwin, mais à la fin d'un jour comme celui-là, une solide complicité n'allait pas manquer de s'installer. Ronnie était absorbé par son ragoût. Avec ses cheveux courts et son visage tout plat dans la lumière jaune de la bougie, il ressemblait à un enfant. Darwin fit un signe de tête au colosse et dit :

— Tu t'es bien débrouillé. Moi, je serais encore là-bas, à parler au camion.

Lorsque Arthur leva les yeux, Darwin ajouta :

— Prends une grande inspiration. Le monde n'a pas fini d'attendre.

13

Le téléphone sonna à 3 heures et demie du matin. Arthur Key, qui avait passé la nuit à attendre sous une fine membrane de sommeil, posa les pieds par terre après la première brève sonnerie. Son sommeil, pareil à une attente, n'était jamais réparateur. Depuis son enfance, Art vivait dans un état de tension permanente, une sorte de vigilance, d'empressement pour la journée qui s'annonçait, mais cette année, cet état s'était inexorablement aggravé. Son travail et les longues journées sur le plateau l'aidèrent d'abord à dormir une heure, puis deux toutes les nuits, mais il se réveillait trop tôt avant le jour et restait chaque fois allongé en attendant l'aurore. Maintenant, il faisait nuit noire dans la tente, frais mais pas froid, et il enfila rapidement son pantalon puis ses chaussures, sans chaussettes. Il adorait faire irruption dans le monde tous les matins, et même maintenant, avec le téléphone dont la sonnerie faisait le bruit d'une poignée de pennies en train de tomber dans un bocal en verre, il se tint sous le grand dais étoilé et inspira jusqu'à ce que ses épaules se soulèvent. Du coin de l'œil, il saisit un mouvement et se tourna vers la table commune. Dans la pénombre, aucune forme ne bougea et Key lui-même resta immobile. Le téléphone sonna à nouveau, et Arthur vit tourner une ombre tandis qu'un coyote, caché sous la table, apparaissait dans le clair de lune et regardait l'homme. Un autre surgit et les deux animaux, sans faire le moindre bruit, s'éloignèrent en décrivant un grand cercle et en contournant les tas de bois avant de disparaître.

Arthur Key alla jusqu'au téléphone et colla l'écouteur contre son oreille. À cette heure, les plaques d'étoiles s'étaient fendues et glissaient en s'inclinant les unes contre les autres. Il vit la poignée incurvée de la Grande Ourse posée tout droit sur l'horizon noir au loin.

— Dean ? dit une voix au bout du fil.

C'était une femme. Arthur Key parvenait à imaginer la pièce dans laquelle elle se trouvait car il entendait des paroles et de la musique en arrière-fond. Il ne répondit pas. Il se frotta les orbites avec deux doigts puis leva à nouveau les yeux vers le ciel, déploiement inconcevable. Appuyant sa tête contre la surface rugueuse du poteau téléphonique, il s'en servit comme d'un repère pour compter les satellites au loin, quatre, cinq, six.

— Dean. Tu es là ?

La voix de la femme était déformée. Key comprit qu'elle était probablement ivre.

— Bonjour, dit-il. Vous vous êtes trompée de numéro. Je suis désolé.

Avant qu'il ait pu raccrocher, elle dit :

— Une minute..., s'il vous plaît.

Key entendait sa respiration, ses efforts pour étouffer un sanglot.

— Accordez-moi cette faveur. Faites-moi juste ce plaisir, ce sera le seul. Faites venir Dean au téléphone et dites-lui de me parler. C'est Pam.

Key écouta le bruit en arrière-plan. Un homme à l'autre bout de la pièce en train de donner des instructions à quelqu'un, des rires, les échos rythmés de la musique.

— Je veux entendre sa voix.

— Il n'est pas là, dit Arthur Key. Vous êtes dans l'Idaho.

— L'Idaho, répéta la femme sur un ton neutre. (Elle rit.) Vous êtes adorable. L'Idaho. C'est le plus gros mensonge que j'aie entendu ce soir. Vous avez compris que j'ai besoin de parler à Dean ?

— Écoutez, dit Key.

Cela faisait cent jours qu'il n'avait pas parlé dans un téléphone.

— Je vais vous supplier, disait maintenant la femme, dont la voix grimpa dans les aigus et se brisa. Il sait que je vais supplier. Je vous en prie. Vous m'entendez supplier ?

Key plaqua l'écouteur contre sa cuisse. Il se tourna et vit les coyotes passer le portail au petit trot, prendre la route de la ferme et disparaître dans les pâturages. Il faisait encore noir de l'est jusqu'à l'ouest, la voûte céleste était parsemée de flottilles d'étoiles. Un feu se mit à luire à une petite centaine de kilomètres au nord sur l'horizon. Art releva rapidement l'écouteur contre son oreille et dit :

— Dean est allé à Sacramento pour un mariage. Il rentrera vendredi. Il veut avoir de vos nouvelles.

Sur ce dernier mot, il reposa l'écouteur sur le crochet et referma le couvercle métallique de la boîte. La première brise légère balaya ses cheveux d'une chaude caresse dans la nuit fraîche qui embaumait la poussière d'argile et la rosée. Il n'aimait pas porter ses chaussures sans chaussettes. Il allait se chercher des chaussettes propres, s'habiller correctement et mettre le café en route. Il était tôt, mais il allait commencer à préparer le café.

Pendant la période Los Angeles, il y eut presque une année durant laquelle Alicia et Gary rendaient visite à Arthur deux et parfois trois fois par semaine, apportant du vin meilleur que ce qu'Arthur buvait habituellement (parce qu'il buvait très peu, généralement juste un whisky en fin de journée avec Harry), et des cadeaux, des fleurs – Alicia se comportait en maîtresse de maison dans son appartement –, deux tapis persans qui étaient bien au-dessus de leurs moyens, et même une fois, une paire de mocassins Gucci avec les commentaires de Gary : c'est l'idée qu'Alicia se fait de ta nouvelle vie. Quand il les portait, par la suite, Alicia se rapprochait de lui. Ils aimaient Los Angeles. Gary réussissait bien comme représentant de commerce et Arthur se disait : Gary est fait pour ce métier. Il ne passait pas inaperçu, il faisait d'emblée forte impression, et après cela c'était son nom qui venait en premier à l'esprit des gens.

Mais Gary avait attrapé le virus du cinéma. Arthur le comprit. Pendant un moment, il se dit que faire participer Gary à quelques événements, l'emmener avec Alicia à des fêtes, suffirait peut-être. Ils iraient quelque part, sur la terrasse se trouveraient trois stars de cinéma et Gary pourrait en faire mention dans ses coups de fil pendant un mois, et même plus. Arthur cessa donc de jeter les cartons d'invitation très chers qu'il recevait toutes les semaines, des enveloppes argentées contenant un paquet de matériaux quelconques qui se dépliait ou tournait comme un vire-vent ou devenait un personnage de film ou un château de cartes ou une carte au trésor dorée, parfois équipée d'une puce qui faisait de la musique ou d'un hologramme. Des invitations représentant cinquante heures de travail. Il se mit à les lire. Si la Paramount donnait une de ses réceptions ridiculement fastueuses, il y allait et emmenait Gary et Alicia. Une fois là-bas, Arthur se trouvait un endroit et s'y posait, il parlait aux trois ou quatre cadres de studio avec lesquels il communiquait régulièrement. Parfois un acteur se pointait et se rappelait avoir été suspendu la tête en bas dans le train qu'il avait conçu, ou une autre chose du même genre. Ce fut à une soirée donnée à Mulholland Drive, chez une actrice, que Gary se vit offrir le ticket qu'il désirait.

L'homme qui respectait Arthur plus que toute autre personne en ville était le cascadeur le plus âgé du métier, Damon Sloan. Il avait commencé tout jeune, à la fin des années 1940, et une fois, il avait voyagé sur l'aile d'un avion en se tenant seulement à une ceinture. Il n'accomplissait plus de tels exploits désormais, mais il s'arrangeait pour en donner l'impression, et dans ce domaine, il bâtissait sa réflexion exactement comme Key. La faiblesse de cet homme n'était pas la sécurité; c'était les femmes. Ce fut à la fin d'un après-midi dans le jardin en terrasses sur Mulholland Drive que Sloan rencontra Alicia, grâce à un plan qu'elle avait ourdi. Elle se suspendit à son bras (bien que, pour être à son bras, elle n'eût pas besoin de faire quoi que ce soit de plus que de porter son petit pull blanc à rayures, ce qu'elle avait fait intentionnellement, bien entendu) tandis qu'ils buvaient, elle son champagne, lui sa bière brune. Gary et Alicia connaissaient Damon Sloan; son site web était une mine d'archives cinématographiques. Il siégeait au jury de Sundance et connaissait tous les véritables cinéastes indépendants du moment. Ils riaient dans la lumière brumeuse de la fin de journée lorsque Gary arriva et se présenta, et un autre verre plus tard, ils projetèrent d'aller dîner une fois que Penn & Teller auraient bouclé leur campagne de promotion avec leur spectacle de magie destiné aux deux cents personnes qui avaient contribué à ce dernier film.

Arthur Key se tenait à l'écart. Il détestait Penn & Teller tout en considérant que c'était une faiblesse de ne pas les aimer. Lorsque Alicia et Gary avaient entendu dire que Damon serait à la soirée, elle avait attrapé le téléphone et s'était mise à appeler tous azimuts.

Mais Arthur détestait la magie. Elle rendait les gens négligents et trop confiants et il n'avait qu'une tolérance très faible pour tout ce qui ne tenait pas compte des relations de cause à effet. Aujourd'hui, tout tournait autour du verre. Ils jouaient avec le verre, le jetaient, passaient leur poing à travers. Arthur Key hocha la tête pour lui seul. Quel idiot il faisait, quel idiot tristement pathétique. C'était juste un spectacle de magie, mais il avait envie d'attraper Penn, puis Teller, et de leur dire : Arrêtez de jouer avec le verre. Racontez plutôt une histoire drôle. Arthur Key avait beau travailler sur les films, il détestait les soirées.

Alicia s'approcha, le prit par le bras et lui dit qu'ils s'en allaient avec Damon Sloan. Il ne commenta pas. Il répondit qu'il les verrait plus tard. Il n'avait pas confiance en ses propres opinions et il savait qu'il manquait quelque chose de marrant. C'était ça, l'expression. Marrant. Il avait repensé à ce moment, à cette soirée, de nombreuses fois durant cet été sur le haut plateau désertique de l'Idaho.

Ce fut à ce moment-là qu'il comprit, c'est du moins l'impression qu'il en eut par la suite. Un des blocs sur lesquels il s'appuyait avait glissé et il l'avait laissé glisser. Il avait construit sa vie et maintenant, quelque chose, Alicia, était apparu, il ne la méritait pas et il n'arrivait pas à faire cadrer ce nouvel élément dans sa tête. Pendant cette soirée à Hollywood, le soleil avait éclairé le profil du joli visage d'Alicia. Elle s'était tournée vers lui et lui avait dit : "J'aime tes chaussures", elle était montée sur la pointe des pieds, l'avait embrassé sur la bouche pour lui dire au revoir, et il avait senti que cela commençait juste là. Il avait regardé Gary et Alicia partir avec Damon Sloan, et il savait ce que Gary allait faire et ce à quoi cela allait aboutir – c'est du moins l'impression qu'il en eut par la suite. Il se rappelait la sensation d'Alicia contre lui et le battement de cœur que cela lui avait coûté – c'est du moins l'impression qu'il en eut par la suite. Quand ce moment lui revenait en mémoire, il en restait figé sur place, incapable d'arrêter l'engrenage, et son incapacité lui coupait le souffle.

Alicia était tendre et amusante, elle lui parlait de très près en chuchotant avec une telle familiarité qu'il ne pouvait s'empêcher de croire qu'elle le connaissait mieux que quiconque. Pendant un mois, elle avait joué à ce qu'elle appelait sa recherche cardiaque, cherchant son cœur, fouillant sous sa chemise en disant :

— Où est votre cœur, monsieur ? Où est-il ? Allez… (Et elle le fouillait, devant, derrière.) Allez, laissez-le-moi. Il est tellement à moi. J'ai décidé de le prendre, mais où est-il, je me le demande…

Il n'était pas bon aux jeux et n'avait aucune réponse à lui donner, mais il se laissait faire docilement tandis qu'elle le touchait. Elle souriait, ses mains sur son visage, les lèvres closes en un sourire qui ne pouvait être, pour Arthur, qu'assurance, confiance, certitude.

Chez lui, Alicia se comportait comme une hôtesse tacitement reconnue. Elle connaissait l'actualité d'Art, ses projets, et elle le revendiquait. Elle s'exprimait comme son associée dans ces domaines. Alicia mettait la table, disposant avec soin tout objet que les visiteurs pourraient toucher. Alicia parlait pour Art quand l'occasion se présentait, comme s'il n'y avait qu'elle qui le comprenait. Alicia elle-même s'en rendait compte, mais elle ne pouvait pas s'en empêcher. Même Gary la mettait en garde, et le vendredi suivant, elle recommençait. Elle possédait une clé de son appartement et elle y était parfois lorsque Art et Gary arrivaient.

Un soir, Gary les rejoignit tard chez Arthur, haletant. Il avait le grand sourire qu'Arthur lui connaissait ; cela signifiait toujours qu'il venait de quitter son emploi. Il tenait un sac à provisions blanc contenant deux bouteilles de Dom Pérignon.

— Je veux vous expliquer ça soigneusement, dit Gary en s'asseyant à la table devant les pâtes aux fruits de mer, parce que nous sommes en compagnie de mon frère, le technicien.

Il versa le champagne verre après verre. Il posa la bouteille et leva sa flûte jusqu'à ce qu'ils trinquent tous.

— À mon illustre nouvelle carrière, dit-il.

Ils attendirent.

— Tu as vu Damon Sloan ? demanda Alicia.

— Oui. Et vous avez devant vous le tout nouveau membre de l'historique et vénérable association des cascadeurs et acteurs, dont j'ai la carte provisoire dans mon portefeuille.

— Qu'est-ce que tu as fait ? dit Arthur.

Il était déjà distrait par la proximité d'Alicia, par ses sentiments pour elle dont il ne savait rien, et il n'était pas prêt à voir son frère perdre les pédales.

— Voilà ce que je fais, commença Gary. (Il se mit à agiter les mains au-dessus de la table.) Je conduis ce cabriolet Mustang noir de 1966 entre les avocatiers. Ça prend au moins deux jours, selon qu'ils tournent depuis un hélico ou pas, et le temps que j'arrive dans la cour du ranch, j'ai gagné plus d'argent que le mois dernier.

Il passa sa main au-dessus de la flamme de la bougie.

— Ensuite je traverse la barrière en flammes, toujours au volant. (Il souriait et il les regarda tous les deux.) Ça, ça prend au moins une journée. Ensuite, je traverse la maison en flammes... (Sa main glissa au-dessus de la seconde bougie.) Et ça, ça prend quatre jours, parce qu'il y a six plans différents avant que j'arrive de l'autre côté, avec la banquette arrière pleine de poulets, rôtis, bien entendu. (Il but son champagne.) C'est un rêve et je le touche du doigt. Ma carrière est lancée.

Art dit doucement :

— Qui fait ce film ?

— C'est un film indépendant. Les types viennent du Texas. Ils ont fait deux *beach movies* à Corpus Christi.

— Quel est le titre du film ?

— *The Golden Road.*

— Ouah, dit Alicia. Félicitations.

— Est-ce que Damon fait partie du projet ? demanda Arthur.

— Il connaît les gars, enfin, l'un d'eux.

— Quand est-ce que ça se fait ?

— Demain.

— J'irai avec toi. Qu'est-ce qu'ils utilisent pour le feu ?

— Art, dit Gary en posant sa main sur le poignet de son frère. Ne t'inquiète pas. Laisse-moi faire. Je vais tout passer en revue avec eux, deux fois, je te le promets. Je peux pas me pointer là-bas avec mon grand frère. C'est vraiment une très belle occasion et elle pourrait mener à des tas d'autres très belles opportunités. (Il passa son bras autour d'Alicia et l'attira contre lui.) Laisse-moi m'en occuper, grand frère. Souhaite-moi le meilleur, parce que c'est le meilleur qui s'annonce.

Il tapota la main de Key et leva son verre à nouveau, le tenant en l'air jusqu'à ce qu'Arthur lève le sien. Arthur Key voulait dire quelque chose, mais il avait une barrière enflammée dans la tête et il était incapable de la franchir.

Avant qu'il puisse appeler Alicia, tout était bouclé. Gary accepta le job. Il était parti à côté de Sacramento pour filmer ses cascades, lorsque Alicia vint dîner, et pendant qu'ils faisaient la vaisselle ensemble, Arthur et elle tombèrent dans les bras l'un de l'autre. Il était fatigué, angoissé, et en un instant, il passa de l'égarement à la plénitude, soulagé de constater qu'il ne pensait plus. Dans ses bras, elle dit :

— Il m'épuise. (Elle se pencha pour l'embrasser.) Je veux quelque chose, maintenant. Ne parle pas.

Tout sens de la mesure avait été perdu depuis longtemps. Il ne connaissait plus qu'une chose, le désir qu'il avait d'avoir cette femme contre lui à nouveau, encore plus pleinement. C'était comme de la magie, pire que de la magie. Ses mains étaient à leur place sur les reins d'Alicia, et il y avait d'autres choses qui lui paraissaient naturelles d'une manière ou d'une autre. À un moment il prit la décision de poursuivre avec elle et d'y aller.

Le jour suivant, avant qu'il puisse retrouver ses esprits et comprendre ce qu'il ressentait, elle arriva à son bureau et le ramena à son appartement, et le moment revint, à la fois nouveau et familier, si loin de la gravité qu'il connaissait et dans laquelle il vivait. Ce fut insouciant, comme la veille, des actes comme aucun de ceux qu'il avait jamais commis, des actes sans égard pour les niveaux de tolérance ou les distances de sécurité. Ils étaient là-bas, ensemble, lorsque retentirent les appels téléphoniques.

14

DARWIN était accroupi dans la terre avec la visseuse, en train de fixer les montants sur le garde-fou. Chaque section faisait trois mètres, le haut et le bas étaient constitués de poutrelles de 5 par 10. Les barreaux extérieurs étaient en place et il progressait vers le milieu comme s'il construisait une échelle. Ces barreaux seraient installés avec des charnières sur tous les côtés du périmètre de la rampe. Il était midi, c'était un jour sec du mois d'août, et le bois brut portait les traces de sa sueur qui gouttait. Il essuya de son pouce la transpiration qui coulait sur son œil et leva les yeux. Le dernier panneau de contreplaqué de la pile posée sur le plateau descendait vers la rampe en bois de Rio Difficulto. Le thermomètre rond et blanc que Darwin avait accroché au poteau téléphonique indiquait 31 °C. Ronnie portait la dernière planche maintenant, de la même manière qu'il avait transporté chacune d'elles ces derniers jours, et Darwin trouva que c'était un beau panneau de matériau grenu, un gant dessus un gant dessous, qui avançait vers le bord du canyon sur deux jambes. Le vent avait cessé. Il avait joué avec Ronnie toute la semaine, l'avait poussé pour le faire tomber, et tiré avec une force extraordinaire, jusqu'à ce qu'il devienne un navigateur expert en contreplaqué, capable de lire la pression et de se glisser dans le courant quel que soit l'angle exigé pour ne pas être renversé. Le ciel était un œil sans relief, dont le centre était une flaque d'un bleu saisissant, cerné à 360 degrés par l'horizon pâle, presque transparent.

Arthur Key était couché à plat ventre dans la flaque de lumière du soleil sur le plancher de la rampe, en train de marquer les parois verticales à l'aide d'un gros crayon rouge de menuisier aux endroits où seraient fixées les charnières pour la balustrade. Il avait conçu une rambarde escamotable, et les fragments de la chose étaient posés dans la sauge sablonneuse. Darwin arrivait au bout de sa tâche. Lorsqu'il vit Ronnie approcher, Key se leva, alla le rejoindre et prit dans sa main la tranche avant du panneau pour le guider jusqu'à la plateforme, où ils le posèrent sur leur grand plancher plat en bordure du dernier espace vierge. Le rectangle de terre nue était pour les deux hommes comme la dernière pièce du puzzle de l'été. Ils avaient vissé les deux pièces extérieures, parce que Key voulait que tout s'ajuste parfaitement : le côté gauche, le côté droit, et ensuite, la pièce du milieu, parfaite. C'était un défi, et lorsqu'ils eurent fini de visser les deux panneaux de contreplaqué de part et d'autre, Arthur Key avait dit :

— Maintenant, on va voir de quel bois on est fait.

— T'as de ces expressions, dit Ronnie à son ami.

Ronnie donna quelques coups de pied dans la rampe pour la caler, puis il monta dessus et dit à Arthur Key :

— Attendons Darwin, c'est lui qui la posera.

Key hocha la tête.

— Faut bien lui laisser quelque chose à faire, ajouta Ronnie. Je suis fatigué, moi.

— Il vaudrait mieux que tu le sois pas, lui dit Key. T'as de l'asphalte qui arrive demain.

Il montra du doigt l'approche nivelée bien lisse qui allait jusqu'à la route du ranch.

— L'équipement lourd, c'est ma spécialité, dit Ronnie. Cette rampe va être tellement solide qu'on va avoir du mal à balancer leur petit rouleau compresseur dans la rivière.

— Ne te sous-estime pas. (Arthur descendit du plancher en bois et souleva une section de la rambarde.) Préparons les trous, comme ça on pourra finir demain.

Ils avaient poncé la rampe tout entière depuis le bord du canyon, soit quatre mètres sur seize, égalisant et polissant minutieusement en reculant vers la terre ferme. Arthur avait mis deux jours à poser les trois premières plaques. Le bord d'attaque était parfaitement ajusté à la traverse supérieure de la solide armature en dessous, mais l'angle arrière était mauvais. Arthur avait frappé avec une barre deux fois de chaque côté, ajustant l'inclinaison jusqu'à ce qu'il obtienne 12 degrés exactement. Cela impliquait d'intercaler une toute nouvelle poutrelle par-dessus la sous-structure de traverses, mais tandis que la pénombre s'installait ce soir-là, il vit que c'était bien la chose à faire, et Ronnie serra les vis à fond. Ils enfoncèrent deux douzaines de vis de 10 centimètres dans chaque plaque de contreplaqué, étayant les côtés pour en faire un plancher sans jointure.

La sous-structure en porte-à-faux était composée de traverses ajustées de trois mètres de long, encochées et coupées avec précision, chaque pièce taillée sur mesure à partir du dessin qu'Arthur Key avait établi durant tout l'été. Tout était de lui, du début à la fin. Il avait parcouru le bord du canyon jusqu'à ce qu'il trouve l'endroit où la partie en surplomb pourrait être la plus longue. Il avait placé les jalons un mois auparavant, puis ils étaient allés creuser huit trous de 1,20 m de profondeur dans la paroi, essayant toujours d'approcher cette profondeur malgré la dureté de la roche. Cette tâche leur avait pris trois jours, et lorsque les trous avaient été fin propres et fin prêts, Arthur Key avait disposé toutes les traverses par terre, composant une sorte de dessin éclaté. Ronnie avait codé chaque montant vertical et chaque barre transversale avec de la peinture en bombe jaune et rouge, et tout l'assemblage ressemblait à un kit monstrueux composé de vingt longs madriers noirs avec des encoches parfaitement découpées pour l'assemblage, posés sur le plateau sableux. Les hommes avaient leurs boulons de carrosserie de 12 centimètres dans deux seaux en métal galvanisé.

Ronnie avait fini de ranger les outils d'excavation et de laver les pelles, et il avait garé le petit tracteur à l'endroit où se trouvait autrefois leur tas de bois. Il alla jusqu'à la table et se servit un verre d'eau. La saleté s'était incrustée dans ses mains et formait une croûte autour de ses poignets, et il avait envie de se laver. Il en était venu à aimer la fin de la journée, le gros morceau de savon industriel posé sur le bord de la cuvette, l'eau chaude mousseuse et le rinçage à l'eau froide. Une brise vespérale s'était levée en brèves rafales et les lapins étaient couchés dans la sauge, les oreilles plaquées en arrière. L'été paraissait s'être immobilisé et le temps s'était chargé de cumulus empilés comme des meules de foin dans la fausse pénombre de l'après-midi, illuminée par les éclairs dans les moutonnements noirs si loin qu'il n'y avait pas de tonnerre, seulement des flashs intermittents. Certaines nuits, l'orage éclatait malgré tout au-dessus de la gorge et les éclairs avançaient jusqu'au-dessus de leur tente, l'orage comme une foule piétinante, la pluie déchirant la nuit, de grosses gouttes, une heure de déluge puis plus rien, et l'odeur d'ardoise propre dans la sauge fouettée. Le ciel prenait quatre tons de bleu d'est en ouest – une plaque à la dérive –, et au nord, il était noir, piqueté d'éclairs au-dessus des montagnes au loin. Il était 8 heures et il ne ferait pas nuit avant une heure. Ronnie vit Darwin quitter des yeux les tranches de viande qui grésillaient sur le grill. Ils regardèrent Arthur marcher entre les barres de la structure, se penchant de temps en temps pour donner à une des traverses un coup de la grande râpe qu'il tenait à la main.

Ronnie dit :

— Ça m'a l'air bien.

Darwin recouvrit les steaks de rondelles de pommes de terre, puis il enferma le tout sous le couvercle émaillé de sa cocotte en fonte.

— Il a carrément fait les choses à la perfection, dit Ronnie. Mais je vais aller voir. Il va vouloir qu'on vérifie les ajustements encore une fois.

— Allons voir.

Arthur marchait au milieu des morceaux de bois, arrachant un éclat par-ci par-là du bout de sa chaussure et passant de temps à autre une ou deux fois la râpe sur les extrémités taillées. Les hommes étaient tous fatigués et aucun d'eux n'avait bu assez d'eau. Ils avaient travaillé depuis midi sans échanger un mot pour finir les trous dans la paroi. Lorsque Ronnie arriva, il se tint derrière Arthur et attendit. Chaque fois qu'Arthur se penchait et tournait une pièce avec une encoche, Ronnie soulevait et emboîtait la pièce complémentaire. Ils vérifièrent ainsi toutes les pièces. Les poignets de Ronnie étaient couverts d'égratignures causées par la manipulation des pièces de bois brut. Il avait marqué les entailles avec la tronçonneuse et avait ensuite évidé les grandes encoches avec un coin et une masse. Aucune d'elles ne s'était creusée proprement, et Arthur lui avait montré comment utiliser le gros ciseau pour nettoyer chaque jointure. Les morceaux s'assemblaient d'équerre et parfaitement, si bien que lorsque les poutres furent emboîtées, il fallut qu'Arthur Key les sépare en y donnant des coups de pied.

— Tu n'auras même pas besoin de les visser, dit Darwin.

— Ronnie les a coupées comme il faut, dit Key. (Il savait que Darwin plaisantait.) Mais on va les visser, au cas où.

Les trois hommes se tenaient dans le noir au milieu des morceaux de bois, comme des silhouettes dans un puzzle nocturne. Le seul bruit était le frottement du vent et le grésillement constant du plat sur le feu. Ils attendaient un mot d'Arthur leur signifiant que la journée était finie.

— Tu voulais que ce soit bien fait, dit Arthur à Darwin.

— On le voulait tous. C'est du bon boulot.

— Il va falloir y aller doucement avec cette grosse clé, dit Arthur à Ronnie.

Il l'entendit tandis qu'il la prononçait – la première phrase inutile en cent jours. Ils l'entendirent tous.

Ronnie s'apprêtait à répondre, mais Key dit au jeune homme :

— Tu connais ton boulot. Allons manger. On assemblera tout ça demain.

C'était la veille au soir. Maintenant, dans la chaleur blanche et écrasante du cœur de l'été, Arthur Key ne put se retenir. Il donna un coup de pied dans la dernière planche de joli contreplaqué presque carrée pour la mettre en place.

— On le laissera la visser.

La plaque cogna contre le dernier madrier et s'immobilisa. Elle s'ajustait parfaitement en haut et sur le côté, mais elle était un peu décalée par rapport à sa voisine.

— Oh oh, dit Ronnie à Arthur. Voilà de quel bois on est faits ! Tu peux revoir tes calculs.

Key posa un genou par terre et examina la jointure.

— Viens voir, dit-il à Ronnie.

Ronnie s'accroupit et vit qu'il y avait un jeu d'un demi-centimètre.

— Quand même, dit-il. T'étais pas loin. Est-ce que je force ? Je vais chercher un plus gros marteau.

— Non. Pas question, dit Arthur en l'aidant à se relever et en contemplant tout l'édifice, le plancher clair de la rampe de Rio Difficulto. Laisse, on verra.

Ronnie regarda le visage de Key.

Arthur sortit un crayon de menuisier jaune de sa poche et tira une ligne tremblotante en travers de la rampe, à 60 centimètres de l'endroit où celle-ci touchait le sol.

— Demain, tu couleras l'asphalte jusqu'ici et on lissera ce côté jusqu'à ce qu'on ne sente plus rien du bout des doigts. Pas question que le dernier souvenir de cette pauvre fille sur sa moto soit une bosse.

Ils avaient soulevé un barreau de la balustrade et ils s'apprêtaient à l'attacher à l'endroit où elle se replierait lorsque Ronnie dit :

— Voiture.

Ils s'immobilisèrent tous les deux et regardèrent, mais il n'y avait rien sur la route du ranch, jusqu'aux collines.

— C'est une voiture.

Ronnie alla jusqu'à la table prendre son T-shirt noir et l'enfila.

Quelques instants plus tard, un véhicule apparut, traînant quelques nuages de poussière dans son sillage en approchant du plateau.

— Ces oreilles, dit Arthur.

C'était un 4×4 Escalade noir.

— C'est l'argent, poursuivit Arthur. Ne t'attends pas à ce qu'on te manifeste de la reconnaissance dans les minutes qui vont suivre.

Darwin sortit de son camion et fit un signe de la main à Key et Panelli. Deux hommes habillés comme des golfeurs sortirent du 4×4, puis une femme de petite taille avec une chevelure noire invraisemblable descendit du siège passager. Comme tous ceux qui arrivaient ici, les hommes et la femme restèrent là, à tourner la tête pendant un moment et à contempler l'endroit, réticents à se mouvoir dans un tel espace. C'était le moment de la journée où chacun piétine son ombre. Darwin les conduisit jusqu'au canyon.

— Voici les premières personnes qui vont se servir de ta barrière, Ronnie, dit Arthur.

Ronnie et lui étaient assis sur le bord de la rampe et regardaient les visiteurs s'avancer vers la gorge béante. Les hommes se tinrent devant la balustrade métallique en laissant une place entre eux pour la femme. Ils s'appuyèrent sur la barre supérieure avec leurs coudes, pétrifiés devant le spectacle. Dans la lumière de midi, le panorama était rouge pâle, vert pâle. Arthur Key était maintenant certain de reconnaître la femme. Elle était apparue trois ans auparavant dans une publicité spectaculaire pour une carte de crédit, pour laquelle Key avait dû faire descendre une grande roue dans une rue de banlieue avant que les infographistes ne terminent le boulot. Elle s'appelait Gabriella Smith et elle était depuis devenue célèbre en tant qu'icône du catch, une sorte de reine vierge, la meilleure d'entre toutes, pour laquelle tous se battaient. Elle avait trente-quatre ou trente-cinq ans mais en paraissait dix-neuf.

— C'est elle qui va conduire la moto ?

— Oui, dit Key.

— Elle est minuscule. Elle fait même pas cinquante kilos. (Ronnie gardait les yeux rivés sur elle.) Arthur, elle va peut-être y arriver.

Arthur Key regardait Darwin qui désignait maintenant l'endroit où les tribunes seraient érigées. Il montra ensuite la plateforme destinée à la caméra, puis à nouveau la rampe. À ce moment, les deux hommes levèrent la main pour saluer Arthur et Ronnie qui leur répondirent d'un signe de tête. La jeune femme avait toujours les yeux fixés sur le ravin.

— Si elle roule à 150 km/h lorsqu'elle arrive ici (Arthur tapota le plancher en bois), alors elle décollera avec la bonne vélocité, elle sera à 35 mètres au-dessus de l'aire de décollage exactement aux deux tiers de la traversée, et ensuite elle retombera avec son engin de l'autre côté avec une marge d'au moins douze mètres – si le vent ne dépasse pas 8 km/h –, mais elle ne pourra pas rester sur sa machine et elle tombera comme si elle avait sauté du neuvième étage d'un immeuble.

Darwin conduisait maintenant le groupe de l'autre côté du terrain, à l'endroit où se trouvaient Arthur et Ronnie. Arthur se mit à parler doucement.

— Elle a peut-être de petits os, mais elle va tous les casser.

— Bon Dieu, fit Ronnie. Vraiment ?

— Ce n'est pas la fatalité, Ronnie. (Arthur tendit son cahier au jeune homme.) C'est de la science.

Tandis que le groupe approchait, Gabriella Smith s'avança vers Arthur Key et lui tendit la main.

— Monsieur Key, dit-elle.

Arthur se tourna vers Darwin.

— On se connaît.

Tout le monde se serrait la main, maintenant. Les deux hommes étaient Brent Goodall et Adam Embry, les deux producteurs.

— Effectivement, reprit Gabriella. Voici un homme capable de faire rouler une grande roue.

— On dirait bien, fit Brent Goodall. C'est incroyable, ce que vous avez fait là.

Il balaya la rampe et toute la zone d'un geste de la main.

— Je ne savais pas que nous avions Art Key sur le coup, dit Adam.

— Personne ne le savait, dit Ronnie.

— Eh bien, je me sens mieux.

Gabriella n'avait pas lâché le bras d'Arthur. Il recula d'un pas et dit :

— Vous ne devriez pas.

— Vous allez vraiment faire ça ? demanda Ronnie aux visiteurs.

— Un défi lancé à la volonté divine, dit Goodall.

— Ce ne sont pas les forces divines qui agissent ici, dit Arthur Key. Il n'y a que nous.

La tâche de raconter ce qui était censé arriver le lendemain du Labor Day revint à Adam Embry, qui expliqua comment allait se dérouler l'heure qu'ils avaient prévue. Ce ne serait pas du direct, mais un léger différé, dit-il. Ils feraient venir deux ou peut-être trois des plus grandes stars mondiales du catch – il donna leur nom – et il y aurait un hélicoptère avec une caméra embarquée, en plus de celle qui serait sur la plateforme et de la caméra portable. Il planait encore une incertitude quant aux tribunes et au public, parce qu'on était vraiment au bout du monde, ici, et les gens du coin n'étaient pas coopératifs, pas intéressés, vraiment tout sauf coopératifs, et pour parler franchement, ils ne leur avaient pas facilité la tâche.

— On va monter les tribunes, dit Key. Elles seront là demain, en même temps que l'asphalte pour la piste. Elles iront là.

M. Embry parlait encore des interviews qu'ils avaient déjà enregistrées, presque quarante minutes, qu'ils intercaleraient entre les séquences tournées sur le site. Key prit Gabriella par le bras et l'emmena sur le petit chemin de terre. Ils marchèrent ensemble jusqu'à la route du ranch.

— Vous avez de l'expérience ? demanda-t-il.

— Ça fait un moment que je m'entraîne.

— C'est quoi, comme moto ?

Elle le lui dit. Ils se tenaient debout sur la route poussiéreuse qui menait au ranch. Ils voyaient Embry, debout sur la rampe, qui se retournait pour parler aux trois autres hommes.

— Il faudra que vous soyez à 65 km/h quand vous passerez le portail, lui dit-il. On va vous relever un peu le virage.

— Je peux le faire.

— Il ne faut pas qu'il y ait de vent, pas plus de 6 km/h quelle que soit la direction. S'il y a le moindre vent…

Il secoua la tête.

Gabriella Smith se mit à tourner lentement sur elle-même et décrivit un cercle complet. Elle donnait l'impression de ne jamais être immobile, d'être toujours prête pour la minute suivante avant même que la précédente ne soit passée. Ses cheveux jouaient avec la lumière du soleil tandis qu'elle bougeait, cinq nuances de châtain différentes, toutes brillantes. Il chercha à lire en elle quelque chose qui disait qu'elle était prudente ou effrayée, mais il ne vit rien. Pour Arthur Key, parler à Gabriella Smith sur le lieu même de l'événement représentait le point culminant de l'été – il le sentait dans ses entrailles. On y était, et il portait sur ce panorama le même regard que celui qu'il avait porté sur tous les projets qu'il avait refusés pour la téléréalité.

— Quel endroit, dit-elle.

Arthur Key se tenait maintenant les mains dans les poches sous le chaud soleil.

— Est-ce vous qui avez fait tout ça ? demanda-t-elle. Depuis combien de temps êtes-vous ici ?

— Demandez-leur de démonter complètement la moto. Ils peuvent tout enlever et la peindre en argent s'ils veulent, mais il faut qu'ils la démontent entièrement.

— Je suis équipée, vous savez. Un petit parachute, au cas où, et je sais m'en servir. Et tout est rembourré.

— Vous n'avez jamais sauté aussi loin.

— Mais j'aurais pu. Et ici, il n'y a rien qui fasse obstacle. Pas de bout de ferraille, pas de voitures, pas de feu, pas de foule.

Il la regarda. C'était le genre de femme qu'il ne cessait de rencontrer à Los Angeles : toutes belles de la même manière, intelligentes, ambitieuses, avides de célébrité. Finalement, elles étaient tout à la fois vulgaires et singulières. C'était ce qui l'avait le plus troublé en Californie, ces gens qui recherchaient la célébrité. Lui avait vécu sa vie d'une telle façon que chaque fois qu'une personne dont il ne se souvenait pas semblait connaître son nom, il en était troublé. Mais c'était précisément ce que son frère avait recherché, et son frère Gary avait le physique qui convenait.

— Non, dit-il en regardant à nouveau la petite femme à côté de lui. Il n'y a pas d'obstacle, pas de feu. Juste la rivière.

15

À 4 HEURES ET DEMIE du matin, Ronnie entendit un étrange cri dissonant, comme si on avait mis le pied sur un jouet qui couine, et il s'assit brusquement dans la tente. Puis il entendit un cliquetis de casseroles et un cri. Le cri était parfaitement identifiable – ils l'avaient entendu tous les trois jours depuis le début de la saison –, un lapin pris dans les serres d'un aigle ou d'un faucon, mais maintenant, dans la lumière bleue venant de l'est, Ronnie se tenait debout en caleçon sur le plancher devant la tente, dans l'aube naissante grise et granuleuse, et il regardait le coyote gris et jaune repartir en bondissant vers le portail, comme si ce chemin avait été tracé pour lui, un lapin entre les dents.

— Putain de merde, dit-il.

Il enfila ses bottes et se mit à marcher dans la sauge pour aller pisser contre le grillage bordant la route du ranch.

— Putain de merde, tu as raison, dit Darwin, faisant son entrée dans le jour tout en boutonnant sa chemise de coton.

C'en était fini du sommeil.

De l'intérieur de la tente, Arthur lança :

— Si tu ne les engraissais pas comme ça, ils auraient peut-être une chance de s'échapper.

Darwin avait mis le café en route, la flamme bleue du réchaud à propane sifflait, lorsque Key sortit de la tente.

Ronnie revint, les pieds flottant dans ses chaussures, les lacets bringuebalants.

— Tu auras pissé à chaque coin de cette propriété, lui dit Arthur. Ces coyotes doivent trouver l'odeur accueillante. Tu pourrais mettre ça en bouteille et t'en servir comme appât quand tu vas à la chasse.

— Vas-y, toi, t'as qu'à la mettre en bouteille, répondit le jeune homme.

— On a un boulot pour toi, Darwin, dit Arthur à son vieil ami. Apporte donc cette visseuse et une poignée de vis.

Arthur était habillé pour la journée avec une chemise en flanelle dont il avait coupé les manches un mois auparavant. Il partit en direction de la rampe.

— Quoi ? fit Darwin. Maintenant, on commence avant même le café ?

— C'est toi le contremaître.

Ronnie coupa à travers la sauge, toujours vêtu de son caleçon à carreaux verts, marchant à grands pas dans ses chaussures de chantier. Dans la fraîcheur du matin, ses bras étaient repliés sur sa poitrine nue.

— Ça doit être magnifique pour ce coyote, d'avoir un lapin nourri au pain comme ça. Tu es en train de modifier la chaîne alimentaire d'un bout à l'autre, Ronnie. Tu connaissais le nom de ce lapin ?

— Connard de coyote, dit Ronnie.

Il s'arrêta à l'entrée de l'énorme rampe en bois. La rosée de la nuit s'élevait autour d'eux, parfumée de sauge et de terre, et maintenant le ciel changeait à chaque minute, devenant plus pâle, plus clair, toujours plus clair.

— T'aurais pas dû rendre ce fusil, lui dit Key. Tu pourrais monter la garde.

— Et je descendrais ce salopard, dit Ronnie. Ces lapins font de mal à personne.

— C'est vrai, tu as raison, dit Arthur.

— Qu'est-ce que je dois faire ? demanda Darwin. Tu as dit que c'était la dernière planche ?

— Oui. La toute dernière. (Arthur Key tapota le contreplaqué du bout de sa chaussure.) On l'a gardée exprès pour toi.

Ronnie approcha.

— Regarde ça.

Le panneau s'encastrait très exactement dans son logement. Maintenant, l'ajustement était parfait. Key le regarda.

— J'ai compris, fit Ronnie. Elle a rétréci pendant la nuit. Félicitations, monsieur le génie.

Darwin, un genou en terre, enfonça les vis en les alignant les unes après les autres sur les planches adjacentes, chacune émettant un petit couinement en descendant jusqu'à ce qu'elle s'incruste dans le bois. Une fois rentrée la dernière vis, il se releva.

— Ta da, fit Ronnie, calmement.

Le plateau de la rampe ressemblait à une scène de théâtre, un sombre et bas rectangle se détachant sur les milliers de nuances roses des rochers de la paroi du canyon, en face.

— On a encore à faire cette rambarde et la peinture et l'asphalte et ces tribunes.

— Et on peut le faire, dit Ronnie. Je dis “ta da”. C'est la plus grande chose que j'aie jamais accomplie.

Key tendit la main et serra celle du jeune homme.

— Et c'est vraiment du bon boulot, dit-il.

Tous échangèrent une poignée de main dans les premières lueurs du jour, puis les trois hommes marchèrent sur la structure en bois. Ils avancèrent à petits pas jusqu'au bord du canyon. À mi-chemin, Key conseilla à Ronnie de lacer ses chaussures.

— Allez…

— Tu es sur un chantier. La sécurité d'abord. Je descendrai pas te chercher. Attache ces lacets et allons jeter un œil.

Il était difficile de fixer l'extrémité de la rampe et d'y stabiliser son regard. Le ruban ondoyant de la rivière tout au fond, dans l'ombre grise du matin, paraissait être juste en dessous d'eux et ne cessait de leur faire de l'œil, de les faire flageoler sur leurs jambes, ou du moins, c'était ce qu'ils ressentaient. Ronnie dut reculer d'un pas.

— Et qu'est-ce qu'on fait après ça ? Je vais avoir quoi, encore deux chèques ?

— Ou trois, dit Darwin.

— Ensuite, tu retournes à cet entrepôt de Pocatello avec ce marteau et cette ceinture à outils, et tu construiras des garages tout l'automne. Et ça t'emmènera quelque part, ça t'emmènera à l'étape suivante, lui dit Arthur. Tu pourrais ouvrir un atelier de fabrication de tables.

— L'étape suivante. C'est à ça que ça revient ?

Ronnie contempla la tente, le campement, la table.

— C'est toute la leçon, je crois.

Ronnie recula de deux mètres encore. Ses amis lui paraissaient statufiés sur le fond du ciel. Sa vue se brouilla et il se frotta les yeux avant de concentrer à nouveau son regard sur ce qui devint un vol d'oiseaux à la frontière de l'atmosphère.

— Qu'est-ce que c'est ? demanda-t-il, le bras levé.

Les hommes se retournèrent et Darwin dit :

— Des grues. Elles seront au Canada avant midi.

— Au Canada, fit Ronnie. J'avais oublié le Canada. Et c'est quoi, l'étape suivante, pour toi ? Qu'est-ce que tu vas faire ?

— Je vais finir la rambarde, dit Arthur. Et peindre ce joli contreplaqué pour que le mauvais temps ne l'abîme pas tout de suite, et ensuite, je ne sais pas. C'était un sacré été.

— On va manger d'abord, hein ? dit Ronnie.

Il avait toujours les yeux rivés sur le vol d'oiseaux, au loin.

— Tu rentres en Californie ?

— Je devrais. (Arthur Key se tourna vers Darwin.) Il est probablement temps d'aller faire ce que j'aurais dû faire il y a longtemps. Je crois que j'en suis presque capable, je suis presque prêt pour l'étape suivante.

Il testait les mots, et ils ne sonnaient pas tout à fait justes, remarqua-t-il, mais ils n'en étaient pas loin. Depuis qu'il avait raconté son histoire à Darwin en allant à Idaho Falls, Arthur se sentait clarifié et apaisé.

— C'est vraiment du bon boulot, dit Darwin. Tes piétements sont parfaits.

Ils avaient assemblé les madriers, emboîtant les extrémités dans les encoches à coups de masse, avant de fixer chacune avec deux boulons de carrosserie de 25 cm. Une fois l'ensemble achevé, ils avaient levé chaque côté avec des crics et coulé du béton dans les huit trous.

— Oui, c'est vrai.

— Ces traverses traitées vont survivre à la paroi rocheuse, dit Darwin. Tu as déjà construit quelque chose destiné à durer ?

Ronnie s'était éloigné du bord et il était maintenant à mi-chemin sur la rampe, à peu près au niveau de la falaise.

— Pas dans ce genre-là, répondit Arthur Key. La plupart de mes réalisations sont construites et ensuite détruites. Je n'ai jamais bâti une maison de toute ma vie. Il y a des années, on a tourné un film à Aspen. On a construit un toit ouvrant sur un chalet pour qu'on puisse regarder à l'intérieur, comme dans une maison de poupées. C'était une sorte de plaisanterie, on pouvait voir les gens dedans, en pyjama, tu vois le genre. Pour finir, ça a constitué neuf secondes du film, mais ça nous avait pris près de quatre semaines, et une fois qu'on a eu fini, on l'a démonté et on a remis le toit d'origine. À ce jour, il ne fuit toujours pas. Mais pendant qu'on était là-bas, on a ajouté une jolie terrasse dallée bordée de séquoia au chalet du producteur. Elle survivra encore cinq cents ans, qu'il neige ou qu'il vente. Alors, il est prêt, ce café ?

Ils voyaient le filet de fumée monter de la grosse cafetière émaillée. Key adorait voir cette vapeur. Il savait qu'elle faisait partie de ce qui lui avait sauvé la vie. À présent, pour Arthur Key, les matins étaient légèrement différents de ce qu'ils avaient été pendant presque cent jours. Il savait qu'il dormait maintenant, parce qu'il se réveillait, prêt à s'habiller et à mettre ses chaussures, et ce n'était qu'une heure plus tard que le sol se dérobait et que commençait la friction dans sa mémoire. Mais même à ce moment-là, le jour était inondé de lumière, et parfois, ce n'était même pas le travail, mais juste un café ou une conversation qui parvenait à le faire revenir dans le monde. Il savait qu'il n'était plus l'ombre qu'il était auparavant, mais ignorait jusqu'à quel point.

Les hommes redescendirent la pente de leur création et marchèrent sur la terre sableuse jusqu'à la table. Ronnie entra sous la tente pour s'habiller. Le ciel s'était éclairci et devenait maintenant un damier de nuages blancs insaisissables, qui apparaissaient en bataillons avant de disparaître avec l'entrée du jour. Ronnie regarda vers l'est et vers l'ouest à la recherche d'autres oiseaux, mais il n'y en avait pas.

Darwin versa le café et cassa des œufs dans la poêle. Il coupa rapidement quatre pommes de terre et les fit revenir dans du beurre.

— La crème dans le café est un privilège, et encore plus ici, dit Arthur Key.

Il disait cela tous les jours face à la gorge.

— Amen, fit Ronnie.

— Et toi, monsieur Darwin ?

— J'ai construit une maison, tu sais bien. Je crois même que tu l'as vue.

— Ah bon ? Où ça ? demanda Ronnie. Cette maison au ranch de Diff ?

— Tu l'as construite entièrement, des fondations jusqu'au toit ?

— J'ai raboté le flanc de la colline avec la petite chenille de Diff, une antiquité des surplus de l'armée.

— Tu as dû bien t'amuser.

Arthur Key était assis en face d'eux à la table bleue. Ronnie coupa trois grosses tranches de pain et les posa à côté du réchaud pour Darwin.

Le visage de Darwin s'éclaira un peu et il dit :

— Oui. Il a fallu toute la journée pour démarrer le vieux diesel et ensuite, seulement dix minutes pour dégager le terrain. Cet engin est toujours derrière le hangar de Roman, quelque part.

— Tu as aussi fait l'électricité et la plomberie ?

— Qui d'autre, à ton avis ? Ce n'était pas très compliqué et on avait le temps.

— Où as-tu découpé les poutres ?

— Sur place, au fond de l'atelier.

Arthur Key se tourna vers Ronnie.

— Et il les a encochées exactement comme on vient de le faire avec les nôtres, pas vrai ?

Darwin acquiesça :

— Oui.

— Tu les avais numérotées ? demanda Ronnie.

Darwin sourit.

— Oui.

— Eh bien, c'est du bon boulot. Une maison.

— Est-ce que tu avais construit cet endroit pour ta femme ?

— Elle n'allait pas quitter Elko pour vivre sous la tente. Elle avait vécu sous une tente et elle en avait assez. Vous devriez voir l'intérieur, voir ce qu'elle en avait fait.

— C'est une belle propriété, dit Arthur Key.

Son ami comprit où il voulait en venir et répondit :

— Je ne peux pas retourner là-bas.

— Tu peux passer à l'étape suivante, comme tout le monde. Diff a besoin de toi et c'est un bel endroit.

Darwin retourna les neuf œufs les uns après les autres et posa le pain sur la surface brûlante. Il brandit sa spatule en direction de la rampe.

— Qu'est-ce qu'on pensera de ça dans mille ans, à ton avis ?

Arthur Key se tourna vers la rampe en bois, et au bout d'un moment, il dit :

— Qu'est-ce qu'on en pense aujourd'hui ?

À midi, ils avaient monté la rambarde, à l'exception d'une portion de trois mètres, et le soleil avait teinté les épaules de Ronnie d'une remarquable couleur brune.

16

Ils firent un petit aller-retour en camion pour aller chercher du bois tôt dans la journée. La veille, au moment du dîner, Darwin avait dit qu'avec la fin de la construction de la rampe, c'était le moment de préparer une dinde. Ils mangeaient des spaghettis qui fumaient dans l'obscurité. Darwin avait ouvert une bouteille de chianti et il leur versa une tasse à café de l'épais vin rouge.

— On va creuser une fosse et y faire cuire une dinde avec des pommes de terre.

— Et on est dans l'Idaho, fit remarquer Key.

— Et qu'est-ce que ça fait ? demanda Ronnie.

Il goûtait son vin avec la plus grande circonspection, sa première tentative de l'été.

— Ce que ça fait ? lui renvoya Key aussitôt.

Les spaghettis étaient trop chauds et Ronnie les éparpilla avec sa fourchette.

— Ça recommence, la leçon du soir ?

— Les gens associent l'Idaho aux pommes de terre, lui dit Darwin. Tu le savais.

Ronnie arracha un gros morceau de la baguette de pain et décrivit de la main un grand demi-cercle au-dessus de la gorge de la rivière, du plateau sableux, de la sauge dispersée en escadrons aléatoires jusqu'à l'horizon.

— Aux pommes de terre ? Avec cet endroit ?

Il mordit dans son pain et, tout en mâchant, reprit :

— Blague à part, j'ai vu plus de pommes de terre dans l'Illinois. Ici, si on est bien dans l'Idaho, c'est l'État des lapins. Moi, j'associe cet endroit aux lapins.

Il jeta un morceau de pain au coin du tas de bois et les cinq lapins qui se rapprochaient tous les soirs en misant sur ce qu'il allait leur donner s'enfuirent à toute allure.

— Ne leur donne pas à manger, Ronnie.

— Est-ce que tu aimes les pommes de terre en robe des champs ? demanda Darwin au jeune homme.

— Oui, j'aime bien. Et j'aime bien ces spaghettis.

— Ta mère savait cuisiner ? demanda Arthur Key.

— Oui, mais elle avait pas beaucoup de temps. Pendant toute mon enfance, elle a cumulé deux jobs. Mais elle faisait des trucs. (Il regarda ses deux amis.) Des cannellonis.

— Ça, c'est trop dur pour nous.

— Elle faisait plein de pain.

— Tu aurais dû en manger plus, dit Darwin. Même si tu es vraiment costaud, pour un type aussi mince.

Il poursuivit :

— Demain, c'est dimanche et on va cuire une dinde. On va avoir besoin de bois.

— Dans quel four ? demanda Ronnie.

Sa bouche était entourée d'un rond de sauce rouge. Surprenant les regards que les deux hommes posaient sur lui, il ajouta :

— Quoi ? C'est une question idiote ?

Maintenant, dans la lumière du jour, Ronnie Panelli menait le camion en seconde, une main sur le pommeau en Bakélite noire du levier de vitesses agité de vibrations, négociant lentement la route de terre qui les ramenait au plateau. Arthur Key et lui étaient allés vers le sud le long de la route chercher du bois, qui était maintenant empilé – un stère – en un treillis bien régulier au milieu du large plateau du camion. S'ils roulaient à 30 km/h, le chargement ne bougerait pas, et le trajet n'était que de six kilomètres. Ils avaient trouvé un coin avec vingt pins gris encore debout, tués par les capricornes. Arthur avait graissé la vieille tronçonneuse de Darwin et montré à Ronnie comment abattre un arbre.

— On va laisser ceux qui abritent un nid, lui dit Arthur en désignant les grosses boules de brindilles aux endroits où les balbuzards avaient colonisé les fourches les plus hautes sur trois pins.

Il choisit un arbre à la lisière du bosquet, démarra la tronçonneuse et s'accroupit. Il parlait en travaillant, effectuant le trait de scie et entaillant le joli morceau de bois étrangement jaune comparé au tronc gris dont l'écorce pelait. Ronnie se tenait à six ou sept mètres.

— Pourquoi est-ce qu'il tombe pas, tout simplement ?

— Mets-toi ici, dit Arthur. Tu es plus en sécurité juste au pied, sauf s'il y a d'autres arbres déjà tombés.

Ensuite, avec Ronnie sur ses talons, il creusa l'entaille à 45 degrés, et l'arbre resta debout. Arthur poussa du bout du doigt à l'endroit de la charnière, qui s'ouvrit d'un petit centimètre, puis de deux, et l'arbre craqua et tomba exactement à l'endroit où il avait dit qu'il tomberait. Arthur tendit à Ronnie la tronçonneuse pétaradante et lui fit équarrir l'arbre et le débiter pour qu'il s'habitue à l'outil, à son poids et à la traction centrifuge. Puis Ronnie s'agenouilla et s'attaqua à un arbre, une coupe après l'autre, jusqu'à ce que l'arbre ne tienne plus que par la charnière qui n'était pas assez creusée et il dut taper et taper encore du pied, si bien qu'Arthur finit par lui prendre la tronçonneuse des mains pendant une seconde pour parachever l'entaille.

Chaque tronçon de bois mort fut coupé d'un seul coup de hache, et les deux hommes fendirent la moitié des bûches, assez pour assurer la stabilité de leur chargement lors du trajet de retour. Ils empilèrent le petit bois à côté de la route, pour former une petite meule qui abriterait des mulots jusqu'à ce qu'il soit brûlé au cours de l'hiver.

Dans le camion, Ronnie surveillait sa cargaison lâche à chaque petit creux de la route, et Key remarqua son zèle. Ronnie arrêta le camion deux fois pour sortir et remettre certains morceaux qui glissaient vers le bord. Il avait voulu trouver un moyen d'utiliser le treuil, mais Key l'en avait dissuadé, rappelant d'un geste de la main au jeune homme que le plateau n'était qu'à quelques kilomètres de là. Ronnie avait cette façon d'en faire trop avec tout ce qu'il venait d'apprendre. Ils conduisirent avec les vitres baissées dans le jour chaud, et Arthur Key vit que, même à la fin de la matinée, la lumière avait changé ; l'inclinaison de l'ombre des sauges et l'ombre massive et tremblante du camion qui suivait l'accotement irrégulier de la vieille route lui confirmaient que l'été avait atteint son apogée et allait maintenant reculer centimètre après centimètre.

Lorsqu'ils atteignirent la crête au sud du campement, Ronnie donna deux coups de klaxon.

— Bon sang, fit Ronnie. Regarde-moi ça. Qu'est-ce que c'est que ce truc ?

La rampe en bois brut faisait saillie au-dessus du canyon, semblable à un rectangle que l'artiste aurait oublié ou mal placé.

— Qui a fait ça ?

Arthur Key contempla l'installation tandis qu'ils approchaient. Ils étaient à l'endroit de la route où la fille marquerait un temps d'arrêt, ajusterait son casque, les deux pieds par terre, la moto tournant au ralenti.

Ronnie fit rentrer le gros camion par le portail et le fit avancer sur le plateau jusqu'à l'endroit où Darwin se tenait avec sa pelle. Il avait préparé un cercle de deux mètres de diamètre dans la terre, bien à l'écart de leur campement.

— Salut les bûcherons, dit Darwin en lançant un regard admiratif au chargement.

— Où est-ce que tu le veux ? demanda Ronnie.

Il se hissa sur le plateau du camion en prenant appui sur le pneu arrière.

— Ici, dit Darwin en tapotant le sol du bout de sa pelle.

Ronnie poussa le chargement de bûches à coups de pied, centimètre après centimètre, jusqu'à ce qu'il tombe en paquets entremêlés et forme un tas. Il s'assit rapidement sur le bord du hayon, ôta ses chaussures l'une après l'autre, et enleva de chacune d'elles une demi-tasse de sciure de bois. Tandis que les flocons tombaient, il regarda Darwin et dit :

— On est riches.

Il relaça ses chaussures, sauta par terre et enfila ses gants de travail. Il prit la pelle de Darwin et dit :

— OK. Bon, occupons-nous de ce trou.

Il creusa dans la terre d'un rouge brun une fosse de près d'un mètre vingt au centre du cercle et se planta au fond, pour ramasser les dernières miettes comme s'il fabriquait une grande tasse. Puis il alla jusqu'à la table bleue où Darwin était en train d'enrouler une seconde feuille d'aluminium autour de la dinde. Six pommes de terre habillées d'une double feuille argentée étincelante étaient posées sur la table.

— Voici l'élément principal de l'opération, dit Darwin, qui alla jusqu'à la petite jeep et en rapporta un morceau vaguement roulé de grillage à mailles fines.

— OK, fit Ronnie.

— Soulève notre oiseau et pose-le là-dessus, dit Darwin en déroulant le grillage sur la table bleue.

Ronnie posa le paquet brillant au centre et Darwin commença à l'enrouler dans l'entrelacs métallique.

— Il faudra trouver un moyen de sortir l'animal du feu, dit-il.

Il coinça la poignée métallique d'un seau de peinture dans deux parties du grillage et brandit l'ensemble.

Arthur Key était au bord de la fosse et la remplissait de bois, calant les plus longs morceaux en forme de tipi afin de contenir le tas de bois grandissant.

— C'est ton plan, Darwin, cria-t-il. Dis-nous si on s'y prend bien.

Les deux hommes rejoignirent Key et Darwin dit :

— Allumons le feu.

Ronnie s'empara d'un pot de peinture rempli de pétrole, qu'il avait pris dans leur bidon de 20 litres, et le vida en dessinant des serpentins sur le bois. Key lui tendit la boîte d'allumettes.

— Ça va faire un joli petit feu, dit Ronnie.

— Reste de ce côté, Ronnie, dit Arthur, ou alors, tu vas roussir tes vêtements.

Ronnie frotta l'allumette et la laissa tomber sur la pyramide de bois, et en une minute une jolie flamme jaune de plus de deux mètres s'élevait devant eux, étincelante dans la lumière du jour. Une fois que le pétrole noir eût fini de se consumer, l'incendie brûla presque sans fumée, avec seulement un minuscule panache blanc, comme un repentir hoqueté par les flammes.

— Les gens vont penser qu'on a été frappés par la foudre, dit Ronnie à Darwin. Tu vas littéralement carboniser cette petite dinde.

— On va voir, répondit-il au jeune homme. On va voir.

Tandis que le feu brûlait pendant la demi-heure qui suivit, Key et Ronnie ajoutèrent des branches et des bûches, consommant l'essentiel de leur bois. Entre deux interventions, ils rangèrent la tente et Darwin chargea le coffre de sa jeep avec trois, puis quatre sacs de linge à laver, comprenant les sacs de couchage et les taies d'oreiller, de la lessive et de l'eau de Javel.

Lorsque la fosse étincela de braises rouges palpitantes, incandescentes et toutes rondes, Darwin apporta la dinde en la tenant par la poignée qu'il avait accrochée dans le grillage. Arthur dégagea un endroit au centre en sortant à la pelle quelques braises de la fosse. Lorsque le creux fut assez grand, Darwin accrocha l'anse au bout d'une fourche, il se pencha rapidement et déposa la dinde emballée sur le lit de braises. Key recouvrit et enveloppa la volaille de braises, dix centimètres d'épaisseur, puis quinze, jusqu'à ce que la bête ait disparu dans la fosse brûlante.

— Et maintenant, on l'enterre, dit-il à Ronnie, et il jeta une pelletée de terre, puis une autre, jusqu'à ce que tous deux aient reconstitué un dôme sur la fosse.

— Il faut que ce soit parfait, dit Darwin. Quand tu auras fini de tasser la terre, attends et observe.

Les hommes avaient bien scellé la fosse et ils tapèrent dessus avec leur pelle.

— Repose en paix, dit Ronnie. Vous, les cow-boys, vous savez de ces choses. Si ça marche, j'en mangerai.

— Et voilà, dit Darwin en pointant une fissure qui venait d'apparaître et par où s'échappait une fumée blanche. Il suffit d'une seule fissure et on n'aura rien à manger pour notre dîner, que des cendres.

Ronnie pelleta et tapa jusqu'à ce que la fissure se soit refermée.

— Et les pommes de terre, alors ? Les fameuses pommes de terre de l'Idaho ?

— Je les mettrai à 4 heures, dit Darwin. Pour le moment, tout est parfait.

Il prit la pelle de Ronnie et lui tendit les clés de la jeep.

— C'est jour de lessive. Sois rentré pour 5 heures et demie, dit-il. Le sac de quarters est sous le siège.

Ronnie jeta un coup d'œil au campement. Il était midi et il partait en ville. Il avait l'impression d'être en vacances. Il alla jusqu'à la jeep et monta.

— Et ne quitte pas la laverie pour aller voir cette fille et risquer de te faire voler tout notre matériel. (Arthur Key tendit un doigt menaçant vers Ronnie.) Va d'abord chez elle, et elle pourra s'offrir une jolie petite virée en ville avec toi pour regarder nos vêtements en train de sécher.

— Et pas question que tu manges là-bas, ajouta Darwin. On a une dinde.

17

ILS AVAIENT EXTRAIT la dinde du four enterré, avec les six pommes de terre rôties, à 6 heures et demie, en prenant leur temps. Arthur Key n'avait jamais vu une dinde préparée de cette manière. Ils soulevèrent la bête avec une fourche qu'ils glissèrent sous la poignée prélevée sur le seau de peinture. Darwin la posa encore emballée sur la planche à découper et la recouvrit d'un torchon. Il avait sa pince coupante à poignées rouges à côté de lui et il la montra à Key.

— Un repas qu'on commence avec une pince coupante est toujours de premier ordre. On va attendre Ronnie.

Le jeune homme avait déjà une heure de retard.

Ils s'assirent et se versèrent un verre de George Dickel tandis que le ciel renonçait à émettre sa lumière et que la terre commençait à s'embraser. Ils burent un demi-verre de plus. Arthur se sentait bien. Dans ses bras, dans sa poitrine, il avait acquis une nouvelle aisance, et depuis une semaine ou deux, ses yeux étaient ouverts plus grands qu'avant, ou en tout cas, il en avait l'impression. Ses pensées lui venaient, mais sans l'assaillir. Et maintenant, il entamait une discussion avec Darwin, une discussion qu'il attendait depuis un moment. Ils avaient parlé de Ronnie, de ce qu'il était en train de faire, dépité d'être encore à la laverie à apparier les chaussettes, à plier les chemises, ou alors il se faisait aider par Traci, le genre d'aide qui prenait deux fois plus de temps.

— Tu as déjà plié des vêtements avec une femme ?

— Souvent. Je suis très compétent pour ce qui est des tâches domestiques. (Darwin regarda le visage d'Arthur dans la faible lueur crépusculaire.) Ça, par exemple ! Ça ne t'est jamais arrivé.

— Non, jamais. Ça a bien failli m'arriver une fois ou deux, je crois.

Il sourit. Il était content de pouvoir à nouveau faire une petite plaisanterie, mais il se reprit :

— Non, en fait, pas du tout.

Ils restèrent silencieux dans la lumière changeante. L'ombre qui tombait était particulière, ce soir. Les deux hommes étaient assis à deux mètres de la dinde qui marquait la fin de leur été, et Key demanda à Darwin ce qu'il allait réellement faire ensuite, ajoutant :

— Roberto a sa vie à Idaho Falls. Tu vas retourner au ranch, certainement.

— Certainement, dit Darwin avec une toute petite pointe d'amertume. Comme tu dis.

— Écoute, Darwin, je ne peux pas mesurer l'intensité de ce qui t'est arrivé. Ma vie n'a pas connu d'équivalent. Je suis sûr que ça a cassé quelque chose en toi. Tout ce que je sais, c'est ce qu'on fait ici, et mes conversations avec Roman et Diff. Ce ranch a l'air d'être un bon endroit. Tes jours, là-bas. (Il regarda au fond de son verre et secoua lentement la tête.) Tu n'es pas sérieux, à propos de cette dispute avec Dieu.

— C'est toi qui n'es pas sérieux à ce sujet, dit Darwin.

Le crépuscule permit aux deux hommes de se tourner l'un vers l'autre de part et d'autre de la table, effleurant de leurs verres la surface bleue tandis qu'ils parlaient.

— Parle-m'en, dit Arthur Key. Pardonne-moi, mais je crois que c'est une mauvaise idée.

— Ce n'est pas une idée. (Darwin regarda son ami.) C'est tout ce qui me reste. C'était une vie et elle m'a été enlevée, et il n'y avait pas de secours. Il n'y a aucun secours. Tu crois que je n'ai pas envisagé d'arranger ça ? J'ai été surpris comme si on m'avait assommé par-derrière. Tout ça m'étonne, aujourd'hui, mais c'est la réalité. (Darwin finit son whisky.) Tu es un homme qui pense qu'il peut arranger les choses, j'imagine. Je ne te connais pas très bien. Peut-être que tu es assez fort pour maintenir ta foi en Dieu, mais moi, non. Je ne serai jamais assez fort. Je ne sais pas ce que je vais faire. Tu as raison à propos de Roberto ; il a sa vie, et je n'aime pas vraiment leur façon de se comporter quand je suis dans les parages. Arthur Key, peut-être que tu peux maintenir les choses en attendant qu'elles s'arrangent. Mais j'ai découvert une chose : il n'y a rien à maintenir. C'est tout.

— Mais ta maison, le ranch ?

Darwin croisa les bras et s'appuya sur ses coudes. Il baissa la tête et commença à se balancer doucement.

— Quelle année, dit-il à voix basse. Tu ne veux pas manger sans le gamin, n'est-ce pas ?

— Allons le chercher, dit Arthur en se levant.

Ils mirent la dinde dans le garde-manger pour que les coyotes ne puissent pas s'en emparer et s'en allèrent vers le camion.

À 9 h 10, Darwin quitta la route et franchit les voies de chemin de fer au bout de Main Street à Mercy, faisant passer les roues du camion l'une après l'autre et balayant le côté de la grande quincaillerie du faisceau de ses phares. Le bâtiment se dressait devant eux comme s'il se réveillait.

— Coupe par la ruelle, Darwin, dit Arthur en montrant la droite. On va voir s'il est à l'Antlers.

Devant eux, ils voyaient les lumières bleues et blanches de l'enseigne de l'Antlers qui signalaient la ville dans la nuit, trois voitures garées devant, toutes roses sur le côté à cause des néons publicitaires de bières dans la vitrine. Il y avait moins de cinq véhicules garés sur toute la longueur de la vieille rue. De tout l'été, les deux hommes ne s'étaient jamais trouvés en ville après la tombée du jour.

Darwin manœuvra le camion à l'arrière de la première rangée de bâtiments et ralentit derrière l'Antlers. Le Blazer de Marion et une moto étaient garés sur le parking en graviers. Ils poursuivirent leur chemin entre les sombres garages et les bâtiments de la petite ville, dont chaque corniche était ornée d'herbes folles et où chaque appentis cachait des saules qui poussaient sans y être invités. Dans la nuit, tout cela rappelait à Arthur son ancien quartier, à Dayton, son père, sa mère, Gary. Darwin retourna sur Main Street et traversa jusqu'à la laverie, un petit bâtiment plein de lumière très blanche sans voisins immédiats. Par les grandes baies vitrées, les deux hommes virent que la pièce était vide.

— J'imagine qu'on devrait aller jusqu'à la maison de la fille, dit Darwin.

Ce fut l'un des moments les plus étranges de l'été, les deux hommes sur le siège de leur camion, contemplant les deux rangées de machines à laver et à sécher. Il y avait un immense calendrier collé sur le mur du fond avec une pendule blanche qui indiquait 9 h 20 et une pancarte aux lettres rouges : BLEUS DE TRAVAIL AVEC GRAISSE ET ASPHALTE – MACHINES 1 ET 2 SEULEMENT.

— Tu es inquiet ou juste énervé ? demanda Darwin.

— J'ai faim. Lui est amoureux. Il a pas besoin de manger.

Bien que les portes de tous les séchoirs soient ouvertes, Arthur Key descendit du camion et entra dans la laverie à l'éclairage cru. Une odeur de lessive en poudre l'assaillit. Il examina toutes les machines. La porte de derrière était entrouverte et, lorsqu'il passa la tête à la recherche de la jeep, Arthur Key vit leur linge éparpillé partout sur la terre du parking. Il ramassa deux chemises et les renifla ; elles avaient été lavées. Tout était humide et avait été jeté par terre.

Il retourna rapidement au camion et en informa Darwin. Puis Art traversa Main Street au pas de course et entra à l'Antlers. Trois hommes assis à une table regardaient un match de base-ball sur la télévision surélevée. Il passa derrière le bar et se glissa dans la cuisine où Marion remplissait un casier de verres à pintes.

— Arthur Key, fit-elle. Tu es en ville ? Que puis-je faire pour toi ?

— Est-ce que tu as vu Ronnie ce soir ?

— J'ai vu la jeep de Darwin à la laverie. Je crois que Traci allait l'aider, c'est bien ça ?

— Qui c'est, ce gamin qui en a après Ronnie ?

— Darren. Lui et son pote Buster étaient ici vers 5 heures. Tu veux une bière ?

— Plus tard. Il faut qu'on trouve Ronnie.

Arthur fit un sourire à Marion et sortit par la porte principale. Darwin l'attendait dans le camion dont le moteur tournait.

— Le linge était étalé partout ? demanda Darwin.

— Il ne s'agit pas de quelques chaussettes que Ronnie aurait laissées tomber, dit Arthur Key. On l'a aidé à mettre toute cette pagaille. Ça va être quelque chose, si on le trouve.

Les lumières étaient allumées dans la maison de Marion et Traci, mais il n'y avait pas de jeep garée devant. Darwin se rendit jusqu'à la porte, il l'ouvrit et cria avant d'entrer dans le petit bungalow et d'appeler Ronnie, puis Traci. N'entendant rien, il ressortit.

— La porte n'était pas verrouillée, mais elles ne la ferment jamais.

Il était remonté dans le camion, dont le moteur tournait toujours.

— C'est étrange, dit Arthur.

C'était plus qu'un sentiment étrange pour lui. Plus encore qu'à n'importe quel autre moment depuis le début de l'été, il se sentait prêt à affronter le moment présent et il voulait de toutes les forces de ses doigts, de ses bras, de ses dents découvrir quelque chose à arranger.

— Où sont-ils ?

Le visage de Darwin était grave.

— Cette ville, fit-il. Allons chercher le linge. Je ne veux pas rentrer ce soir tant qu'on ne l'aura pas trouvé.

Le spot au-dessus de la porte de derrière était assailli par des papillons de nuit frénétiques, qui tourbillonnaient par centaines et cognaient le phare. Il fallut à Darwin et Arthur une minute pour rassembler tous les vêtements éparpillés par terre et les rapporter à l'intérieur. Ils les étalèrent sur les tables pour décider lesquels devaient être relavés et Arthur retraversa Main Street pour aller chercher deux bières et quarante quarters à l'Antlers. La vieille salle de bar était vide maintenant, 10 heures un soir de semaine à Mormon Town, Idaho. Marion lui dit qu'elle allait finir de nettoyer le grill puis qu'elle viendrait chercher leur repassage.

— Quand as-tu porté une chemise repassée pour la dernière fois ? lui demanda-t-elle.

— Ça devait être du temps de l'ancien moi, dit Arthur, et tandis qu'il le disait, cela lui parut exact.

— J'aimerais bien rencontrer ce gars-là, dit-elle. Si tu le connais…

Il baissa les yeux.

— Je le connaissais…

— Bon. Je ne vais pas tarder. J'en ai pour dix minutes, pas plus.

Lorsqu'il poussa la porte à moustiquaire, elle lui attrapa le bras et lui donna une petite boîte de lessive et une bouteille d'eau de javel.

— Dix minutes.

En repartant, il vit le vieux pick-up avec la porte de couleur différente qu'ils avaient aperçu de loin dans leur campement. Il était maintenant garé devant la laverie, et à l'intérieur, il vit la fille, ses cheveux blond sale vaguement attachés, en train de parler à Darwin. Elle s'agitait dans son petit débardeur blanc, et lorsqu'il entra dans l'espace inondé de lumière, Art constata qu'il y avait des traces de doigts brunes sur son T-shirt, qu'il reconnut aussitôt comme des traces de sang.

— Dix heures, répétait-elle à Darwin. Pas question, putain.

Arthur passa devant eux pour aller jusqu'aux machines. Il y mit le détergent et l'eau de javel, glissa les quarters et mit les machines en route.

— Faites pas ça, dit-elle.

Son visage était bizarrement taché et rouge, et une ligne de sueur argentée perlait en haut de son front.

Arthur Key se tourna vers elle.

— Où est ton petit ami, Gina ?

Elle sursauta en entendant son nom, puis elle alla jusqu'aux machines derrière lui et les ouvrit.

— Regardez la pancarte, monsieur. Nous fermons à 10 heures du soir.

Key la prit par le bras et la fit pivoter pour qu'elle se retrouve face à lui. Il referma les machines de son autre main.

— Tu vas fermer plus tard ce soir. On a eu un problème, mais tu es au courant, n'est-ce pas ?

— Laissez-moi, essaya-t-elle de crier, mais sa voix se brisa.

— Qu'est-ce qui se passe ce soir ? lui demanda-t-il en pointant un doigt sur son débardeur. Qui a saigné, Gina ?

— Il faut que je ferme et que je rentre. Il est 10 heures. (Elle se dégagea et il la laissa faire.) Je vais me plaindre de vous au shérif, espèce de salauds.

— Le téléphone est juste là, dit Darwin en désignant l'appareil à pièces accroché au mur.

Tandis que Gina se dirigeait vers la porte, Arthur Key vit la jeep de Darwin passer sur Main Street. Marion arriva au pas de course, tenant contre elle trois bouteilles de bière.

— Ronnie et Traci viennent de passer en voiture, dit-elle en posant son chargement sur la table de la laverie. Ils sont en route pour la clinique. (Elle attrapa son téléphone.) J'appelle Randy.

Key tourna les talons et suivit Darwin sur un demi-pâté de maisons en direction de la clinique obscure.

Darwin, arrivé le premier, tenait le visage de Ronnie entre ses mains et le levait vers lui, contemplant le bleu violacé sur sa joue qui remontait en formant comme des granulés jusqu'au coin de son front. Il y avait du sang noir sous son nez et sur son menton, et le sang dessinait comme un petit bouc. Ronnie avait les yeux brillants. Traci sortit de la voiture du côté passager et vint les rejoindre. Son jean avait des taches de sang de la taille d'une main ou d'un visage.

— Qu'est-ce que vous faites en ville ? demanda Ronnie. Où est la dinde ?

Darwin se tourna vers Arthur.

— Il va bien. Il est entaillé de partout, mais il va bien.

Marion le tenait par le poignet, maintenant, et elle le regarda dans les yeux.

Elle se tourna vers Traci.

— Tu vas bien ?

— Ils m'ont pas touchée, dit-elle.

— Ils ont volé tous nos vêtements, dit Ronnie. (Il croisa les bras.) Darren et Buster sont arrivés et ils ont commencé à nous emmerder. Ils ont pris nos vêtements et ils les ont jetés partout et ils ont tout bousillé. On est allés tout récupérer.

Key vit l'autre silhouette à l'arrière de la jeep, à côté de la roue de secours. Ronnie tendit le bras et l'aida à sortir.

— C'est Darren. C'est lui qui était dans notre campement la semaine dernière, avec l'autre, là. (Il pointa un index vers Gina qui lançait des regards noirs depuis la porte de la laverie.) Il a le nez cassé et il a perdu connaissance et il a peut-être une côte cassée. C'est pour ça qu'on est là, à la clinique. Il a saigné sur notre linge pendant à peu près dix kilomètres, depuis l'endroit où on s'est battus. À environ trois kilomètres du pont. Buster est rentré chez lui. Lui et

Gina sont partis à peu près au moment où Darren s'est écroulé. Ça tient debout, ce que je raconte ? Vous m'entendez ? (Ronnie tapa son oreille de la paume de sa main.) Je lui ai pas donné de coups de pied. J'ai jamais donné de coups de pied à personne, jamais.

Darren avait réussi à s'extraire de la voiture et il était assis sur la marche en ciment de la clinique, les coudes calés sur les genoux. Darwin s'accroupit devant le jeune homme et palpa soigneusement son nez du pouce et de l'index tandis que Darren restait immobile. Pour finir, l'homme se leva et dit :

— Il n'est pas cassé.

— Je rentre chez moi, dit Darren.

— Tu attends Randy ici, dit Marion. Je vais rester avec lui. Traci, prends la jeep et va chercher la lessive, et on renverra nos amis à leur campement en pleine forme.

Le groupe se tenait sur le parking en graviers de la clinique, cinq personnes entouraient le jeune homme défait. Arthur vit que Traci tenait la main de Ronnie. Elle la lâcha et dit :

— Je reviens tout de suite.

Elle prit la jeep et les trois hommes retournèrent à pied à la laverie. Gina s'était sauvée.

— Je sais où trouver une dinde, dit Darwin. (Il ouvrit la porte et grimpa dans le camion, puis il le fit reculer.) Vous autres, commencez la lessive.

Au moment où il s'engageait sur la route, la Subaru de Randy le dépassa, le gyrophare mobile clignotant au-dessus de la portière du conducteur.

— La cuisson s'est bien passée ? demanda Ronnie.

Ils étaient tous dans la pièce blanche. Ronnie fit couler l'eau dans le grand évier pour la lessive et commença à se laver le visage.

— Dieu seul le sait, dit Arthur.

Il apercevait leur reflet sur la surface de la baie vitrée, deux fantômes dans un tableau sinistre. Arthur ne s'était pas une seule fois trouvé de nuit dans une pièce fermée depuis qu'il avait changé de vie, mais avant qu'il n'ait eu le temps de sombrer, Traci était revenue et rapportait les gros sacs contenant leur linge, leurs sacs de couchage et du détergent. Arthur l'aida, et alors qu'il prenait le dernier paquet dans la jeep, il se tourna et vit sur la scène de la pièce illuminée Traci en train de laver le visage de Ronnie avec un linge, la main posée sur son épaule nue pour se caler tandis qu'elle frottait derrière son oreille, autour de son cou, sous son menton, rinçant le tissu, puis son visage, son autre oreille et sa poitrine. Ronnie se tenait immobile, les yeux fermés. C'était de l'amour. Arthur était fasciné. L'amour n'avait pas été clément avec lui, et même maintenant, le voir chez d'autres l'affolait d'une manière qu'il ne s'expliquait pas – et lui donnait une sorte d'espoir angoissant.

Marion arriva. Les vêtements tachés de sang avaient trempé et les cinq grosses machines industrielles se mirent à tourner lourdement. Quelques instants plus tard, le camion blanc ralentit, il s'arrêta devant le bâtiment éclairé et Darwin en descendit en portant d'une main un seau métallique rempli de pommes de terre emballées dans du papier alu, et de l'autre main, la dinde dans son enrobage de papier et de grillage couvert de cendres, si bien que lorsqu'il apparut dans la grande pièce envahie par l'odeur de savon, on aurait dit le survivant d'un désastre.

— Trouvons une chemise à cet homme, dit Darwin en parlant de Ronnie qui se tenait debout, les bras croisés, devant les machines. Qu'on puisse manger.

Du camion, il apporta aussi la couverture à carreaux destinée aux pique-niques et l'étendit sur la grande table au fond. Marion traversa la rue et revint de l'Antlers avec une boîte de couverts, des assiettes, du sel et du poivre, un morceau de beurre, des serviettes de table et un T-shirt marron à l'effigie du bar avec une antilope argentée imprimée sur la poitrine. Elle le tendit à Ronnie pour qu'il l'enfile.

— Ceux-là, ils sont à 10 dollars, dit-elle. Je te fais crédit. Trente jours sans intérêt.

— Trente jours, dit Arthur.

Elle le regarda.

Darwin avait donné la pince à Ronnie et le jeune homme découpa le grillage d'un bout à l'autre. Darwin retira la première feuille d'aluminium, puis la seconde, et des volutes de vapeur montèrent de la volaille brune.

— C'est une belle dinde, dit Traci.

— Avec des pommes de terre, dit Darwin en les distribuant.

Darwin décrocha un pilon qu'il posa sur l'assiette de Ronnie et la dinde bascula et s'ouvrit en deux, découvrant l'oignon et l'orange à l'intérieur. L'odeur de l'assaisonnement plana au-dessus de la table. Marion baissa la tête et Traci fit de même. Les trois hommes échangèrent un regard et ils les imitèrent pendant qu'elle disait les grâces. Lorsqu'elle releva les yeux, elle dit :

— Elle sent incroyablement bon.

Traci se mit à raconter l'histoire tandis qu'ils se passaient les assiettes puis se mettaient à manger, comment Darren était venu ici même en voulant se battre avec Ronnie, qu'il l'avait frappé par-derrière, juste une fois pour lancer la bagarre, mais quand Ronnie s'était retourné, Darren se tenait à la porte et leur avait dit qu'il ne pouvait pas se battre en ville.

— Ronnie et moi, on venait de commencer la lessive, et Ronnie lui a dit, pas question, il avait pas le temps, il le retrouverait demain où il voulait.

— On croyait qu'il était parti, dit Ronnie. C'est là que son pote, la fille et lui sont revenus et qu'ils ont pris nos affaires et les ont balancées partout.

Traci coupa un gros morceau de beurre et l'étala sur la pomme de terre de Ronnie.

Marion avait ouvert les bières et les bouteilles étaient posées sur la couverture verte à carreaux tandis que tout le monde mangeait. Darwin détachait des morceaux de viande et les posait sur leurs assiettes déjà pleines.

— Ces pommes de terre sont bonnes, dit Ronnie. Le feu devait être à peu près comme il fallait.

— Alors, tu les as pourchassés, dit Arthur au jeune homme.

— J'étais obligé, dit Ronnie. Vous m'aviez envoyé faire la lessive. On les a suivis à travers toute la ville, jusque de l'autre côté de la quatre voies, ils avaient jeté nos affaires dans le fossé et ils nous attendaient dans le noir. Traci a dit à Buster de rester en dehors de ça, que c'était une histoire entre Darren et elle, et il a obéi, et toute l'affaire a vraiment pas duré longtemps.

Traci raconta comment Darren s'était jeté sur Ronnie, qu'il l'avait plaqué sur l'asphalte et coincé avec ses genoux puis qu'il s'était vite relevé.

— Il lui a donné des coups de pied et Ronnie a roulé sur le côté et il s'est relevé. (Traci regardait les visages, l'un après l'autre.) J'ai cru qu'il t'avait fait mal, il y avait du sang.

— C'était vraiment pas croyable, dit Ronnie.

Il contempla son assiette, le pilon.

— Sers-toi de tes doigts, dit Marion. Vas-y.

Il obéit et poursuivit.

— Il m'a balancé un coup de poing en même temps que je lui en mettais un, mais il a enchaîné avec la tête et y avait pas de raison, et j'avais pas l'intention, mais il a juste écrasé son visage contre mon poing. Arthur, je t'assure, je regardais pas vraiment, mais je l'ai bien senti.

Ronnie regarda sa main.

— On l'a tous senti, dit Traci, il y a eu du sang partout en une seconde. Buster et Gina se sont envolés. Darren était par terre sur la route. On a ramassé les affaires et on lui a demandé s'il voulait qu'on le ramène en ville.

— Je lui ai jamais donné un coup de pied.

Il y eut un bruit à l'entrée de la pièce et deux types portant des sacs à dos passèrent la porte de la laverie.

— C'est ouvert ? demanda l'un d'eux.

Ils avaient une vingtaine d'années.

— Allez-y, dit Marion. Ce soir, on fait nocturne.

Ils entrèrent et calèrent leurs sacs contre la première rangée de machines, puis ils commencèrent à sortir leur linge sale. Arthur se leva et jeta deux chargements de vêtements mouillés propres dans les séchoirs. Maintenant, le reflet du dîner dans les grandes baies vitrées ressemblait à une vieille photo de mariage, et Art resta un moment à l'écart avant de rejoindre les convives.

Darwin retourna la carcasse de la dinde et, avec sa fourchette, décolla des morceaux de viande des côtés et du dessous. Il ne restait pratiquement rien.

Ronnie montra les restes avec son pilon et dit à Traci :

— Est-ce qu'ils t'ont dit comment ils ont cuit cet oiseau ?

— J'ai un pot tout neuf de glace à la vanille dans le congélateur de l'autre côté de la rue, dit Marion.

Ils la regardèrent tous. Il était 11 heures et, dans la laverie de Mercy, le premier dîner autour d'une dinde touchait à sa fin.

18

EN PLEIN dans le mille. Ronnie ouvrit son œil et la lumière le poignarda comme un bâton. Aveuglé, il se réveilla sans un bruit et s'assit sur le lit de camp, pieds nus, silencieux, retenant son souffle dans le noir. Il avait la gorge et la tête serrées par l'émotion, et l'air dans la tente était lourd. Il tendit l'oreille et n'entendit que les pulsations de son sang dans son cou. Il avait rêvé de sa mère dans sa cuisine, et il attendait qu'elle parle. Ronnie baissa les yeux et vit dans le creux de son épaule le point de lumière qui l'avait transpercé. Il suivit la trajectoire jusque-là et vit le rayon de lune qui fusait dans le trou que la balle avait laissé dans la paroi de toile. Il s'accroupit et posa une main sur le lit d'Arthur ; il était vide.

Dehors, la lune venait de franchir l'horizon et découpait les gradins des vieilles collines à la limite du monde, projetant ses rayons sur tout le reste de la sauge, du bois, du campement, en deux dimensions, comme un décor de cimetière dans une pièce comique. Les ombres noires des poteaux et des câbles dessinaient des formes géométriques anguleuses sur le sol. Ronnie se leva et enfila sa chemise, et son ombre le fit sursauter. Il alla jusqu'à la table, posa les doigts dessus et tendit l'oreille. La nuit était chaude. Il était sur le point d'appeler lorsqu'il vit l'extrémité rougeoyante d'une cigarette et les deux silhouettes au portail.

Il marcha pieds nus et en caleçon dans le terreau frais, entra dans le périmètre des voix chuchotées, celles d'Arthur et de Darwin. Ceux-ci regardèrent l'approche du jeune homme qui se déroulait comme un film en noir et blanc dans la nuit éclairée.

— Qui est-ce qui fume ?

Darwin sortit une cigarette de sa poche de chemise et gratta une allumette.

— Je croyais que tu avais arrêté, dit Arthur.

— Je fume avec les fantômes. C'est quoi, cette réunion ? On fait les trois-huit, maintenant ?

— C'est la nuit, dit Arthur. (Il était pieds nus lui aussi, en bas de survêtement et maillot de corps.) Darwin partait marcher. Je crois qu'il fait ça toutes les nuits.

— Certaines nuits, corrigea Darwin.

Il avançait lentement sur le chemin, vers le sud.

Ronnie resta un moment à regarder leurs dos.

— Autant que je vous le dise, les gars, il y a rien sur cette route, dans un sens comme dans l'autre.

Puis il emboîta le pas à Arthur, la fine poussière sur la terre damée du chemin procurait un étrange plaisir à ses pieds nus.

— On fait des heures sup' ? demanda Ronnie.

Arthur Key se tourna vers lui.

— Pas besoin de parler. On va juste marcher un peu.

La lune avait fait décoller la rouille de l'atmosphère de la terre, et les hommes et leurs ombres devant Ronnie dessinaient des silhouettes fabuleuses qui glissaient, aériennes, sur la plaine granuleuse. Ronnie était heureux que Darwin soit devant lui et qu'il porte des chaussures, au cas où il y aurait des serpents.

Au bout de vingt minutes, ils parvinrent au premier virage sous la première colline basse et Darwin s'arrêta, les mains dans les poches. La lumière et les angles avaient continué à changer et à raccourcir, mais l'effet était puissant et apaisant.

— C'est bizarre d'avoir de la compagnie, dit-il.

Ronnie et Arthur attendirent pour voir s'ils allaient poursuivre la promenade ou retourner vers le campement.

— Pourquoi vous arrivez pas à dormir ? demanda Ronnie. (Il chuchotait presque.) Est-ce que ça va m'arriver, à moi aussi ?

Darwin se tourna vers le gamin, son visage n'était plus guère qu'une ombre.

Ronnie poursuivit :

— J'avais un dingue comme compagnon de cellule à la maison de redressement il y a deux ans, il me réveillait tout le temps. "Tu dors ?" "Tu dors ?" sans arrêt, et il me secouait. "Tu dors ?" Mais à part avec lui, je dors. Si je me mets à réfléchir, alors je joue au golf.

Je suis dans un coin d'herbes hautes, en mauvaise posture, sous un arbre, et tout ce que j'ai, c'est un fer de trois, et je prends mon temps, et je m'endors avant même d'avoir fini mon swing arrière. J'ai fait des choses que je regrette aujourd'hui, et putain, j'ai déçu tous ceux qui m'ont approché, mais ma mère m'a dit que Dieu aime aussi les méchants. Je sais pas, *méchant* c'est dur, mais je prends.

— Tu n'es pas méchant, dit Darwin.

Il leva les mains et se remit à marcher en direction de leurs quartiers d'été. Ronnie se retourna rapidement. Il ne voulait pas fermer la marche, sans rien derrière lui à l'exception des mille sortes de sauges, si c'était bien de la sauge. Il cala son pas sur celui d'Arthur et ils marchèrent de concert derrière l'homme plus âgé. Leurs ombres se découpaient avec précision sur la route poussiéreuse.

— Je voudrais mettre un bout de scotch à l'endroit où ce salopard a tiré sur la tente, dit Ronnie. On a quelque chose pour ça ?

Arthur Key posa sa main sur l'épaule de Ronnie un moment, puis les trois hommes marchèrent sans parler vers le camp baigné de lune.

Dans la lumière du jour, ils peignirent les côtés de la rampe d'une couleur brune proche de celle des rangers des parcs nationaux, y compris la balustrade escamotable, et Ronnie badigeonna la plateforme en blanc. Il passa une première couche au rouleau avant midi, reculant depuis le bord de la falaise comme un homme chargé de passer la serpillière. Il était peu assuré au début, si près du bord, tendant son bras armé de la perche et du rouleau, puis une fois que cette partie fut blanche sur près d'un mètre de hauteur, il se détendit et ne manqua pas un centimètre carré, passant sur chaque section une couche puis une deuxième pour que ne soient visibles ni bois ni ombre de contreplaqué, sans le moindre répit. Alors que l'immense surface blanche était encore humide, lui et Arthur aspergèrent le tout d'une fine couche de sable.

Au déjeuner, Ronnie ne pouvait s'empêcher de regarder vers la construction. La peinture l'avait complètement changée, elle avait accentué son étrangeté dans le paysage naturel. Maintenant, enfin, elle avait l'air anormale, flambant neuve et déplacée. Ronnie but un grand gobelet de Kool-Aid au citron vert sans s'arrêter. Il avait pris le foulard qu'il avait porté toute la matinée et l'avait noué autour de son front, mais malgré tout, la sueur continuait à lui couler dans les yeux. Ses épaules brunes scintillaient, humides, tandis qu'il mordait dans le grand sandwich au rosbif que Darwin avait posé devant lui. Il mangeait comme s'il pensait au prochain gros objet qu'il faudrait peindre. Les sandwiches de l'été étaient devenus de plus en plus grands, de plus en plus chargés, à mesure que Ronnie s'était mis à aimer la salade, puis la moutarde à grains, puis les oignons blancs et violets, toutes les choses qu'Arthur mettait dans le sien, et maintenant, ce sandwich débordait de tomates, de languettes de gruyère, de sauce verte dégoulinante et de mayonnaise. Darwin remplit à nouveau le verre de Ronnie.

— La seconde couche te prendra moins d'une heure et ne nécessitera que 10 litres, dit Arthur à Ronnie. Tu peux utiliser le même rouleau. Il ne s'agit pas de faire du boulot de précision ; on veut juste faire ressortir une surface.

Il prit le jeune homme par le menton et tourna son visage pour voir l'hématome sous son œil, puis il écarta les doigts de Ronnie pour voir les endroits où les jointures avaient bleui, mais elles étaient maintenant constellées de peinture blanche, et Ronnie sourit. Il tendit les jambes et montra ses chaussures couvertes de peinture.

— Tu es bien un ouvrier, il n'y a aucun doute.

— C'est ça qu'il faut que tu voies, dit Ronnie en se mettant debout. (Il sortit sa chemise en jean délavé de son pantalon et montra à Arthur la tache bleue en dessous de son cœur.) La première chose qu'il a faite, ça a été de me mettre un coup de pied juste là. (C'était de la taille d'un ballon de foot. Il posa un doigt au milieu du rond violet et cela fit une marque blanche.) C'est là que j'ai commencé à me battre.

Arthur Key posa sa main sur la dernière côte de Ronnie et la déplaça en appliquant une pression constante.

— Aucune douleur aiguë ?

— Tout endolori, mais rien d'aigu.

— Tu veux du café, Arthur ? demanda Darwin.

— Quelqu'un vient, dit Ronnie.

Les hommes levèrent la tête vers le nord, et avant que Darwin n'ait versé le café, ils virent le gros Suburban de Diff passer le petit col.

— C'est le propriétaire, dit Arthur.

— Et il va bientôt voir la plus grosse chose blanche de tout l'Idaho, dit Ronnie. Je veux bien du café. (Il rentrait sa chemise dans son pantalon.) Faire la lessive, cogner, peindre. (Ronnie s'assit en avalant la dernière bouchée de son déjeuner et pencha la tête.) Et écouter. Il y a quelqu'un d'autre qui vient. Plus gros.

Roman Griffith conduisait le Suburban et Curtis Diff sortit du côté passager.

— Oh, merde, Roman, dit-il d'une voix forte. On a raté le déjeuner.

Roman salua Darwin d'un geste de la main, s'approcha et lui serra la main. Il regarda alentour.

— Bien, dit-il. Vous êtes près du but. Faut finir ça, parce que j'ai de grands projets au ranch. (Il regarda Ronnie.) Qui est-ce qui a mis de la peinture partout sur ce soudeur ?

Tous les hommes échangèrent des poignées de main et Darwin fit des signes avec la grande cafetière émaillée.

— Volontiers, dit Diff. (Il s'assit à la table.) On a vu votre asphalte traverser la ville et on s'est dit qu'on allait venir voir où vous en étiez.

Un camion tracteur rouge apparut au sommet de la colline, tirant deux citernes d'asphalte chaud, l'une d'elles à moitié remplie seulement. Un rouleau compresseur vert fluo trônait sur une plateforme derrière la cabine.

Ronnie se leva. Il attendait ça depuis un moment.

— On est prêts, Art ?

— On est bons, lui dit Art. Tu as nivelé ça parfaitement il y a déjà longtemps. Regarde ce type reculer avec ces remorques.

Arthur Key alla jusqu'à la route du ranch et parla au conducteur pendant une minute, puis l'immense équipage passa le portail et avança d'une quarantaine de mètres avant de se mettre à reculer. Art se tenait à côté du piquet de la clôture et sifflait toutes les dix secondes à peu près, et le camion roula bientôt sur le terrain comme une voiture d'enfant ; ensuite, la grande citerne suivit et se redressa, tandis que le chauffeur reculait l'assemblage le long de la piste de terre nivelée. Key marchait à côté, un bras posé sur le coin arrière de la remorque, jusqu'à ce qu'il soit tangent de la grande rampe blanche en bois.

Le chauffeur fit le tour de l'assemblage et monta sur le camion pour détacher les sangles d'arrimage et attacher les câbles de manière que son petit treuil de levage puisse faire descendre le rouleau compresseur. Les pistons gémirent lorsque l'étrange machine fut libérée et put monter et se balancer en l'air. Key la guida jusqu'à ce qu'elle se pose dans le sable.

— LeRoy ! cria Diff en se levant. Viens boire un peu du café de Darwin avant de jouer les terrassiers.

LeRoy fit un grand geste et s'approcha du campement en compagnie d'Arthur Key.

— Eh bien, si je m'y attendais, dit le chauffeur. Le grand patron. On parle de ce truc jusqu'à la frontière canadienne. (Il se tourna vers Darwin.) C'était une sacrée fête, pour le Nouvel An, Darwin. (Il baissa la voix et ôta sa vieille casquette.) J'ai entendu, pour Corina. Je suis désolé.

— C'est une nouvelle année, dit Darwin. (Il lança un regard vers Key.) Assieds-toi, LeRoy.

— Je voudrais pas que le chargement refroidisse trop, mais je prendrais bien une demi-tasse.

Ronnie avait déjà déroulé le tuyau de la citerne et le tirait pour le faire aller jusqu'au compacteur vert fluo. Key vit la grosse clé à molette dans la poche arrière du jeune homme, chose qu'il aurait oubliée un mois auparavant. Ils burent tous leur café en regardant Ronnie défaire les bouchons à vis sur chacun des gros tambours du rouleau compresseur.

— J'ai pas vu passer l'année, dit LeRoy. Je travaillais sur cette centrale hydraulique au-dessus de Jackpot – toute cette eau de l'Idaho pour les casinos du Nevada – et je suis de retour avec mon équipement que pour un mois. Faudrait qu'on refasse une fête, et cette fois, j'apporterais une antilope. Mon frère et moi, on va dans le Wyoming en octobre. Si ça te dit de venir.

Ronnie s'aperçut que les hommes le regardaient tandis qu'il attachait le tuyau au tambour avant, et il retourna sous le soleil accablant jusqu'à la pompe. Il tira sur la poignée et ils entendirent l'eau siffler.

— Un gallon d'eau, d'après M. Arthur Key, le cerveau ici présent, pèse quatre kilos.

Il vint les rejoindre à la table.

— Comment est l'huile dans ce truc ? demanda-t-il à LeRoy.

LeRoy sourit.

— Toute neuve, dit-il à Ronnie. Il est au point, ce jeune homme.

— On va faire cette fête, dit Diff. Viens un jour plus tôt, qu'on puisse commencer à cuisiner. Et amène ton frère, LeRoy. Ces années, faut les commencer du bon pied.

LeRoy alla jusqu'au rouleau compresseur et s'assit sur le siège métallique. Il démarra la machine, la fit hoqueter, puis il installa le moteur dans son régime de croisière. Il montra à Ronnie les deux vitesses : avant et arrière.

— On est sur la voie du progrès, dit Diff à Roman. Retournons au ranch avant d'avoir des ennuis.

Il avait longuement observé Darwin. Il se contenta d'un mouvement de tête et dit :

— À bientôt.

— Passe nous voir, dit Roman.

Les deux hommes grimpèrent dans leur véhicule, ils firent un cercle et repartirent vers le sud.

LeRoy montra à Arthur comment fonctionnaient les systèmes de blocage et les leviers sur chacune des remorques, et ils se mirent à déposer l'asphalte brûlant et fumant. LeRoy fit couler une ligne de matière noire en une bande conique depuis le bord de la rampe jusqu'à ce que la grande citerne soit vide, puis il utilisa le second chargement pour faire une couche jusqu'au portail et dans un court virage jusqu'à la route. Arthur Key avait construit une dameuse rustique à l'aide d'un madrier et d'une grande chaîne, et il traînait le tout avec leur petit tracteur Farmall, la machine qui avait accompli une si grande part du travail de la saison. Key demanda à Ronnie de se tenir debout sur la traverse tandis qu'il repassait lentement sur le même parcours. Puis ils firent demi-tour et lissèrent la bande en une belle couche bien régulière de deux mètres de large, d'un noir granuleux et scintillant.

Ils demandèrent à LeRoy d'avancer le rouleau compresseur, qui pesait maintenant 1 500 kilos, jusqu'à l'aire de la prise d'élan, et LeRoy montra à Ronnie l'assistance à la direction et lui dit de commencer par le milieu. Ronnie conduisit la machine d'un vert brillant sur toute la longueur du chemin, il passa le portail et continua le long du petit virage, écrasant un ruban luisant au milieu de la route. Puis il enclencha la marche arrière et recula lentement vers la rampe en bois, roulant le lourd tambour jusqu'à la plateforme, lissant avec soin la jointure.

Ensuite il aplanit le bord nord de la route, dans un sens puis dans l'autre, puis le bord sud. Le campement se découpait clairement dans le jour cru. Il faisait 32 °C et le ciel était si bleu qu'il en était devenu d'un blanc éblouissant. Arthur démonta sa charrue artisanale et alla parler à LeRoy à côté de son tracteur dont le moteur tournait. Son ronronnement rythmé et le crissement des tambours d'acier étaient les seuls bruits du monde. Ronnie passa les lourds cylindres deux fois sur la route flambant neuve, la faisant briller comme une pomme.

Lorsqu'elle fut parfaite et déclarée parfaite par Ronnie, les hommes vidèrent l'eau des tambours et rechargèrent le petit rouleau compresseur sur le camion de LeRoy. Après le départ de l'homme à l'asphalte, Ronnie retrouva son rouleau à peinture emballé dans du plastique humide à l'endroit où il l'avait laissé, et il attaqua la deuxième couche sur la rampe de lancement de Rio Difficulto. Il était maintenant noir de goudron, blanc de peinture et complètement absorbé par sa tâche. L'air était chaud et immobile. Ronnie noua des cordes des deux côtés des barrières escamotables, les baissa et les souleva pour les peindre des deux côtés. Elles étaient lourdes et il dut s'y reprendre à deux fois. Une fois debout, les balustrades formaient un enclos sécurisé, et Arthur décida qu'il visserait les trois côtés de manière permanente lorsque le show serait terminé. Après ça, il faudrait vraiment le faire exprès pour tomber de là.

Arthur passa toute l'heure à mesurer et à marquer le milieu de leur approche fraîchement asphaltée, pour qu'ils puissent ensuite le dessiner avec une ligne pointillée en peinture blanche. Ils marqueraient le contour de la plateforme avec des traits pointillés noirs. Après les avoir avertis d'un signe de la main, Darwin s'était retiré sous la tente pour faire la sieste.

L'air était devenu lourd. Le plateau sentait l'huile de terrassement cuite. Ronnie était sur la rampe en train d'enrouler la corde. Ce fut au moment où le véhicule suivant, le Blazer de Marion, montait la vieille route du ranch qu'Arthur Key vit ce qu'il vit. Marion entra dans le campement et il lui fit signe de s'arrêter avant qu'elle n'arrive trop près de la tente. Il s'approcha de la voiture, elle en descendit et sortit une petite glacière du siège arrière et deux chemises repassées sur des cintres.

— C'était un magnifique dîner et une belle soirée, hier soir, et il est trop tôt pour ça (elle lui montra les bouteilles de bière brune sur leur lit de glace dans la glacière), mais elles seront bonnes plus tard. Et vous pourrez porter une de ces chemises quand il vous plaira, monsieur Key.

Elle lui tendait les chemises lorsqu'il vit quelque chose.

19

ARTHUR KEY savait ce qu'il avait vu, mais malgré tout, il tendit le bras comme pour attraper Ronnie, attraper le monde au-delà. L'air sortit de ses poumons comme s'il avait reçu un coup de poing. Sans bien savoir pourquoi, il posa les chemises par terre et se tourna et regarda à nouveau. Il dut regarder Marion, parce que maintenant, il se rappelait avoir lu la peur sur son visage. Puis il partit à grandes enjambées jusqu'à la rampe de lancement et il courut sur son plancher parfaitement solide jusqu'au bord, jusqu'à l'abîme en contrebas. Tandis qu'il courait, l'air, l'air blanc se changea en ciel comme dans un rêve, dans ses pensées du matin, et il ressentit tout cela au creux de son estomac. Il vit les endroits où Ronnie avait fait des marques jaunes au crayon gras pour qu'ils puissent peindre la ligne médiane. Le bruit de la rivière qui se brisait sur les pierres le prit au dépourvu. Ronnie n'avait pas poussé de cri. Arthur scruta les falaises en dessous, les parois bariolées déchiquetées et les gros éboulements de roche rouge. Tout était amplifié, vibrant, impénétrable maintenant, dans l'air empreint de terreur. Il ne voyait pas Ronnie. Derrière lui, il entendit Darwin crier depuis le campement. Il y avait une autre voix, peut-être celle de Marion. Key était immobile et examinait la profondeur troublante et lointaine de l'insondable paroi du canyon. Darwin appela à nouveau et la main de Key désigna le gouffre, alors même qu'il ne percevait rien. D'un bond, il descendit de la rampe et passa en dessous, se faufilant entre les poutres de l'armature. Il savait où se trouvaient les prises et il suivit la piste jusqu'à ce qu'il retrouve la lumière du jour vers les trois terrasses de grès où les hommes avaient parfois pris leur déjeuner. Il essayait de se déplacer avec précaution et se parlait à haute voix :

— Fais bien attention. Attention à l'endroit où tu mets les pieds.

Mais il ne faisait pas attention et il savait qu'il était en train de courir.

— Ne cours pas, dit-il.

De la dernière terrasse, Key pouvait se retourner et lancer un regard en biais vers la paroi rocheuse.

Il vit la corde.

Sans réfléchir, il se mit à descendre sur un éboulis où ils n'avaient jamais posé les pieds. Il n'y avait aucune prise plus bas, ils avaient exploré la paroi. Penché en arrière parmi les rochers, il plantait ses talons dans le sol, descendant d'un petit mètre à chaque glissade. Il perdit le contrôle de sa descente, donnant même des coups de pied en arrière pour retrouver son équilibre, et sa vitesse augmenta comme s'il était sur des skis. Il savait que s'il arrivait au bout de cet éboulis, il tomberait. Arthur essayait de freiner sa chute en s'agrippant des deux mains aux morceaux de grès. Il dut se coucher complètement pour s'arrêter. Puis la glissade reprit, irrémédiablement. Il entendait maintenant Darwin hurler son nom et il pouvait le voir au-dessus de lui, sur la rampe. Ses chaussures butèrent sur un rocher de la taille d'un fauteuil et il s'arrêta.

Il se remit lentement debout et plongea son regard dans la rivière d'un vert argenté. Il fit un signe à Darwin, montra le sud et commença à sentir glisser le rocher sur lequel il était calé. Il était perdu. Il se tournait face au précipice lorsqu'il repéra un surplomb rocheux, et il grimpa dessus, son cœur battant à tout rompre. Il y avait la place de se poser une minute, pas deux, et lorsque le rocher qu'il venait d'abandonner tomba au fond du canyon, il entendit le son se répercuter. Il avança doucement sur la bordure, les doigts creusant la montagne à la recherche d'une prise. Ce parcours le mena après cinq mètres jusqu'à un autre rocher qui ne lui laissait pas le choix. Il devait s'élancer d'un bond – il n'avait pas d'alternative – pour grimper sur la protubérance et ramper de tout son corps sur le grès surchauffé. Puis un autre rocher, il passa par-dessus, puis un autre, qu'il franchit à genoux. Il voyait la corde, deux lignes bien droites à une trentaine de mètres de lui. Elle pendait, tendue et immobile. Il voyait bien qu'elle était lestée. Il ne voyait pas au-dessus, à quelle aspérité elle était accrochée. Key devait grimper dans une large crevasse dans la roche rouge, puis traverser un rebord étroit qui s'effritait à chaque pas. La vieille rivière était plus bruyante, maintenant, et ses modulations lui paraissaient plus distinctes. On aurait dit, pensa Arthur, une conversation animée et effrayée.

Il atteignit la corde mais ne parvint pas à l'attraper. Elle était à 25 centimètres de sa main. Dans un éclair de lucidité dépourvu de la moindre pensée, du moindre espoir, Key attendit. Les deux torons se trouvaient à une trentaine de centimètres l'un de l'autre et il ne pouvait atteindre aucun des deux. Maintenant, il ne pouvait plus voir Darwin. Il ne voyait pas non plus comment la corde était accrochée. Il ne pouvait pas descendre plus bas et il n'était pas question de monter. Sa seule option était de reculer. La rivière parlait, maintenant, et son babil suivait la respiration de Key. Il inspira, puis lorsqu'il expira, il eut l'impression d'être en l'air. Il fut surpris d'être ainsi suspendu en l'air. Il se pencha en s'écartant de la terre jusqu'à ce que le point d'équilibre soit franchi, et il attrapa une longueur de corde dans chaque main. Il était maintenant à un angle de 45 degrés et ses jambes ne pourraient plus le ramener vers le monde. Il ôta un pied du rebord et reporta doucement son poids sur ses mains, puis il décolla son autre pied, qui se retrouva en l'air. Il était suspendu au-dessus de la rivière volubile. Il ramena ensuite lentement ses mains l'une contre l'autre, rapprochant les deux torons, et il enroula ses jambes autour de la corde et la coinça entre ses chaussures. Puis il descendit, une main après l'autre, d'une vingtaine de mètres, jusqu'à un endroit où la corde se rapprochait de la roche. Là, il trouva un appui avec ses pieds sur une excroissance rocheuse. Il s'assit sur la roche brute et regarda autour de lui. Ronnie Panelli était suspendu 10 mètres en dessous, la tête en bas.

Ses premiers mots furent un chuchotement brisé, puis sa voix lui revint et il dit :

— Ronnie.

D'un coup de pied, Arthur Key creusa une encoche dans la roche granuleuse. Ses mains ne pouvaient serrer plus fort la corde brute, et il testa le poids en la tirant sur une trentaine de centimètres. Il avait senti la pression oblique du vertige, mais elle s'était maintenant allégée, posée, et l'air paraissait aussi dense que la roche. Key n'avait pas mal au cœur et il n'avait pas peur. Il allait le faire, c'était tout.

— Ronnie, appela-t-il.

Alors il s'appuya contre les rochers déchiquetés et il tira, à chaque traction une longueur de bras. Il ne savait pas de quelle manière Ronnie était prisonnier de la corde. Ses mouvements étaient fluides et constants, sans heurts et sans secousses, et ils remontaient le garçon des profondeurs du temps, juste une main après l'autre. Le bruit fluctuant de la rivière doublait le battement de son cœur dans ses oreilles. Il n'avait qu'une pensée : voici pourquoi la nature m'a fait si grand, pour pouvoir ramener ce garçon.

Il lui fallut deux minutes, et le temps qu'Arthur saisisse la ceinture de Ronnie dans sa main droite et l'attire dans ses bras, Darwin était à nouveau au-dessus de lui, en train de l'appeler depuis l'endroit où il était allongé sur la rampe. Arthur attrapa le garçon d'abord, la terre ensuite. Peu importait, il pouvait tomber maintenant. Avoir Ronnie dans ses bras arrêtait le jour. Darwin criait des instructions, ou autre chose, sur un rythme régulier, mais les mots insensés furent emportés par le vent et la rivière et les rochers, sauf l'un d'entre eux : *hélicoptère*.

20

IL RESTAIT encore un demi-pot de café froid sur le réchaud à propane et Arthur Key remplit sa tasse émaillée. Il y ajouta de la crème, s'assit à la table bleue, puis se leva à nouveau dans le jour cuisant et marcha, la tasse à la main, autour de la tente, lentement. Il se rassit, puis fit un effort et se leva à nouveau, s'assit à la table et vit qu'il avait le poing serré. C'était un gros poing ; il le posa sur la table et le regarda jusqu'à ce qu'il s'ouvre. Le plateau était désert et le vent s'était immobilisé. Il faisait chaud, toujours plus de 30 °C, mais il y avait de l'humidité dans l'air. Il regarda à nouveau autour de lui et s'apprêta à se lever, résista à cette envie. Il avait déjà parcouru tout le campement et ramassé les vêtements, les papiers, les gobelets que l'hélicoptère avait dispersés dans la sauge. Certains débris, les torchons, certains de ses papiers avaient été projetés contre la barrière que lui et Ronnie avaient bâtie le mois précédent. Arthur alla jusqu'à la tente, lissa les sacs de couchage sur les lits, rangea leurs chaussures et leurs affaires personnelles dans les sacs en toile. Il fit redescendre les toiles de la tente et les attacha aux coins.

Le pilote s'était posé sur l'étroite bande d'asphalte à mi-chemin entre la route et la rampe et il avait effectué la manœuvre avec une précision d'une douceur remarquable. L'appareil était petit. Key ne savait pas combien de temps il lui avait fallu pour remonter la falaise, Ronnie sur son épaule, et il était furieux maintenant de ne pas avoir regardé sa montre. Peut-être une demi-heure. Il savait qu'il avait atteint le sommet et que l'hélicoptère était arrivé vingt minutes plus tard. Ronnie avait la corde enroulée autour du poignet, de l'épaule, du cou et d'une cheville. Il respirait bizarrement, un lent halètement régulier, et Arthur avait essayé de ne pas trop le secouer, mais il avait dû couper la corde et hisser le jeune homme comme un sac de ciment. Deux fois dans les éboulis, le grand homme avait poussé trop fort et s'était éloigné de la terre, le poids de Ronnie le tirant en arrière. Les deux hommes s'étaient retrouvés suspendus dans l'air, et les deux fois, il avait ressenti le terrifiant soulagement de l'instant de l'ultime chute. L'arrivée au sommet avait été un moment difficile. Arthur avait posé Ronnie doucement par terre et celui-ci avait émis un grognement aigu et lent mêlé d'un petit cri ténu, et il avait rejeté sa tête en arrière dans un mouvement de torsion extrême. Ils avaient ouvert sa chemise et vu que sa poitrine était enfoncée, une dépression grise, qui noircissait sous leurs yeux. Ils l'avaient couvert et ils avaient surveillé ses battements cardiaques et sa respiration si courte. Key était resté à côté de lui, prêt à lui faire du bouche-à-bouche.

Dès que l'hélicoptère des secours eut décollé, Darwin organisa les choses. Marion et lui se rendraient à Twin Falls dans sa voiture à elle.

— Je vais rester, dit Arthur. Appelez-moi. Plus tard. Allez-y.

Marion s'était approchée de lui, l'avait assis sur une cagette.

— Ses yeux, avait-elle lancé à Darwin.

— Est-ce que tu es en état de choc ? demanda Darwin à Key.

— Je vais bien. Je ne veux pas aller dans la voiture. Allez-y. Vous m'appellerez.

Marion lui tendit un gobelet d'eau.

— Bois ça. Allonge-toi.

— Allez-y, leur dit-il. Je ne bouge pas.

Ce n'était pas un choc mais c'était quelque chose. Tout ce qu'il avait reconstruit depuis des semaines se trouvait défait dans son cœur et les éclats étaient tranchants. Il essaya comme à son habitude de penser à la prochaine étape. Pour une raison quelconque, il ne parvenait pas à se rappeler l'ascension, et lorsqu'il fermait les yeux, il ne voyait que les motifs rouges et gris de la chemise à carreaux de Darwin. La tête d'Arthur Key était vide. C'était une chemise avec deux poches et Darwin la portait sans jamais rouler les manches. Arthur essaya de se calmer, de respirer. Il s'assit, enleva ses chaussures et les tapa l'une contre l'autre pour en enlever le sable, il ôta ses chaussettes et les secoua. Toujours assis, il souleva un pied, puis l'autre, en essayant de se reconstituer morceau par morceau. Son cœur était à vif.

Il se leva.

Arthur Key n'avait jamais exécuté de projet sans dessin préalable, même quand il était à l'école. Il alla dans la tente et trouva son cahier. Sur une page vierge, il dessina la rampe à main levée : vue de dessus, de côté et de face. Pour une raison quelconque, il écrivit la date en haut, puis son nom et, en minuscules, *pas à l'échelle*.

Seul à la table, il sirota le café froid et travailla à son dessin. Dans le nouveau silence, les lapins se promenaient à travers le campement, l'un d'eux s'était mis sous la table, apprivoisé et curieux. Arthur regarda sa montre. Il était presque 5 heures de l'après-midi. Il maintint la feuille de papier et, à main levée, dessina des cercles parfaits aux endroits où irait la tarière.

Utiliser un outil à mauvais escient heurtait sa sensibilité. Arthur Key ne s'était jamais servi d'une clé ou de pinces comme d'un marteau, ni de pinces quand une clé à pipe était l'outil adéquat. Il recula le tracteur Farmall jusqu'à la rampe en bois au-dessus de la lointaine rivière. Avec son crayon jaune, il avait déjà dessiné les six cercles dans la surface blanche peinte. Il savait exactement où se trouvaient les montants verticaux ; il avait construit cette chose. Malgré tout, il creusa le trou pilote avec la vrille à main, puis il mit en route la tarière fixée sur le tracteur et il posa le fer tournoyant contre le bois. La lame était émoussée et le fil irrégulier trembla sans mordre dans le plancher. Il l'enfonça, poussant le petit levier hydraulique à fond vers l'avant jusqu'à ce que la tarière entame l'épais plancher de contreplaqué et ouvre, en une brève explosion, un gouffre aux bords déchiquetés. Il remonta la tarière et avança le tracteur jusqu'au cercle jaune suivant. Il ne lui fallut pas une heure. Les six ouvertures étaient de vilains trous béants dans la plateforme, chacun entouré d'éclats de bois et chacun débouchant juste à côté d'un madrier vertical. Les voix de la rivière montaient maintenant à travers ces immenses déchirures.

Il gara le tracteur là où il avait été rangé tout l'été, à côté de ce qui restait du tas de bois. Il prit le temps de défaire la goupille de fixation, d'enlever la grosse mèche d'acier et de la poser sur le sol. Tout l'été, l'engin leur avait rendu service.

Maintenant que son projet était engagé, il pouvait manger.

Il ouvrit une bouteille du vin rouge de Diff et s'en remplit une tasse. Il coupa le talon d'un pain au levain et entama sérieusement le gros quartier de cheddar. Il s'assit sur la chaise du campement et posa ses pieds sur une cagette. Vers le nord, les nuages s'étaient amassés et ils étaient brun et jaune, un orage qui ne viendrait pas par ici.

Peu lui importait. Il s'agissait déjà d'un défi aux lois divines, quel que soit le temps.

Loin à l'ouest, le mur de nimbus qui lui avait fait de l'ombre tout l'après-midi était maintenant étalé en une brume basse avec une tache d'un doux doré – le soleil. Il se mit à parler tout seul des choses qu'il avait faites, mais il renonça. Le pain, le fromage et le vin étaient bons et il lança des bouts de croûte aux lapins qui s'approchaient maintenant comme des chats d'appartement. Il y avait une petite brise et il en fut reconnaissant. Cela pourrait être utile plus tard.

Arthur Key ne s'était pas saoulé de tout l'été, pourtant deux heures plus tard, il n'était toujours pas saoul. Il avait attaqué la seconde bouteille de vin et il regardait les derniers oiseaux passer dans la petite lumière. Il s'était rendu une fois jusqu'à la rampe avec le kérosène, et il en avait versé généreusement dans chacun des trous qu'il avait aménagés dans la chose, saturant les épais supports de bois. Il prit de l'essence et en fit couler le long des côtés, et vers le bas, mais pas avant d'avoir tiré les rambardes escamotables et de les avoir attachées, bien en place, et testées en les secouant. Comme elles étaient bien ajustées aux coins. C'était le genre de chose que Harry prenait en photo pour la fois suivante. Il avait des centaines de photos sur son ordinateur montrant des jointures et des assemblages, et en légende, la date, les dimensions et le nom du projet. C'étaient de belles rambardes.

Key regarda la rivière qui n'était plus qu'une ligne blanche dans le canyon noir, un reflet tortueux de la dernière lumière du ciel. L'air soulevait ses cheveux.

Il rampa sous la structure dans le noir et trouva le premier montant. Le madrier s'enflamma avec une seule allumette, gentiment et facilement, un petit feu léchant le kérosène. Le temps qu'il ressorte et qu'il remonte sur le plateau, les trous dans la rampe brillaient d'une lumière jaune, et ensuite, alors que les flammes montaient dans chaque nouvelle cheminée, les flancs prirent feu et des flammes jaunes montèrent comme des drapeaux flottant au vent. Vers le nord, il voyait les éclairs étouffés dans les collines bosselées. En quelques instants, le bruit de la rivière fut couvert par les arrachements successifs des morceaux de la rampe qui s'embrasaient vers le ciel. Le feu jaune forma un cône de dix, douze mètres au-dessus de la rampe. C'était un feu bien conçu et Key était content d'avoir de tels combustibles.

Son cœur était vide.

Il se versa une autre tasse de vin et alla jusqu'au téléphone.

Key posa son front contre le poteau hérissé d'échardes et passa ses doigts sur les chiffres métalliques du vieux téléphone de campagne. Il était tout juste 8 heures sur l'écran lumineux de sa veille Bulova, une montre qui avait appartenu à son père, et lorsque Key ouvrit les yeux, son ombre vibra sur le poteau et l'ombre du poteau se projeta dans la pénombre du monde.

La ligne renvoyait des échos comme une caisse de résonance. Harry répondit à la troisième sonnerie. Arthur Key prit une courte inspiration et dit :

— Harry.

Il y eut un silence sur la ligne, puis le bruit de quelque chose qu'on pose, et Arthur dit à nouveau :

— Harry, je suis vivant.

Il savait que c'était la chose la plus étrange qu'il eut jamais dite, et il savait qu'il était sincère.

— Je sais que tu es vivant, dit Harry, sa voix aussi familière qu'une main sur une épaule, la voix de Harry. Oh, Arthur, je sais que tu es vivant, bon Dieu. J'ai trop de choses à te montrer pour que tu ne sois pas vivant. Où es-tu ? Dans l'Oregon ? Non, ne me le dis pas. Oh, Art.

— Tu as du travail ?

— Oui, on est très occupés. C'est comme tu m'avais dit : je suis en train de devenir un bon technicien. Tu verras, quand tu reviendras. Je suis un technicien qui parle et qui marche. Tu reviens ? Non, ne me dis pas. On a fait le film avec la roue à aubes.

Arthur Key regardait le magnifique feu engloutir la rampe de bois en cognant, en craquant comme s'il était pressé, comme s'il était enragé.

— Est-ce que tu as réussi à faire se retourner le truc ?

— Arthur, on aurait dit une chorégraphie. Cinq tonnes, et il s'est retourné comme un danseur. Faut que je te dise, je suis technicien. Je suis content de t'entendre.

— Je ne pouvais pas appeler.

— Ne dis rien, Arthur, tout va bien. Je savais. Tu n'es pas obligé d'appeler. On a du travail si tu veux, mais il faut que tu prennes ton temps. Ne dis rien. On a de quoi s'occuper jusqu'à la fin de l'année. Tout va bien.

Arthur se retourna. Le feu était un flot ininterrompu de flammes remontant en colonnes remuantes devant le plancher et à travers la plate-forme. Les ombres de la tente et du tracteur tremblaient et s'agitaient sur la sombre plaine couverte de sauge. Tout, dans la nuit, était devenu instable, avec deux côtés, l'un blanc, l'autre noir.

La voix de son vieil ami. Arthur s'assit sur une cagette dans l'obscurité nouvelle. La ligne acérée des montagnes au loin avait été avalée par les ténèbres.

— Arthur, il faut que je te dise qu'Alicia est rentrée. Elle est rentrée il y a environ six semaines…

Dans le fracas de l'incendie, Key tendit l'oreille.

— Elle est venue deux fois et elle a apporté des trucs appartenant à ton frère, et elle m'a parlé, comme tu peux l'imaginer, et tu sais aussi qu'elle a dit que tu ne devais pas… comment a-t-elle dit ?… te punir. C'est ça. Et Art, elle était sincère. Je le sais.

Les deux hommes restèrent silencieux. Arthur Key frotta l'arrière de sa tête contre le poteau de bois.

— Oh, Art, elle a aussi dit qu'elle va bien et qu'elle s'en sortira bien et que je devais te le dire.

— Merci pour le message, Harry.

— On a pris deux petits contrats à Columbia ce mois-ci, chacun de trois semaines cet automne. J'ai commencé les dessins.

— C'est bien, Harry. Tu as l'air en forme.

— Tu as l'air en forme toi aussi, Art. Bon Dieu, je suis content de t'entendre. (Key ferma les yeux.) C'est comment, là où tu es, Art ? C'est bien ?

— Il y a cinq ciels, Harry.

— Cinq ciels…

— Chaque jour, il y a cinq ciels.

Harry ne dit rien et son silence résonna, puis il reprit :

— Fais attention à toi, Art. On est là. Je suis sur la bonne voie pour devenir technicien, mais on est là.

— Prends soin de toi, Harry.

— Pas de problème. Toi aussi, prends soin de toi.

— Harry, dit-il. Je te verrai dans quelques semaines. Je rentre.

Arthur Key reposa l'écouteur à sa place, il baissa la tête une minute et ferma les yeux. Quand il les rouvrit, le feu était là et attendait, palpitant.

Deux heures plus tard, Arthur Key était assis à l'extrémité nord de la barrière que lui et Ronnie Panelli avaient construite cet été, une structure métallique qui survivrait à toutes les autres choses qu'ils avaient réalisées sur le haut plateau désertique. Il était assis sur le sol, le regard plongé dans la gorge qui était éclairée comme elle ne l'avait jamais été en un millénaire de minuits – un écrin de roches flamboyantes et la rivière blanche, séduisante. Le feu progressait d'une manière constante et ne baissait pas en intensité. Arthur Key avait une tasse de vin à la main, mais il ne l'avait pas portée à sa bouche depuis une heure.

La vision était dans sa tête. Arthur Key l'avait vue une autre fois, lors d'un festival, des années auparavant dans le Colorado. Ils avaient rangé et chargé la lourde installation. Key était à l'arrière d'un semi-remorque chargé de montants métalliques, fixant les sangles les unes après les autres avant de les lancer à un collègue pour qu'il les attache. L'équipe était en train de ranger la scène, et une minute plus tard, ils la démonteraient et la chargeraient à leur tour. Key regarda un homme qui était en train d'enrouler un long câble électrique noir autour de son bras replié. Il avait vu cela des centaines de fois : l'homme s'appliquait à sa tâche et marchait lentement à reculons. Les hommes marchaient toujours à reculons quand ils enroulaient des câbles ou des cordes. Lui-même procédait ainsi. Il y avait quelque chose de précautionneux, peut-être, d'inconscient. Key dégagea la dernière sangle épaisse et demanda au gars en dessous de la serrer, et lorsqu'il leva à nouveau les yeux vers la scène, il vit l'homme avec le gros rouleau de câble noir basculer en arrière et disparaître. Trois mètres. L'homme tomba sur un pare-neige enroulé qu'ils avaient utilisé dans l'arène et se cassa la clavicule.

Soudain, un nuage de poussière s'éleva dans une lumière éclatante de l'autre côté de la barrière, un grondement, et la tête du serpent devint le Blazer de Marion, tandis que des éclats lumineux se posaient sur le verre et le chrome. La voiture roulait trop vite, elle vira trop vite sur le plateau et Arthur l'entendit accrocher le poteau en passant. Le véhicule s'arrêta et la portière s'ouvrit brusquement, amassant la traîne de poussière. Darwin apparut dans le vide vibrant, un homme debout devant cet écran de lumière, vêtu de sa fameuse chemise rouge et gris. Arthur était debout, il s'avança vers lui, son ombre recouvrant complètement l'homme en face de lui.

— Tu as déposé Marion en ville.

— Foutue journée. (Les yeux de Darwin étaient emplis du feu blanc. Il tendit les deux bras vers l'incendie.) Qu'est-ce que tu as fait ?

— Je me suis réveillé.

Darwin le contourna d'un pas incertain, comme s'il marchait dans le vent, comme s'il y avait quelque chose à faire contre ce brasier. Des éclats brûlants des montants verticaux fusèrent dans les ténèbres et des flocons émis par les couches de contreplaqué montèrent avant de s'éteindre dans la fontaine ininterrompue de cendres.

Darwin était pétrifié. Les deux hommes pouvaient voir l'autre paroi du canyon, la roche rouge dans la lumière du feu.

— Tu n'as pas appelé.

— C'est vrai.

— Alors je sais.

— Tu sais.

Darwin tourna le disque doré de son visage vers Arthur Key :

— Il ne s'est pas réveillé, Art. (La voix de Darwin était blessée.) Qu'est-ce qu'il faisait ?

— Il enroulait une corde.

— Il avait un permis de conduire et Marion a trouvé sa mère.

— Sa mère, répéta Key doucement. Est-ce qu'il y a une assurance quelque part ?

— Oui. Le ranch, bien sûr. Il y en aura.

— J'ai de l'argent, dit Arthur.

— Je sais que tu en as.

— Bon sang.

— Bon sang.

Ils étaient las l'un de l'autre dans la chaleur du feu. Les flammes s'élevaient avec constance et sans faiblir, et même si le plancher était plus blanc maintenant, il s'affaissait en formant des ondulations mouvantes d'un blanc orangé. Les trous brisés s'ouvraient et se fermaient comme des bouches et d'autres trous s'étaient formés dans la structure agonisante. Arthur tourna les talons, il retourna vers le campement et entra dans la tente. Des ombres tachetées se promenaient sur la toile blanche. À l'intérieur, il ramassa le sac de couchage de Ronnie, ses vieilles chaussures, son sac en toile puis il saisit aussi le lit de camp. Lorsqu'il se releva, Darwin était derrière lui.

— Qu'est-ce que tu fais ?

Darwin prit le sac de couchage. Arthur le lui reprit et recula vers la sortie de la tente. La voix de Darwin résonna différemment.

— Qu'est-ce que tu fais ? Laisse ça.

Il tira fort sur le sac de couchage, l'arrachant à Key qui se retrouva à nouveau dehors dans le monde éclairé par le feu. Darwin sortit, poussa Arthur et lui asséna un coup de poing, le toucha au cou, et enchaîna avec un coup du gauche contre sa poitrine.

— Arrête, dit Darwin. Bats-toi contre moi.

Arthur Key attendit pour voir si Darwin le frapperait à nouveau, ses yeux lui disaient clairement : vas-y. Puis il s'éloigna et ne s'arrêta pas, il alla jusqu'au feu, chaque pas un nouveau degré de chaleur, redoublée, et il lança tout le matériel, avec le lit de camp, sur la plateforme en feu, soulevant de grands fantômes de cendres. Lorsqu'il se retourna, sa chemise fumait et il sentit que ses sourcils étaient brûlés à ras.

Darwin se laissa tomber sur une cagette et plia le sac de couchage sur ses genoux. Des papiers tombèrent par terre.

— Reviens là, dit-il à Arthur Key.

— Qu'est-ce que c'est ?

Darwin s'assit à la table de Ronnie, regardant les feuilles blanches. Il y avait assez de lumière pour pouvoir lire partout sur la mesa et dans les profondeurs du canyon. Le monde entier était une chambre éclairée. Arthur se tint au-dessus de Darwin tandis que l'homme regardait les pages, des dizaines, l'une après l'autre. Même là, ils sentaient la chaleur. Les hommes ne bougeaient pas, sauf lorsque la main de Darwin tournait une page, puis une autre. Puis il s'immobilisa et mit le sac de couchage par terre. Il posa les feuilles blanches sur la table, se pencha et coucha sa tête sur ses bras croisés pour que le vent et ses rafales ne décident pas à sa place.

Arthur regarda son ombre trembler et s'enfuir au loin en voltigeant. Il avait attendu que Darwin le frappe à nouveau, et maintenant son cœur s'apaisait comme les plumes de débris brûlés qui s'envolaient dans la nuit. Il y avait une barre de flammes qui montait du canyon et léchait le bord de la rampe lisse et fascinante, la plateforme était devenue fine comme du papier.

Arthur Key tira deux gobelets d'eau de la citerne et en tendit un à Darwin. Il y avait des cendres dans leurs cheveux et la tente blanche était couverte d'une pluie de cendres. Ils entendirent un cri qui devint un craquement gémissant et le plancher de la rampe se plia et plongea, d'abord l'avant, puis, dans un nouveau tourbillon de millions de pétales en feu, l'arrière. À l'endroit où elle se décollait de la terre, l'asphalte s'était consumé et il luisait comme de l'huile sur une quinzaine de mètres. Les ténèbres tombaient sur le campement comme un dais et la fumée noire n'était plus visible que sous la forme d'une large bande circulant entre les étoiles. Deux madriers verticaux étaient encore debout, réduits à de frêles poteaux qui brûlaient comme les dernières sentinelles épuisées d'une cité perdue.

Darwin se redressa lorsqu'il entendit la structure s'effondrer. Il se leva et marcha avec Arthur jusqu'au bord du précipice, où ils se tinrent à l'écart de la fumée et virent les débris en flammes descendre le long de la paroi rocheuse, disperser des braises et des morceaux de bois de la taille d'une main, aux bords rougis et fins comme du papier. Leurs yeux étaient écarquillés et leur vue brouillée, mais ils savaient que le canyon était à nouveau noir sous la lumière des étoiles, et ils entendaient maintenant la rivière psalmodier à nouveau comme elle le ferait demain et tout au long de la prochaine saison.

Darwin avait les mains dans les poches.

— Tu l'as eue en entier, dit-il.

Arthur Key regarda les derniers vestiges vacillants en contrebas mourir l'un après l'autre.

— Descendons au ranch, dit Darwin. Je ne veux pas rester ici. Et toi ?

— Moi non plus.

Les hommes rassemblèrent leurs affaires, refermèrent la tente et rangèrent leur batterie de cuisine, mettant tout à l'abri. Darwin les emmena lentement vers le sud, sur la route du ranch. Arthur alluma le plafonnier de la cabine et regarda les papiers de Ronnie. C'était des dessins. Il avait dessiné chaque projet : la tente, les poteaux électriques, la piste, la rampe, la balustrade, même la plate-forme de la caméra. Il y avait une vue de profil du canyon avec une flèche à deux têtes représentant sa largeur et en son milieu, un point d'interrogation. Il avait donné un titre à chaque page et en haut de chacune, il avait écrit : *pas à l'échelle*.

Octobre

UN JOUR D'OCTOBRE de cette même année, sur le plateau désert au-dessus de la gorge profonde, un véhicule s'avança sur la terre dure de la vieille route du ranch. C'était le camion à plateau blanc. Le chauffeur ralentit au portail et entra sur le terrain du campement envahi d'herbes folles. Ce qui restait résumait succinctement les événements de l'été : la plateforme destinée à la caméra sur laquelle on distinguait trois couleurs de peinture en bombe, des noms et des chiffres en graffiti ; la balustrade qui avait été brisée et gisait en morceaux sur le sol ; les palettes qui avaient servi de plancher sous la tente des ouvriers ; un petit tas de poutres et de contreplaqué ; une barrière métallique tout le long du canyon, et les dizaines de galettes de béton éparpillées sur la partie la plus large de la mesa – elles étaient destinées à recevoir les ancrages des tribunes. L'asphalte noir était devenu gris et le chemin était bordé de touffes de graminées d'un vert vif, florissantes grâce aux généreux ruissellements. Le site de la rampe était une aire de roche rouge calcinée où poussaient maintenant des herbes et chardons verts apportés par l'automne. Lorsque les gens du coin venaient jusque-là, ils tendaient l'index vers le rocher couleur brique et, de la même main, ils tentaient de décrire l'immense rampe en bois en exagérant sa taille. Puis l'éclair qui frappe, là aussi avec les mains grandes ouvertes, comme s'ils y avaient assisté de leurs propres yeux, comme s'ils avaient été présents ce soir-là.

Le vieux camion blanc approcha, décrivit une courbe et s'arrêta, projetant son ombre automnale déformée. Roman Griffith descendit du côté passager et s'approcha du plancher en palette. Darwin quitta le siège du conducteur, contourna le camion par l'arrière et décolla la première palette à l'aide du manche de sa pelle, avant de la jeter dans le pick-up. En moins d'une minute, après avoir fini de charger les débris, Darwin laissa ses pas le porter jusqu'à la barrière métallique et il regarda à nouveau au fond de la gorge, ses vives couleurs rouges et bleu foncé dans la lumière d'octobre. Aujourd'hui, il pouvait à peine entendre la rivière. Lorsqu'il arriva au camion, Roman avait déjà empilé les palettes et chargé l'essentiel du bois de construction. Darwin lui dit :

— On peut prendre le contreplaqué, mais je n'en ferai rien.

— On a des planches pour le toit. On va juste enlever tout ça d'ici pour éviter que quelqu'un les balance dans le canyon ou y mette le feu. On pourra s'en servir pour circuler s'il pleut.

Il sécurisait les chaînes et il fit glisser le crochet jusqu'à Darwin, qui le fixa dans le manchon.

— Allez, on met les voiles, dit Roman. On n'a plus rien à faire ici.

Darwin se hissa dans la cabine et ferma la portière. Il fit décrire au camion une large courbe dans la sauge sans se donner la peine d'opérer une marche arrière. Il s'arrêta à l'entrée de la route du ranch et les deux hommes prirent la demi-heure nécessaire pour doubler le poteau brisé avec une traverse fixée par deux vis et trois sangles métalliques. Ensuite ils attachèrent deux rangs de fil de fer barbelé en travers de l'ouverture. Cela n'arrêterait pas ceux qui connaissaient le chemin jusque-là, mais la porte ne serait plus grande ouverte.

Collection Nature Writing

Edward Abbey
Désert solitaire
Un fou ordinaire

Rick Bass
Le Livre de Yaak

Ron Carlson
Le Signal
Cinq ciels

Kathleen Dean Moore
Petit traité de philosophie naturelle

Gerald Durrell
Ma famille et autres animaux

Pete Fromm
Indian Creek
Avant la nuit
Chinook

John Gierach
Traité du zen et de l'art de la pêche à la mouche
Truites & Cie
Mêmes les truites ont du vague à l'âme
Là-bas, les truites…

John Haines
Vingt-cinq ans de solitude

Robert Hunter
Les Combattants de l'Arc-en-Ciel

Bruce Machart
Le Sillage de l'oubli

Howard McCord
L'Homme qui marchait sur la Lune

John McPhee
Rencontres avec l'Archidruide

Kent Meyers
Twisted Tree

Doug Peacock
Une guerre dans la tête

Rob Schultheis
L'Or des fous
Sortilèges de l'Ouest

Terry Tempest Williams
Refuge

Alan Tennant
En vol

David Vann
Sukkwan Island
Désolations

John D. Voelker
Itinéraire d'un pêcheur à la mouche
Testament d'un pêcheur à la mouche

Collection Noire

Edward Abbey
Le Gang de la Clef à Molette
Le Retour du Gang de la Clef à Molette
Le Feu sur la montagne

Craig Johnson
Little Bird
Le Camp des Morts
L'Indien blanc
Enfants de poussière

William G. Tapply
Dérive sanglante
Casco Bay
Dark Tiger

Jim Tenuto
La Rivière de sang

Trevanian
La Sanction
L'Expert
Shibumi
Incident à Twenty-Mile

Collection Americana

Viken Berberian
Das Kapital

Adam Langer
Les Voleurs de Manhattan

Greg Olear
Totally Killer

Tom Robbins
Comme la grenouille sur son nénuphar
Une bien étrange attraction
Un parfum de jitterbug

Terry Southern
Texas Marijuana et autres saveurs

Mark Sundeen
Le Making Of de "Toro"

Tony Vigorito
Dans un jour ou deux

William Wharton
Birdy

Stephen Wright
Méditations en vert

*Cet ouvrage a été imprimé sur du papier
dont les fibres de bois proviennent
de forêts durablement gérées*

CET OUVRAGE A ÉTÉ COMPOSÉ PAR
ATLANT'COMMUNICATION
AU BERNARD (VENDÉE)

ACHEVÉ D'IMPRIMER
PAR L'IMPRIMERIE FLOCH À MAYENNE
EN JUIN 2012
POUR LE COMPTE DES ÉDITIONS GALLMEISTER
14, RUE DU REGARD
PARIS 6e

DÉPÔT LÉGAL : JUIN 2012
1re ÉDITION
N° D'IMPRESSION : 82544
IMPRIMÉ EN FRANCE